FJB

David Levithan

Letztendlich sind wir dem Universum egal

Roman

Aus dem Amerikanischen
von Martina Tichy

FJB

Erschienen bei FISCHER FJB
10. Auflage November 2015

Quellenangaben im Anhang
Satz: Pinkuin Satz und Datentechnik, Berlin
Druck und Bindung: CPI books GmbH, Leck
Printed in Germany
ISBN 978-3-8414-2219-4

Für Paige (Möge dir jeder Tag Glück bringen)

5994. Tag

Ich werde wach.

Und muss auf der Stelle herausfinden, wer ich bin. Nicht nur äußerlich – die Augen aufschlagen und nachsehen, ob ich am Arm helle oder dunkle Haut habe, ob meine Haare lang oder kurz sind, ob ich dick oder dünn bin, Junge oder Mädchen, voller Schrammen und Narben oder glatt und unversehrt. Darauf stellt man sich am leichtesten ein, wenn man es gewöhnt ist, jeden Morgen in einem neuen Körper aufzuwachen. Aber das Leben darum herum, das Umfeld – das ist manchmal schwer in den Griff zu bekommen.

Jeden Tag bin ich jemand anders. Ich bin ich – so viel weiß ich – und zugleich jemand anders.

Das war schon immer so.

Die Information ist da. Ich werde wach, schlage die Augen auf und begreife: wieder ein neuer Morgen, wieder ein neuer Ort. Die Lebensgeschichte schaltet sich zu, ein willkommenes Geschenk von dem Nicht-Ich-Teil in meinem Kopf. Heute bin ich Justin. Nein, falsch, bin ich nicht, aber heute heiße ich so und leihe mir für einen Tag Justins Leben aus. Ich sehe mich um. Das ist also sein Zimmer. Das ist sein Zuhause. In sieben Minuten klingelt der Wecker.

Ich bin nie zweimal dieselbe Person, aber in solchen Typen wie dem hier habe ich definitiv schon dringesteckt. Überall Klamotten. Deutlich mehr Videospiele als Bücher. Schläft in seinen Boxershorts. Nach dem Geschmack im Mund zu urteilen, ist er Raucher. Aber nicht so süchtig, dass er sich gleich nach dem Aufwachen eine anstecken muss.

»Guten Morgen, Justin«, sage ich, um seine Stimme zu testen. Leise. Die Stimme in meinem Kopf klingt immer anders.

Justin geht nicht gut mit sich um. Seine Kopfhaut juckt. Seine Augen wollen zubleiben. Er hat nicht viel Schlaf gekriegt.

Schon jetzt weiß ich, dass mir der Tag heute nicht gefallen wird.

Es ist schwer, im Körper von jemandem zu sein, den man nicht mag, weil man ihn trotzdem achten muss. In der Vergangenheit habe ich manchmal Schaden im Leben von anderen angerichtet und bin zu der Erkenntnis gekommen, dass es mich nicht loslässt, wenn ich Mist baue. Also versuche ich, vorsichtig zu sein.

Soweit ich das feststellen kann, sind alle, in die ich schlüpfe, so alt wie ich. Ich springe nicht von sechzehn zu sechzig. Im Augenblick bin ich immer nur sechzehn. Keine Ahnung, wie das funktioniert, oder warum. Den Versuch dahinterzukommen, habe ich schon vor langer Zeit aufgegeben. Das werde ich nie ergründen, ebenso wenig wie ein normaler

Mensch je seine Existenz ergründen wird. Früher oder später muss man mit der Tatsache Frieden schließen, dass man einfach *existiert.* Warum es so ist, das lässt sich nicht herausfinden. Man kann Theorien aufstellen, aber es wird nie schlüssige Beweise geben.

Ich kann nur Fakten abfragen, keine Gefühle. Ich weiß, dass das hier Justins Zimmer ist, aber ich habe keine Ahnung, ob er es mag oder nicht. Würde er seine Eltern im Schlafzimmer nebenan am liebsten umbringen? Oder wäre er verloren, wenn seine Mutter nicht reinkommt und nachsieht, ob er auch wirklich wach ist? Das lässt sich unmöglich sagen. Offenbar verdrängt dieser Teil von mir den entsprechenden Teil der Person, in der ich bin. Einerseits bin ich froh, meine eigenen Gedanken und Gefühle zu haben, andererseits wäre hier und da ein kleiner Hinweis, wie und was der andere denkt, schon ganz hilfreich. Wir haben alle unsere Geheimnisse – insbesondere von innen heraus betrachtet.

Der Wecker klingelt. Ich greife nach einem Hemd und einer Jeans, aber wie es aussieht, hat er das Hemd gestern schon angehabt. Ich suche mir ein neues. Nehme die Klamotten mit ins Bad, dusche und ziehe mich an. Seine Eltern sind jetzt in der Küche. Sie haben keine Ahnung, dass irgendwas anders ist.

Sechzehn Jahre sind eine lange Übungszeit. Normalerweise mache ich keine Fehler. Nicht mehr.

Seine Eltern sind leicht zu durchschauen: Justin redet morgens nicht groß mit ihnen, also muss ich auch nicht mit ihnen reden. Ich habe mir ein Gespür dafür antrainiert, ob Erwartungen da sind oder nicht. Ich schaufle mir eine Portion Cornflakes rein, stelle die Schüssel so, wie sie ist, ins Spülbecken, schnappe mir Justins Schlüssel und gehe.
Gestern war ich ein Mädchen aus einem Ort, der schätzungsweise zwei Stunden von dem hier entfernt liegt. Vorgestern war ich ein Junge und lebte noch mal drei Stunden weiter weg. Schon jetzt vergesse ich, was die beiden im Einzelnen ausgemacht hat. Das muss ich, sonst weiß ich endgültig nicht mehr, wer ich wirklich bin.
Justin hört laute, grausige Musik auf einem lauten, grausigen Sender mit lauten, grausigen DJs, die sich mit lauten, grausigen Witzen durch den Vormittag kämpfen. Mehr muss ich über Justin eigentlich nicht wissen. Ich mache eine Abfrage und lasse mir von seinem Gedächtnis den Weg zur Schule zeigen, den richtigen Parkplatz und den richtigen Spind. Die Zahlenkombination seines Schlosses. Die Namen der Leute im Flur, die er kennt.
Manchmal sind diese Abläufe zu viel für mich. Manchmal kann ich mich nicht aufraffen, zur Schule zu gehen und mich durch den Tag zu manövrieren. Dann schütze ich irgendeine Krankheit vor, bleibe im Bett und lese ein paar Bücher. Aber nach einer Weile bin ich auch das leid und wieder bereit für die Herausforderung einer neuen Schule und neuer Freunde. Für einen Tag.

Als ich Justins Bücher aus seinem Spind nehme, spüre ich jemanden im Hintergrund. Ich drehe mich um, und das Mädchen, das da steht, ist durchsichtig wie Glas, was ihre Gefühle angeht – zaghaft und erwartungsvoll, nervös und voller Bewunderung. Ich muss keine neue Abfrage starten, um zu wissen, dass das Justins Freundin ist. Niemand sonst würde so auf ihn reagieren, in seiner Gegenwart so unsicher wirken. Sie ist hübsch, aber das sieht sie nicht. Sie versteckt sich hinter ihren Haaren, ist glücklich und unglücklich zugleich bei meinem Anblick.

Sie heißt Rhiannon. Und einen Moment lang – den Bruchteil eines Herzschlags – denke ich, ja, der Name passt zu ihr. Keine Ahnung, wieso. Ich kenne sie ja gar nicht. Aber er kommt mir passend vor.

Das ist nicht Justins Gedanke. Es ist meiner. Ich versuche, ihn zu ignorieren. Ich bin nicht der, mit dem sie reden will.

»Hey«, sage ich, übertrieben lässig.

»Hey«, murmelt sie.

Sie schaut zu Boden, auf ihre angemalten Chucks. Sie hat rund um die Sohlen mit dem Filzstift Wolkenkratzerstädte emporwachsen lassen. Irgendwas ist zwischen ihr und Justin vorgefallen, und ich weiß nicht, was. Vermutlich hat Justin es zu dem Zeitpunkt gar nicht mitgekriegt.

»Alles okay mit dir?«, frage ich.

Es gelingt ihr nicht, ihre Überraschung zu verbergen. So was fragt Justin sie normalerweise nicht.

Und das Komische ist: Ich will die Antwort wissen. Umso mehr, als es ihm offensichtlich egal ist.
»Klar«, sagt sie, hört sich aber absolut nicht so an.
Es fällt mir schwer, sie anzusehen. Ich weiß aus Erfahrung, dass Mädchen, die so im Hintergrund bleiben, tiefgründig sind. Das hält diese Rhiannon versteckt, will aber zugleich, dass ich es sehe. Nein, dass Justin es sieht. Und diese Tiefgründigkeit ist da, gerade eben außerhalb meiner Reichweite. Ein Ton, der darauf wartet, zum Wort zu werden.
Sie ist so versunken in ihre Traurigkeit, dass sie gar nicht merkt, wie offensichtlich sie ist. Ich glaube zu verstehen, was in ihr vorgeht – bilde es mir einen Moment lang ein –, doch dann überrascht sie mich, zeigt sich mitten in ihrer Bedrückung plötzlich entschlossen, ja tapfer.
Sie hebt den Blick, sieht mir in die Augen und fragt: »Bist du sauer auf mich?«
Ich wüsste nicht, warum ich sauer auf sie sein sollte. Wenn überhaupt, bin ich sauer auf Justin, denn er ist schuld, dass sie sich so nichtswürdig vorkommt. Das kann man aus ihrer Körpersprache ablesen. Wenn sie in seiner Nähe ist, macht sie sich klein.
»Nein«, sage ich. »Ich bin absolut nicht sauer auf dich.«
Exakt das will sie hören, aber sie traut dem Frieden nicht. Ich serviere ihr die richtigen Worte, und sie sucht argwöhnisch nach den Haken, die darin stecken.
Das ist nicht mein Problem, ich weiß. Ich bin genau einen Tag lang hier. Ich kann nicht die Beziehungsprobleme an-

derer lösen. Ich sollte nicht in das Leben anderer eingreifen.
Ich kehre ihr den Rücken zu, hole meine Bücher heraus und schließe den Spind ab. Sie bleibt, wo sie ist, erstarrt in der abgrundtiefen, verzweifelten Einsamkeit einer miesen Beziehung.
»Willst du dich immer noch heute mit mir zum Mittagessen treffen?«, fragt sie.
Die bequeme Variante wäre, nein zu sagen. Das tue ich oft: Wenn das Leben der anderen Person mich aufzusaugen droht, entziehe ich mich und laufe davon.
Aber irgendwas an ihr – die Großstadtsilhouetten auf ihren Schuhen, der mutige Vorstoß, die unnötige Traurigkeit – macht mich neugierig, was für ein Wort schließlich aus dem Ton herauskommen wird. Jahr um Jahr habe ich mit Menschen zu tun, ohne sie wirklich kennenzulernen, und an diesem Vormittag, hier, bei diesem Mädchen, will ich es erstmals wenigstens andeutungsweise wissen. Und in einer Anwandlung von Schwäche – oder Tapferkeit – meinerseits beschließe ich, dem nachzugehen. Mehr darüber in Erfahrung zu bringen.
»Auf jeden Fall«, sage ich. »Das fände ich super.«
Wieder ist sie glasklar zu durchschauen: Ich habe zu viel Begeisterung gezeigt. Justin ist nie von irgendwas begeistert.
»Können wir schon machen«, schiebe ich nach.
Sie ist erleichtert. Oder zumindest so erleichtert, wie sie es

sich zugesteht, was eine sehr verhaltene Form von Erleichterung ist. Ich rufe die Information ab, dass Justin und sie seit mehr als einem Jahr zusammen sind. Konkreter wird es nicht. Justin erinnert sich nicht an das genaue Datum.

Sie greift nach meiner Hand. Ich bin überrascht, wie gut sich das anfühlt.

»Schön, dass du nicht sauer auf mich bist«, sagt sie. »Ich will bloß, dass alles okay ist.«

Ich nicke. Wenn ich eins gelernt habe, dann das: Wir alle wollen, dass immer alles okay ist. Wir streben gar nicht so sehr nach phantastisch oder grandios oder hervorragend. Wir geben uns gern mit okay zufrieden, denn in den meisten Fällen ist okay völlig ausreichend.

Die Schulglocke läutet zum ersten Mal.

»Bis später«, sage ich.

Was für ein Allerweltsversprechen. Aber für Rhiannon ist es das Größte überhaupt.

Anfangs war es schwer, einen Tag nach dem anderen durchzustehen, ohne ernsthafte Beziehungen zu knüpfen oder Veränderungen im Leben anderer zu hinterlassen. Als ich noch jünger war, sehnte ich mich nach Freundschaft und Nähe. Ich ließ mich auf Bindungen ein, ohne mir einzugestehen, wie schnell und endgültig sie wieder gekappt sein würden. Ich nahm das Leben anderer persönlich, hatte das Gefühl, ihre Freunde und ihre Eltern könnten meine Freunde und meine Eltern sein. Aber nach einer Weile musste ich damit aufhören. Es war zu herzzerreißend, mit so vielen Trennungen zu leben.

Ich bin Treibgut, und so einsam das mitunter sein kann, es ist auch enorm befreiend. Ich werde mich niemals über jemand anderen definieren. Ich werde nie den Druck von Gleichaltrigen oder die Last elterlicher Erwartung spüren. Ich kann alle als Teile eines Ganzen betrachten und mich auf das Ganze konzentrieren, nicht auf die Teile. Ich habe gelernt zu beobachten, weit besser als die meisten anderen Menschen. Die Vergangenheit setzt mir keine Scheuklappen auf, die Zukunft motiviert mich nicht. Ich konzentriere mich auf die Gegenwart, denn nur in ihr ist es mir bestimmt, zu leben.

Ich lerne. Manchmal sind es Dinge, die ich schon aus Dutzenden anderer Klassenzimmer kenne. Manchmal bringt man mir völlig Neues bei. Ich muss die Informationen abrufen, die in Körper und Kopf gespeichert sind. Und wenn ich das tue, lerne ich dazu. Wissen ist das Einzige, was ich mitnehme, wenn ich wieder gehe.

Ich weiß so vieles, was Justin nicht weiß und nie wissen wird. Ich sitze hier in seiner Mathestunde, schlage sein Heft auf und schreibe Sätze hinein, die er noch nie gehört hat. Sätze von Shakespeare und Kerouac und Dickinson. Morgen, oder irgendwann später, oder auch nie, wird er diese Worte in seiner Handschrift sehen und keine Ahnung haben, wo sie hergekommen sind oder was das überhaupt sein soll.

Mehr Einmischung gestatte ich mir nicht.
Alles andere muss sauber erledigt werden.

Rhiannon lässt mich nicht los. Ihre Details. Aufflimmernde Bilder aus Justins Erinnerungen. Kleinigkeiten – wie ihr Haar fällt, wie sie auf den Fingernägeln herumkaut, die Entschlossenheit und die Resignation in ihrer Stimme. X-beliebige Sachen. Ich sehe sie mit Justins Großvater tanzen, der sich einen Tanz mit einem hübschen Mädchen gewünscht hat. Ich sehe, wie sie sich in einem gruseligen Film die Augen zuhält und zwischen den Fingern hindurchspäht, den Kitzel der Angst genießt. Das sind die guten Erinnerungen. Andere schaue ich mir nicht an.
Ich sehe sie vormittags nur einmal kurz im Vorübergehen auf dem Flur, nach der ersten Stunde. Ich lächle, als sie näher kommt, und sie lächelt zurück. So einfach ist das. Einfach und kompliziert, wie die meisten wesentlichen Dinge. Zwischen der zweiten und der dritten Stunde ertappe ich mich dabei, dass ich nach ihr Ausschau halte, zwischen der dritten und der vierten ebenfalls. Vom Gefühl her habe ich es nicht mal mehr unter Kontrolle. Ich will sie sehen. Einfach. Kompliziert.
Zu Beginn der Mittagspause bin ich ziemlich k.o. Justins Körper ist ausgepowert vom Schlafmangel, und ich, in ihm drin, bin ausgepowert von Rastlosigkeit und zu viel Nachdenken.
Ich warte bei Justins Spind auf sie. Es läutet zum ersten Mal.

Es läutet zum zweiten Mal. Keine Rhiannon. Vielleicht sollte ich sie irgendwo anders treffen. Vielleicht hat Justin vergessen, wo sie sich immer treffen.

Wenn das der Fall ist, ist sie Justins Vergesslichkeit gewöhnt.

Sie findet mich, als ich gerade aufgeben will. Die Gänge sind praktisch leer, die Herde ist zur Abfütterung getrabt. Sie kommt näher als vorher.

»Hey«, sage ich.

»Hey«, sagt sie.

Sie sieht zu mir hin. Justin ist derjenige, der den ersten Schritt tut. Der Pläne macht. Der entscheidet, was sie unternehmen.

Es deprimiert mich.

Das habe ich schon zu oft erlebt. Diese völlig unangebrachte Unterwürfigkeit. Diese Unterdrückung der Furcht, mit dem Falschen zusammen zu sein – aus Furcht davor, sonst allein sein zu müssen. Die Hoffnung gefärbt von Zweifel, der Zweifel gefärbt von Hoffnung. Solche Gefühle aus der Miene anderer abzulesen zieht mich jedes Mal runter. Und in Rhiannons Gesicht ist noch mehr zu erkennen als nur die Enttäuschungen. Etwas wie Herzensgüte. Etwas, das Justin nie und nimmer zu schätzen wissen wird. Ich sehe es sofort, aber da bin ich der Einzige.

Ich verstaue alle meine Bücher im Spind, gehe zu ihr hin und fasse sie am Arm.

Ich habe keine Ahnung, was ich da eigentlich tue. Ich weiß nur, dass ich es tue.

»Fahren wir irgendwohin«, sage ich. »Wo willst du hin?« Jetzt bin ich nahe genug, um zu erkennen, dass ihre Augen blau sind. Nahe genug, um zu erkennen, dass niemand je nahe genug herankommt, um zu erkennen, wie blau ihre Augen sind.

»Ich weiß nicht«, gibt sie zur Antwort.

Ich nehme ihre Hand.

»Komm«, sage ich.

Die Rastlosigkeit wird zur Sorglosigkeit. Erst gehen wir Hand in Hand. Dann laufen wir Hand in Hand. Der Rausch, miteinander Schritt zu halten, durch die Schule zu sausen, alles außer uns zu undeutlichen, unbedeutenden Flecken verwischen zu lassen. Wir lachen, sind ausgelassen und fröhlich. Sie verstaut ihre Bücher im Spind, und wir gehen raus an die Luft, echte Luft mit Sonnenschein und Bäumen, raus in die nicht so beschwerliche Welt. Ich verstoße gegen die Regeln, indem ich die Schule verlasse, mit Rhiannon in Justins Wagen steige, den Zündschlüssel umdrehe.

»Wo willst du hin?«, frage ich noch einmal. »Sag ganz ehrlich, wo du gerne hinfahren würdest.«

Erst ist mir gar nicht klar, wie viel von ihrer Antwort abhängt. Wenn sie sagt: *Fahren wir zur Mall*, klinke ich mich aus. Wenn sie sagt: *Fahren wir zu dir nach Hause*, klinke ich mich aus. Wenn sie sagt: *Eigentlich will ich den Nachmittagsunterricht nicht verpassen*, klinke ich mich aus. Und das sollte ich auch. Ich sollte mich aus so was raushalten.

Aber sie sagt: »Ich will ans Meer. Fahr mit mir zum Meer.« Und ich klinke mich ein.

Wir brauchen eine Stunde. Es ist Ende September in Maryland. Die Blätter haben sich noch nicht verfärbt, aber man sieht, dass sie so langsam daran denken. Das Grün ist stumpfer, matter. Bunt steht vor der Tür.

Ich überlasse Rhiannon das Radio. Das wundert sie, aber es ist mir egal. Ich habe genug von laut und grausig und ahne, dass es ihr ebenso geht. Sie bringt Wohlklang in den Wagen.

Es kommt ein Song, den ich kenne, und ich singe mit.

And if I only could make a deal with God ...

Rhiannons Verwunderung wird zu Argwohn. Justin singt nie mit.

»Was ist denn auf einmal in dich gefahren?«, fragt sie.

»Musik«, sage ich.

»Ha.«

»Nein, echt.«

Sie sieht mich lange an. Lächelt dann.

»Wenn das so ist«, sagt sie und dreht am Knopf, bis sie den nächsten Song gefunden hat.

Bald singen wir aus voller Kehle. Einen Popsong, der ungefähr so viel Substanz hat wie ein Luftballon, uns beim Singen aber ebenso schweben lässt.

Es ist, als hielte uns die Zeit nicht mehr im Griff. Rhiannon denkt nicht mehr darüber nach, wie ungewöhnlich das hier ist. Sie überlässt sich dem, was geschieht.

Ich möchte ihr einen schönen Tag schenken. Einfach nur einen schönen Tag. Ich bin so lange ohne Ziel und Zweck umhergestreift, und jetzt ist mir dieses Eintagsziel geschenkt worden – es fühlt sich jedenfalls an wie ein Geschenk. Ich habe nur einen Tag zu verschenken – warum soll es kein schöner sein? Warum kein gemeinsamer? Warum soll ich die Musik dieses Augenblicks nicht annehmen und schauen, wie lange sie anhält? Die Regeln lassen sich löschen. Ich kann das hier annehmen. Ich kann das hier verschenken.

Als der Song aus ist, lässt sie das Beifahrerfenster herunter und hält die Hand in den Luftstrom, bringt neue Musik in den Wagen. Ich lasse auch die übrigen Fenster herunter und fahre schneller, bis schließlich der Wind das Sagen hat, unser Haar in alle Richtungen verweht und es uns vorkommt, als wäre der Wagen gar nicht mehr da, als wären wir selbst der Antrieb, das Tempo. Dann kommt noch ein guter Song, und ich schließe uns wieder ein, nehme ihre Hand. Fahre Meile um Meile so und stelle ihr Fragen. Wie es ihren Eltern geht. Wie es zu Hause so ist, nachdem ihre Schwester jetzt aufs College geht. Ob dieses Schuljahr ihrem Gefühl nach in irgendeiner Weise anders ist.

Sie tut sich schwer. Jede einzelne Antwort beginnt mit: *Ich weiß nicht.* Aber meistens weiß sie es sehr wohl, wenn ich ihr Zeit und Raum zum Antworten gebe. Ihre Mutter meint es gut, ihr Vater weniger. Ihre Schwester meldet sich nicht zu Hause, was Rhiannon verstehen kann. Schule ist Schule – sie hätte sie gern hinter sich, fürchtet sich aber auch davor, sie hinter sich zu haben, weil sie sich dann überlegen muss, was als Nächstes kommt.

Sie fragt mich, wie ich das sehe, und ich sage: »Ganz ehrlich, ich versuche bloß von einem Tag zum nächsten zu leben.«

Es ist nicht genug, aber immerhin etwas. Wir sehen die Bäume, den Himmel, die Schilder, die Straße. Wir spüren einander. Jetzt und hier besteht die Welt nur aus uns. Wir singen weiter mit, so hemmungslos wie vorher, und kümmern uns nicht groß darum, ob wir die richtigen Töne und Worte treffen. Beim Singen sehen wir uns an: nicht zwei Solisten, sondern ein Duett, das sich kein bisschen ernst nimmt. Das ist auch eine Form von Gespräch – aus den Geschichten, die andere einem erzählen, erfährt man eine Menge über sie selbst, aber ebenso daraus, wie sie mitsingen, ob sie die Fenster gern oben oder unten haben, ob sie sich von Landkarten leiten lassen oder von der Welt, ob sie den Sog des Meeres spüren.

Sie sagt mir, wie ich fahren soll. Vom Highway runter. Über die freien Nebenstraßen. Es ist weder Sommer noch Wochenende. Es ist Montagmittag, und niemand außer uns will zum Strand.

»Ich sollte jetzt in Englisch sein«, sagt Rhiannon.

»Und ich in Bio«, sage ich nach einer Abfrage von Justins Stundenplan.

Wir fahren weiter. Als ich sie heute Morgen zum ersten Mal sah, machte sie den Eindruck, als balancierte sie auf Felsspitzen oder einem schmalen Gipfelgrat. Jetzt ist der Boden unter ihren Füßen ebener, weniger feindlich.

Hier lauert Gefahr, ich weiß. Justin ist nicht gut zu ihr. Das erkenne ich. Wenn ich die schlechten Erinnerungen abrufe, sehe ich Tränen, Streitereien und Überreste von so etwas wie Zusammengehörigkeit. Sie ist immer für ihn da, das findet er sicher gut. Seine Freunde mögen sie, das findet er sicher auch gut. Aber es ist nicht dasselbe wie Liebe. Sie klammert sich schon so lange an die Hoffnung auf ihn und sieht nicht, dass da nichts mehr zu hoffen ist. Bei ihnen gibt es kein gemeinsames Schweigen, nur Lärm. Meistens seinen. Wenn ich wollte, könnte ich tief in ihre Streitereien eintauchen. Könnte nachspüren, vor welchem Scherbenhaufen er steht, so oft, wie er sie schon kurz und klein gehackt hat. Wenn ich tatsächlich Justin wäre, würde ich irgendwas finden, was mir an ihr nicht passt. Jetzt und hier. Es ihr sagen. Sie anschreien. Sie niedermachen. Ihr zeigen, wo es langgeht.
Aber das kann ich nicht. Ich bin nicht Justin. Auch wenn sie es nicht weiß.
»Lassen wir's uns einfach gutgehen«, sage ich.
»Okay«, sagt sie. »Von mir aus gerne. Ich denke so oft ans Ausbrechen – da ist es echt schön, es tatsächlich mal zu tun. Für einen Tag. Statt ewig aus dem Fenster zu starren, tut es gut, mal auf der anderen Seite vom Fenster zu sein. Das sollte ich öfter machen.«
In ihr steckt so viel, von dem ich wissen will. Und zugleich habe ich bei jedem unserer Worte das Gefühl, dass womöglich etwas in ihr steckt, von dem ich schon weiß. Wenn ich

bis dahin komme, werden wir einander erkennen. Das werden wir.

Ich parke. Wir ziehen die Schuhe aus und lassen sie unter den Sitzen, dann gehen wir Richtung Meer. Am Strand bücke ich mich und kremple meine Jeans auf, Rhiannon läuft weiter. Als ich wieder hochschaue, dreht sie sich im Kreis, wirbelt mit den Füßen Sand hoch, ruft nach mir. In diesem Moment ist alles federleicht. Sie strahlt vor Freude, und ich kann nicht anders, muss eine Sekunde stehen bleiben und ihr zusehen. Zeuge sein. Es mir einprägen.

»Na los!«, ruft sie. »Komm her!«

Ich bin nicht der, für den du mich hältst, würde ich am liebsten sagen. Aber das geht nicht. Natürlich geht das nicht.

Wir haben den Strand für uns, das Meer für uns. Ich habe sie für mich. Sie hat mich für sich.

Kind zu sein, hat etwas Kindisches und etwas Heiliges an sich. Plötzlich rühren wir an das Heilige – laufen ans Ufer, spüren den ersten kalten Wasserschwall an den Knöcheln, angeln in der Strömung nach Muscheln, bevor die Ebbe sie uns unter den Fingern wegzieht. Wir kehren zurück in eine Welt voller Glitzerkraft und waten tiefer hinein. Breiten die Arme weit aus, als wollten wir den Wind umarmen. Sie bespritzt mich zum Spaß, und ich gehe zum Gegenangriff über. Unsere Hosen und T-Shirts werden nass, aber das macht uns keine Sorgen. Wir sind sorgenfrei.

Ich soll ihr helfen, eine Sandburg zu bauen, und dabei erzählt sie mir, dass sie und ihre Schwester nie wirklich zusammen an Sandburgen gearbeitet haben – es war immer ein Wettbewerb, bei dem ihre Schwester möglichst hoch hinaus wollte, während es Rhiannon auf die Einzelheiten ankam: Jede Sandburg sollte das Puppenhaus sein, das sie nie haben durfte. Ein Detail, das auch jetzt noch zu erkennen ist, als unter ihren gewölbten Händen Türmchen emporwachsen. Ich für mein Teil habe keine Erinnerungen an Sandburgen, aber es muss bei mir so was wie ein sensorischer Speicher angedockt sein, denn irgendwie weiß ich, wie es geht, wie man die Formen hinbekommt.

Als wir fertig sind, gehen wir wieder ans Wasser und spülen uns die Hände ab. Hinter mir sehe ich unsere Fußspuren zu einem Trampelpfad zusammenlaufen.

»Was ist?«, fragt sie. Offenbar lässt sich aus meiner Miene etwas ablesen.

Wie soll ich das erklären? Das Einzige, was mir einfällt, ist »Danke«.

Sie sieht mich an, als hätte sie das Wort noch nie gehört.

»Wofür?«, fragt sie.

»Für das hier«, sage ich. »Für das alles.«

Für das Ausbrechen. Das Wasser. Die Wellen. Für Rhiannon. Es ist, als wären wir aus der Zeit herausgetreten. Auch wenn sie kein Ort ist.

Halb wartet sie immer noch auf den Moment, an dem es kippt, an dem diese unbändige Freude zu Schmerz umschnappt.

»Es ist okay«, sage ich. »Es ist okay, glücklich zu sein.«
Tränen steigen ihr in die Augen. Ich nehme sie in die Arme. Das ist falsch. Aber es ist das Richtige. Ich muss auf meine Worte hören. Glück kommt in meinem Vokabular kaum vor, weil es für mich so flüchtig ist.
»Ich bin glücklich«, sagt sie. »Bin ich wirklich.«
Justin würde sie auslachen. Justin würde sie umschubsen, in den Sand, und mit ihr machen, was er will. Justin wäre nie hierhergekommen.
Ich bin es leid, nichts zu fühlen. Ich bin es leid, mich nicht einzuklinken. Ich will hier bei ihr sein. Ich will der sein, der ihren Hoffnungen gerecht wird, auch wenn meine Zeit begrenzt ist.
Das Meer macht seine Musik; der Wind führt seinen Tanz auf. Wir halten uns fest. Erst aneinander, und dann an etwas, das noch größer erscheint. Noch großartiger.
»Was ist das hier?«, fragt Rhiannon.
»Schsch«, sage ich. »Keine Fragen stellen.«
Sie küsst mich. Ich habe seit Jahren niemanden mehr geküsst. Mir seit Jahren nicht mehr erlaubt, jemanden zu küssen. Ihre Lippen sind weich wie Blütenblätter, und doch ist Nachdruck dahinter. Ich lasse mir Zeit, lasse Moment um Moment ineinanderströmen. Spüre ihre Haut, ihren Atem. Schmecke die Feuchte unserer Berührung, verweile in ihrer Wärme. Rhiannons Augen sind geschlossen, meine offen. Ich will das hier nicht nur als ein einzelnes Gefühl im Gedächtnis behalten. Sondern als Ganzes.

Wir küssen uns. Nicht mehr und auch nicht weniger. Manchmal macht sie Anstalten, weiter zu gehen, aber das brauche ich nicht. Ich streiche über ihre Schultern, sie streicht über meinen Rücken. Ich küsse sie am Hals. Sie küsst mich unter dem Ohr. Wenn wir innehalten, lächeln wir einander an. Ungläubiges Staunen. Gläubiges Staunen. Sie sollte in Englisch sein. Ich in Bio. Es war nicht die Rede davon, dass wir heute auch nur in die Nähe des Meers kommen. Wir haben unser Tagesprogramm über den Haufen geworfen.

Hand in Hand gehen wir am Strand entlang, während die Sonne am Himmel tiefer sinkt. Ich denke nicht an die Vergangenheit und auch nicht an die Zukunft. Ich bin so unendlich dankbar für die Sonne, für das Wasser, für meine Füße, die sich in den Sand graben, für das Gefühl, Rhiannons Hand in meiner zu halten.

»Das sollten wir jeden Montag machen«, sagt sie. »Und jeden Dienstag. Und jeden Mittwoch. Und jeden Donnerstag. Und jeden Freitag.«

»Dann wäre es nichts Besonderes mehr«, sage ich. »So was macht man am besten nur einmal.«

»Nie wieder?« Das hört sich für sie nicht gut an.

»Tja, man soll niemals nie sagen.«

»Ich würde niemals nie sagen«, erklärt sie mir.

Jetzt sind noch ein paar andere Leute am Strand, überwiegend ältere Männer und Frauen beim Nachmittagsspaziergang. Sie nicken uns im Vorbeigehen zu, manchmal grüßen sie auch. Wir nicken zurück, erwidern ihren Gruß.

Niemand will wissen, warum wir hier sind. Niemand will irgendetwas wissen. Wir gehören einfach zu dem Augenblick dazu, so wie alles andere.

Die Sonne sinkt weiter. Die Temperatur sinkt mit ihr. Rhiannon zittert, ich lasse ihre Hand los und lege den Arm um sie. Sie schlägt vor, zurück zum Wagen zu gehen und die »Knutschdecke« aus dem Kofferraum zu holen. Wir finden sie begraben unter leeren Bierflaschen, einem verknäulten Starthilfekabel und anderem Jungsschrott. Ich frage mich, wie oft Rhiannon und Justin die Knutschdecke wohl schon hergenommen haben, aber ich mache keinen Versuch, die Erinnerungen abzurufen. Stattdessen gehe ich mit der Decke zurück zum Strand und breite sie für uns aus. Ich lege mich hin und schaue hoch zum Himmel, Rhiannon legt sich neben mich und tut das Gleiche. Wir starren in die Wolken, mit Luft zum Atmen zwischen uns, und nehmen alles in uns auf.

»Das ist unter Garantie einer der besten Tage überhaupt«, sagt Rhiannon.

Ohne den Kopf hinzudrehen, finde ich ihre Hand und halte sie.

»Erzähl mir was von anderen solchen Tagen«, sage ich.

»Ich weiß nicht ...«

»Bloß einer. Der erste, der dir in den Sinn kommt.«

Rhiannon denkt kurz nach. Dann schüttelt sie den Kopf. »Das ist total dämlich.«

»Erzähl.«

Sie dreht sich zu mir hin und legt mir die Hand auf die Brust. Malt träge Kreise darauf. »Keine Ahnung wieso, aber das Erste, was mir in den Sinn kommt, ist diese Modenschau für Mutter und Tochter. Versprichst du, nicht zu lachen?«

Ich verspreche es.

Sie mustert mich. Vergewissert sich, dass ich es ernst meine. Redet weiter.

»Da war ich in der vierten Klasse oder so. Dieser Klamottenladen, Renwick's, hat eine Spendenaktion für Opfer von einem Wirbelsturm veranstaltet und Freiwillige aus unserer Klasse gesucht. Ich hab meine Mutter gar nicht erst gefragt – ich hab mich einfach eingetragen. Und als ich mit der Info nach Hause kam – na, du kennst ja meine Mom. Sie hat Zustände gekriegt. Sie schafft's ja schon kaum bis zum Supermarkt. Und dann eine Modenschau? Vor wildfremden Leuten? Genauso gut hätte ich sie bitten können, für den *Playboy* Modell zu stehen. O Gott, was für eine Horrorvorstellung.«

Ihre Hand liegt jetzt still auf meiner Brust. Sie schaut zum Himmel.

»Aber das Komische war: Sie hat nicht nein gesagt. Eigentlich wird mir erst jetzt so richtig klar, was ich ihr da zugemutet habe. Sie hat mich nicht gezwungen, zu der Lehrerin zu gehen und es rückgängig zu machen. Als es so weit war, sind wir zu Renwick's gefahren und haben uns erklären lassen, wo wir genau hin sollten. Ich hatte gedacht, sie würden uns einen Partnerlook verpassen, aber so war es nicht. Sie meinten, wir hätten die freie Auswahl. Also sind wir kreuz und quer durch den Laden und haben alles Mögliche anprobiert. Ich bin natürlich auf die Abendkleider los. Und bin dann bei einem hellblauen Kleid gelandet, mit jeder Menge Rüschen. Ich fand es irrsinnig elegant.«

»War bestimmt todschick«, sage ich.

Sie gibt mir einen Klaps. »Halt den Mund. Lass mich meine Geschichte weitererzählen.«

Ich greife nach ihrer Hand auf meiner Brust. Beuge mich zu ihr und küsse sie kurz.

»Nur zu«, sage ich. Ich genieße das. Sonst lasse ich mir nie von Leuten Geschichten erzählen. Normalerweise muss ich mir die irgendwie selbst zusammenreimen. Denn wenn mir Leute Geschichten erzählen, erwarten sie, dass ich sie im Gedächtnis behalte. Und das kann ich nicht garantieren. Ich kann unmöglich wissen, ob die Geschichten bleiben, nachdem ich weg bin. Und es wäre doch eine Katastrophe, wenn man jemandem etwas anvertraut und feststellen muss, dass es verschwunden ist. Dafür will ich nicht verantwortlich sein.

Aber bei Rhiannon kann ich nicht widerstehen.

Sie redet weiter. »Okay, also ich hatte damit schon mal sozusagen mein Abschlussballkleid in klein. Und dann war Mom an der Reihe. Komischerweise ist sie auch zu den Abendkleidern hin. Bis dahin hatte ich sie noch nie so richtig edel angezogen gesehen. Und das hat mich wohl am meisten umgehauen: Nicht ich war Aschenputtel, sondern sie.

Als wir die Kleider ausgesucht hatten, haben sie uns dann geschminkt und so. Ich dachte, Mom rastet aus, aber sie hatte richtig Spaß dabei. Sie haben gar nicht viel mit ihr gemacht – nur ein bisschen mehr Farbe. Und das reichte auch vollkommen. Sie war echt hübsch. Kaum zu glauben, ich weiß, so wie sie jetzt ist. Aber an dem Tag hat sie ausgesehen wie ein Filmstar. Die anderen Mütter haben ihr alle Komplimente gemacht. Und als dann die Show losging, sind wir rausmarschiert, und die Leute haben geklatscht. Mom und ich haben beide gelächelt, und zwar ganz echt, verstehst du?

Wir durften die Kleider zwar nicht behalten, aber ich weiß noch, dass Mom auf der Rückfahrt immer wieder gesagt hat, wie toll sie mich fände. Zu Hause hat Dad uns angeschaut, als wären wir Aliens, aber das Coole war, er hat keine blöden Bemerkungen gemacht, sondern mitgespielt. Wir wären seine Supermodels, hat er gesagt, und ob wir die Modenschau nicht noch mal machen könnten, nur für ihn in unserem Wohnzimmer, und das haben wir dann auch gemacht. Wir haben uns halbtot gelacht. Und das war's. Dann war der Tag vorbei. Ich glaube nicht, dass Mom sich seitdem irgendwann noch mal geschminkt hat. Und aus mir ist auch kein Supermodel geworden. Aber der Tag heute erinnert mich an den damals. Weil er so ganz anders war als sonst wahrscheinlich?«

»Klingt so«, sage ich.
»Ich fasse es nicht, dass ich dir das gerade erzählt habe.«
»Wieso?«
»So eben. Keine Ahnung. Es klingt doch total dämlich.«
»Nein, es klingt nach einem guten Tag.«
»Was ist mit dir?«, fragt sie.
»Ich war noch nie bei einer Modenschau für Mutter und Tochter«, witzle ich. Was übrigens nicht stimmt, ich war schon bei mehr als nur einer.
Sie pufft mich an der Schulter. »Nein. Erzähl mir von einem Tag, der auch so war wie der hier.«
Ich frage Justins Gedächtnis ab. Er ist mit zwölf hierhergezogen. Demnach ist alles davor frei verfügbar, weil Rhiannon nicht dabei gewesen sein kann. Ich könnte versuchen, ihr etwas aus seiner Erinnerung zu erzählen, aber das will ich nicht. Ich will Rhiannon an meinen Erinnerungen teilhaben lassen.
»Da war ich elf.« Ich versuche mich an den Namen des Jungen zu erinnern, in dessen Körper ich an dem Tag steckte, aber ich weiß ihn nicht mehr. »Ich habe mit meinen Freunden Verstecken gespielt. Die brutale Variante, wo man beim Abschlagen richtig fest zuhaut und sich rauft. Wir waren im Wald, und aus irgendeinem Grund kam ich auf die Idee, ich müsste auf einen Baum klettern. Das hatte ich vorher noch nie gemacht, glaube ich. Aber ich hab einen mit ein paar Ästen weit unten gefunden und bin einfach hoch. Höher und höher. Es war kinderleicht. In meiner Erinnerung ist der

Baum turmhoch. Wolkenkratzerhoch. Irgendwann bin ich sozusagen über die Baumgrenze drüber. Kletterte immer weiter, aber es waren keine anderen Bäume mehr um mich herum. Ich war ganz allein, klammerte mich an den Baumstamm, ewig weit vom Boden weg.«

Schemenhaft sehe ich es wieder vor mir. Die Höhe. Das Städtchen unter mir.

»Es war wie im Märchen«, sage ich. »Anders lässt es sich nicht beschreiben. Ich hörte meine Freunde brüllen, wenn sie gefangen wurden, das Spiel lief langsam aus. Aber ich war vollkommen woanders. Ich sah die Welt von oben, und das ist schon was Außergewöhnliches, wenn man es zum ersten Mal erlebt. Ich war bis dahin noch nie geflogen. Ich glaube, ich war sogar noch nie in einem hohen Gebäude gewesen. Und da hockte ich nun, schwebte über allem, was ich kannte. Ich hatte es an einen besonderen Ort geschafft, und zwar ganz allein. Niemand hatte mir dazu verholfen. Niemand hatte mich da raufgeschickt. Ich bin einfach geklettert und geklettert und geklettert, und das war die Belohnung. Die Welt im Blick zu haben und mit mir allein zu sein. Ich merkte, dass das genau das war, was ich brauchte.«

Rhiannon schmiegt sich an mich. »Das ist echt irre«, flüstert sie.

»Ja, das war es.«

»Und das war in Minnesota?«

In Wahrheit war es in North Carolina. Aber ich checke Justins Erinnerung und stelle fest, ja, für ihn wäre es Minnesota gewesen. Also nicke ich.

»Willst du wissen, welcher Tag noch so war wie der hier?«, fragt Rhiannon und kuschelt sich enger an mich.

Ich verlagere meinen Arm, damit wir es beide bequem haben. »Klar.«

»Unser zweites Date.«

Aber das hier ist doch erst unser erstes, denke ich. Schwachsinn.

»Echt?«, frage ich.

»Weißt du das noch?«

Ich checke Justin. Er erinnert sich nicht an ihr zweites Date.

»Bei Dacks Party?«, hilft sie nach.

Immer noch nichts.

»Jaaa ...«, druckse ich.

»Keine Ahnung – vielleicht zählt es ja auch nicht als Date. Aber es war das zweite Mal, dass wir rumgemacht haben. Und, keine Ahnung, du warst einfach so ... so süß dabei. Werd jetzt nicht sauer, okay?«

Ich frage mich, worauf das hinausläuft.

»Ich wüsste nicht, was mich hier und jetzt sauer machen sollte, Ehrenwort«, sage ich und lege sogar noch die Hand aufs Herz, um zu zeigen, dass ich es ernst meine.

Sie lächelt. »Okay. Also, in letzter Zeit – hast du es irgendwie immer eilig. Ich meine, wir schlafen miteinander, aber wir sind uns nicht so richtig ... nahe. Und es ist schon okay so. Ich meine, es macht Spaß und alles. Aber hin und wieder ist

es auch gut, wenn es so ist wie jetzt. Und bei Dacks Party – da war es so. Als hättest du alle Zeit der Welt, als wolltest du sie mit mir zusammen haben. Das war toll. Damals hast du mich noch so richtig angesehen. Es war – als wärst du auf diesen Baum geklettert und hättest ganz oben mich gefunden. Und das haben wir zusammen so erlebt. Obwohl wir bei irgendwelchen wildfremden Leuten im Garten waren. Irgendwann – weißt du das noch? – hast du gesagt, ich soll ein Stückchen rücken, weiter ins Mondlicht. ›Das bringt deine Haut zum Leuchten‹, hast du gesagt. Und genau so war es für mich. Als ob ich leuchte. Weil du mich so angeschaut hast, im Mondlicht.«
Ob sie spürt, dass sie eben jetzt, da es nicht mehr ganz Tag und noch nicht ganz Nacht ist, von dem warmen Orangerot am Horizont angeleuchtet wird? Ich beuge mich über sie, werde ihr Nachtschatten. Ich küsse sie, dann versinken wir ineinander, schließen die Augen, gleiten in den Schlaf. Dieses Gefühl habe ich noch nie erlebt. Eine Nähe, die nicht nur zwischen zwei Körpern besteht. Eine Verbindung – obwohl wir uns gerade erst kennengelernt haben. Eine Empfindung, die nur vom höchsten aller Glücksgefühle herrühren kann: zusammenzugehören.

Was ist das für ein Moment, in dem man sich verliebt? Wie kann so ein winziges bisschen Zeit etwas so Großes, Ungeheuerliches hervorbringen? Plötzlich wird mir klar, wieso Menschen an Déjà-vus glauben und an frühere Leben, denn es ist vollkommen ausgeschlossen, dass meine paar Jahre auf dieser Erde ein solches Gefühl in sich bergen könnten. Wenn man sich verliebt, kommt es einem vor, als stünden Jahrhunderte hinter diesem Augenblick, ganze Generationen – die sich alle so ordnen, dass es genau zu diesem entscheidenden Schnittpunkt kommt. Du weißt, wie albern es ist, und trotzdem spürst du es, in deinem Herzen, in deinen Knochen, dass alles darauf zugelaufen ist, alle verborgenen Pfeile hierher gezeigt haben, das Universum und die Zeit selbst schon seit langem daran wirken und du es eben jetzt erkennst, eben jetzt dort ankommst, wo du immer schon sein solltest.

Eine Stunde später weckt uns der Klingelton ihres Handys. Ich lasse die Augen zu. Höre sie stöhnen. Ihrer Mutter sagen, dass sie bald nach Hause kommt.

Das Wasser ist mittlerweile pechschwarz, der Himmel tintenblau. Die Kälte kriecht uns unter die Haut, als wir die Decke aus dem Sand klauben und einen neuen Satz Fußabdrücke produzieren.

Sie dirigiert mich, ich fahre. Sie redet, ich höre zu. Wir singen noch ein paar Songs mit. Dann lehnt sie sich an meine Schulter, und ich lasse sie da sein und ein kleines bisschen weiterschlafen, ein kleines bisschen weiterträumen.

Ich versuche, nicht daran zu denken, was als Nächstes geschehen wird.

Ich versuche, nicht daran zu denken, dass es enden wird.

Ich bekomme nie Menschen im Schlaf zu sehen. Nicht so. Sie ist das Gegenteil von dem, was sie bei unserer ersten Begegnung am Morgen war. Ihre Verletzlichkeit ist mit Händen zu greifen, aber sie fühlt sich sicher darin. Ich sehe, wie ihr Körper sich hebt und senkt, sich rührt und ruht. Ich wecke sie erst, als ich neue Anweisungen von ihr brauche, wie ich fahren soll.

In den letzten zehn Minuten macht sie Vorschläge, was wir morgen unternehmen könnten. Ich kriege keine Antwort zustande.

»Wenn es nicht geht, sehe ich dich trotzdem in der Mittagspause?«, fragt sie.

Ich nicke.

»Und vielleicht können wir ja doch nach der Schule noch irgendwas zusammen machen?«

»Ich denke schon. Wobei, ich weiß nicht so genau, was sonst noch so ansteht. Ich habe gerade was anderes im Kopf.«

Das leuchtet ihr ein. »Ist schon gut. Morgen ist morgen. Lassen wir es heute einfach schön ausklingen.«

Sobald wir im Ort sind, kann ich die Wegbeschreibung zu ihrem Haus abrufen und muss sie nicht danach fragen. Aber ich würde mich viel lieber verfahren. Um das Ende hinauszuzögern.

»Da wären wir«, sagt Rhiannon, als wir bei der Einfahrt zu ihrem Haus sind.

Ich parke. Drücke auf den Knopf, der die Zentralverriegelung aufhebt.

Sie beugt sich zu mir und küsst mich. Mit allen Sinnen, hellwach, schmecke ich sie, rieche sie, spüre sie, höre sie atmen, sehe sie langsam von mir fortrücken.
»Das ist der schöne Ausklang«, sagt sie. Und bevor ich noch etwas erwidern kann, ist sie aus dem Auto heraus und weg.
Keine Chance, mich zu verabschieden.

Ich vermute richtig, dass Justin selten Bescheid sagt, wenn er nicht zum Abendessen kommt, und seine Eltern daran gewöhnt sind. Sie schreien ein bisschen rum, aber man merkt genau, dass alle nur ihr Ding abspulen, und als Justin in sein Zimmer stampft, ist das bloß die neueste Wiederholung einer uralten Show.
Ich sollte noch Justins Hausaufgaben machen – wenn möglich, bin ich da immer ziemlich gewissenhaft –, aber meine Gedanken schweifen ständig ab zu Rhiannon. Ich stelle sie mir vor. Bei sich zu Hause. Mit dem Gefühl, zu schweben, nach dem einen geschenkten Tag. In dem Glauben, dass etwas anders ist als sonst, dass Justin sich irgendwie geändert hat.
Ich hätte es nicht tun dürfen. Das weiß ich. Auch wenn es mir vorkam, als hätte das Universum es mir befohlen.
Ich plage mich Stunden damit herum. Ich kann es nicht rückgängig machen. Ich kann es nicht aus der Welt schaffen.

Ich habe mich schon einmal verliebt, oder zumindest dachte ich das bis heute. Er hieß Brennan, und es fühlte sich sehr echt an, obwohl es im Großen und Ganzen bei Worten blieb. Tief bis ins Herz hinein empfundenen Worten. Ich war so blöd, mir eine mögliche Zukunft mit ihm auszumalen. Aber die gab es nicht. Ich habe versucht, es zu steuern, aber es ging nicht.

Das war Kinderkram im Vergleich zu dem hier. Sich zu verlieben, ist nicht das Gleiche wie zu merken, dass jemand anderer dich liebt, und sich für diese Liebe verantwortlich zu fühlen.

Ich kann nicht in diesem Körper bleiben. Ob ich mich schlafen lege oder nicht, der Wechsel kommt so oder so. Früher dachte ich, wenn ich die ganze Nacht wach bliebe, müsste ich nicht woanders hin. Aber dann wurde ich aus dem Körper, in dem ich steckte, herausgerissen. Und das fühlte sich genauso an, wie man es sich vorstellt, aus einem Körper herausgerissen zu werden. Bis in den letzten Nerv erlebt man den Schmerz, auseinandergenommen und in eine neue Form gegossen zu werden. Ab da legte ich mich jeden Abend schlafen. Es hatte keinen Sinn, dagegen anzukämpfen.

Mir geht auf, dass ich sie anrufen muss. Ihre Nummer habe ich ja hier, sie ist in seinem Handy eingespeichert. Sie darf nicht denken, dass es morgen wieder so sein wird wie heute.

»Hey!«, meldet sie sich.

»Hey«, sage ich.
»Noch mal danke für heute.«
»M-hm.«
Ich will es nicht kaputtmachen. Aber ich muss, oder?
»Also, das heute ...«, setze ich an.
»Willst du mir jetzt sagen, dass wir nicht jeden Tag Schule schwänzen können? Das sieht dir aber gar nicht ähnlich.«
Sieht mir nicht ähnlich.
»Schon klar«, sage ich, »aber du sollst nicht denken, dass es jetzt jeden Tag so wird wie heute. Weil, das wird es nicht, okay? Das ist nicht drin.«
Stille. Sie merkt, dass irgendwas nicht stimmt.
»Das weiß ich«, sagt sie vorsichtig. »Aber vielleicht kann es ja insgesamt doch wieder besser werden. Das müsste doch gehen.«
»Keine Ahnung«, sage ich. »Das wollte ich bloß sagen. Keine Ahnung. Das heute war schon was, aber es ist eben nicht alles.«
»Ich weiß.«
»Okay.«
»Okay.«
Ich seufze.
Es besteht immerhin eine Chance, dass ich in irgendeiner Weise auf Justin abgefärbt habe. Nicht ausgeschlossen, dass sein Leben sich tatsächlich ändert – dass er sich ändert. Aber das werde ich nie erfahren. Wenn ich einen Körper verlasse, bekomme ich ihn nur sehr selten wieder zu sehen. Und dann

auch erst Monate oder Jahre später. Wenn ich ihn überhaupt erkenne.

Justin soll besser mit ihr umgehen. Aber ich darf sie nicht dazu bringen, das von ihm zu erwarten.

»Das wär's dann«, sage ich. Vom Gefühl her passt der Satz zu Justin.

»Okay, dann sehe ich dich morgen.«

»Ja.«

»Noch mal danke für heute. Egal, was für Ärger wir deshalb kriegen, das war es wert.«

»Ja.«

»Ich liebe dich«, sagt sie.

Ich will sagen: *Ich dich auch.* Jetzt, in diesem Moment, würde ich es mit jeder Faser genau so meinen. Aber das hält nur noch ein paar Stunden an.

»Schlaf gut«, sage ich. Dann lege ich auf.

Auf seinem Schreibtisch liegt ein Notizheft.

Denk dran, dass du Rhiannon liebst, schreibe ich in seiner Handschrift. Wahrscheinlich wird er sich nicht daran erinnern, es geschrieben zu haben.

Ich gehe an seinen Computer. Öffne mein eigenes E-Mail-Konto, tippe ihren Namen ein, ihre Handynummer, ihre E-Mail-Adresse sowie die von Justin und sein Passwort. Ich schreibe etwas über diesen Tag. Und schicke es mir selbst. Sobald ich fertig bin, lösche ich Justins Chronik.

Mein Herz ist schwer.

Ich habe mich schon so daran gewöhnt, was ich bin und wie mein Leben abläuft.

Ich will nie bleiben. Ich bin immer bereit, zu gehen.

Aber heute Abend nicht.

Heute Abend werde ich den Gedanken nicht los, dass er morgen hier sein wird und ich nicht.

Ich will bleiben.

Ich bete darum, zu bleiben.

Ich schließe die Augen und wünsche mir, zu bleiben.

5995. Tag

Beim Aufwachen denke ich an gestern. Die Erinnerung ist Freude; zu wissen, dass es gestern war, ist Schmerz.

Ich bin nicht da. Ich bin nicht in Justins Bett und nicht in Justins Körper.

Heute bin ich Leslie Wong. Ich habe das Weckerklingeln verschlafen, und ihre Mutter ist sauer.

»Steh auf!«, schreit sie und schüttelt meinen neuen Körper. »Du hast noch zwanzig Minuten, dann fährt Owen los!«

»Okay, Mom«, ächze ich.

»Mom! Ich will mir gar nicht vorstellen, was deine Mutter sagen würde, wenn sie hier wäre!«

Ich greife schnell auf Leslies Hirn zu. Dann also Großmutter. Mom ist schon los zur Arbeit.

Als ich unter der Dusche stehe und versuche, nicht zu vergessen, dass ich mich beeilen soll, wandern meine Gedanken eine Minute zu Rhiannon. Ich bin mir sicher, dass ich von ihr geträumt habe. Ich überlege: Wenn der Traum angefangen hat, als ich noch in Justins Körper war, hat Justin ihn dann weitergeträumt? Wird er beim Aufwachen liebevoll an sie denken?

Oder träume ich mir das bloß so zurecht?

»Leslie! Jetzt komm endlich!«

Ich steige aus der Dusche, trockne mich ab und ziehe mich schnell an. Leslie ist offenbar nicht sonderlich beliebt. Die wenigen Fotos von Freunden in ihrem Zimmer wirken irgendwie nicht richtig überzeugend, und ihre Klamottenauswahl sieht eher nach einer Dreizehnjährigen aus als nach einer Sechzehnjährigen.

Als ich in die Küche komme, schaut die Großmutter mich grimmig an.

»Vergiss deine Klarinette nicht«, mahnt sie.

»Nein«, murmle ich.

Am Tisch sitzt ein Junge, der mich mit einem fiesen Blick beäugt. Leslies Bruder, nehme ich an – und lasse es mir bestätigen. Owen. Zwölfte Klasse. Meine Mitfahrgelegenheit zur Schule.

Es ist mir quasi schon in Fleisch und Blut übergegangen, dass es morgens in den meisten Familien immer haargenau gleich abläuft. Aus dem Bett wanken. Unter die Dusche wanken. Am Frühstückstisch irgendwas vor sich hin murmeln. Oder, wenn die Eltern noch schlafen, auf Zehenspitzen aus dem Haus schleichen. Damit es interessant bleibt, gibt es nur eins: nach den Variationen suchen.

Die heutige Variation liefert Owen, der sich einen Joint anzündet, kaum dass wir im Auto sitzen. Ich nehme an, dass das zu seiner Morgenroutine gehört, und achte darauf, Leslie nicht so überrascht wirken zu lassen, wie ich es bin.

Immerhin ringt sich Owen ungefähr drei Minuten nach dem Losfahren ein »Sag ja nichts« ab. Ich starre aus dem Fenster.

Zwei Minuten später sagt er: »Hör zu, auf deine Meinung kann ich verzichten, okay?« Mittlerweile ist der Joint aufgeraucht; er macht ihn kein bisschen lockerer.

Ich bin lieber ein Einzelkind. Auf lange Sicht gesehen verstehe ich schon, dass Geschwister einem im Leben eventuell nützlich sein können – man hat jemanden, mit dem man Familiengeheimnisse teilt, jemanden aus der eigenen Generation, der weiß, ob man Sachen richtig im Gedächtnis hat oder nicht, jemanden, der einen mit acht und mit achtzehn und mit achtundvierzig kennt und das nicht schlimm findet. Das leuchtet mir ein. Aber kurzfristig betrachtet sind Geschwister bestenfalls nervig und schlimmstenfalls der pure Horror. Was ich in meinem zugegeben ungewöhnlichen Leben schon alles gelitten habe, kam hauptsächlich von Brüdern und Schwestern, wobei ältere Geschwister im Großen und Ganzen die übelsten Schinder sind. Anfangs bin ich ganz naiv davon ausgegangen, Brüder und Schwestern wären natürliche Verbündete, täten sich immer wie von selbst zusammen. Und manchmal führten die Umstände auch dazu – bei Familienausflügen zum Beispiel, oder an einem faulen Sonntag, wenn man zur Unterhaltung eben nur auf die Geschwister zurückgreifen konnte. Aber an normalen Tagen ist nicht Teamwork, sondern Konkurrenz die Regel. Manchmal frage ich mich, ob Brüder und Schwestern nicht eigentlich diejenigen sind, die spüren, dass irgendwas mit der Person nicht stimmt, in der ich gerade stecke, und das ausnutzen. Als ich acht war, schlug eine ältere Schwester mir vor, zusammen wegzulaufen, und ließ das mit dem »zusammen« dann sausen, als wir am Bahnhof waren, wo ich stundenlang herumirrte und mich nicht traute, um Hilfe zu bitten – vor lauter Angst, dass sie es sonst herausfinden und mir die Hölle heißmachen würde, weil ich unser Spiel versaut hatte. Als Junge bin ich von Brüdern – älteren und jüngeren – in den Schwitzkasten genommen, geschlagen, getreten, gebissen, geschubst und mit mehr Schimpfnamen belegt worden, als ich je aufzählen könnte.

Das Beste, worauf ich in Sachen Geschwister hoffen kann, ist ein ruhiger Vertreter. Zunächst habe ich Owen als einen solchen eingestuft. Im Auto sieht es so aus, als ob ich mich vertan hätte. Aber sobald wir bei der Schule sind und aussteigen, liege ich offenbar doch richtig. Angesichts anderer Jugendlicher schrumpft er förmlich zusammen, wird praktisch unsichtbar. Kein *Tschüs*, kein *Viel Spaß heute*. Nur ein kurzer Blick, um zu checken, ob meine Beifahrertür zu ist, bevor er das Auto abschließt. Dann lässt er mich einfach stehen und geht mit gesenktem Kopf allein ins Schulgebäude.

»Was guckst du?«, fragt eine Stimme über meine linke Schulter hinweg.

Ich drehe mich um und mache eine eilige Abfrage.

Carrie. Beste Freundin seit der vierten Klasse.

»Bloß mein Bruder.«

»Wieso das denn? Der ist doch die totale Platzverschwendung.«

Schon komisch: Eigentlich denke ich genau das Gleiche, aber es aus Carries Mund zu hören, bringt mich in Verteidigungshaltung.

»Ach, komm schon«, sage ich.

»Was heißt hier ›Komm schon‹? Willst du mich verarschen?«

Sie weiß etwas, das ich nicht weiß, denke ich. Und beschließe, den Mund zu halten.

Sie ist offenbar erleichtert über die Gelegenheit zum Themawechsel.

»Und, was hast du gestern Abend so gemacht?«, fragt sie.

Vor meinem inneren Auge zucken Bilder von Rhiannon auf. Ich versuche, sie wegzustopfen, aber sie lassen sich nicht so leicht bändigen. Sobald man einmal etwas so Ungeheuerliches erlebt hat, lauert es überall und will mit jedem Wort heraus.

»Nichts Besonderes«, sage ich. Die Mühe, bei Leslie abzufragen, spare ich mir: Diese Antwort geht immer. »Und du?«

»Hast du meine SMS nicht gekriegt?«

Ich murmle irgendwas von wegen, dass mein Handy keinen Saft mehr hatte.

»Deswegen hast du mich noch gar nicht danach gefragt! Stell dir vor, Corey hat mit mir gechattet! Fast eine Stunde lang.«

»Wow.«

»Schon, oder?« Carrie seufzt zufrieden auf. »Hat aber auch

lange genug gedauert. Ich wusste nicht mal, dass er meinen Nickname kennt. Den hat er aber nicht von dir, oder?«

Das ist die Sorte von Frage, bei der man in scheußliche Schwierigkeiten geraten kann. Vielleicht nicht sofort. Aber irgendwann in der Zukunft. Wenn Leslie behauptet, von ihr hätte Corey ihn nicht, und Carrie draufkommt, dass es doch so war, könnte ihre Freundschaft einen Knacks kriegen. Und umgekehrt genauso: Wenn Leslie sagt, ja, den hat er von ihr, und Carrie herausfindet, dass es nicht stimmt.

Meine neue Abfrage ergibt: Corey ist Corey Handlemann, einer aus der Elften, in den Carrie seit mindestens drei Wochen verknallt ist. Leslie kennt ihn nicht näher, und ich finde keine Erinnerung daran, ihm einen Nickname verraten zu haben. Damit bin ich wohl auf der sicheren Seite.

»Nein«, sage ich und schüttle den Kopf. »Von mir nicht.«

»Na, dann muss er sich aber ganz schön Mühe gegeben haben, um ihn rauszufinden«, sagt sie. (*Oder,* denke ich, *er hat ihn einfach auf deinem Facebook-Profil gesehen.*)

Und bekomme sofort ein schlechtes Gewissen. Das ist das Gemeine dabei, beste Freunde und Freundinnen zu haben, mit denen mich nichts verbindet – ich entscheide im Zweifel nicht unbedingt zu ihren Gunsten. Wo man doch bei besten Freunden im Zweifel immer zu ihren Gunsten entscheidet.

Carrie freut sich riesig über das mit Corey, also tue ich so, als freute ich mich riesig für sie. Erst als wir uns trennen und zu unseren jeweiligen Morgenbesprechungen gehen, spüre ich wie einen Schlag in die Magengrube das Gefühl, von dem ich dachte, ich hätte es unter Kontrolle: Eifersucht. Ich formuliere es für mich nicht so ganz aus, aber ich bin eifersüchtig, weil Carrie Corey haben kann und ich Rhiannon nicht.

Lächerlich, schimpfe ich mich aus. *Du bist echt lächerlich.*

Wenn man so lebt wie ich, kann man sich keiner Eifersucht hingeben. Tut man es doch, reißt es einen in Stücke.

In der dritten Stunde habe ich Orchesterprobe. Ich sage zum Lehrer, ich hätte meine Klarinette zu Hause vergessen, dabei liegt sie in meinem Spind. Leslie kriegt einen Eintrag und muss für die Stunde in den Studiensaal, aber das ist mir egal.

Ich kann nicht Klarinette spielen.

Die Nachricht von Carrie und Corey verbreitet sich schnell. Alle unsere Freundinnen reden darüber, und die meisten freuen sich. Allerdings weiß ich nicht, ob sie sich freuen, weil die zwei das perfekte Paar sind oder weil Carrie sie endlich nicht mehr mit ihrem Gesülze nervt.

Mittags bekomme ich Corey zu sehen, und es überrascht mich nicht weiter, wie unaufregend er ist. In Wahrheit sind Menschen selten so attraktiv wie in den Augen derjenigen, die in sie verliebt sind. Das sollte wohl auch so sein, schätze ich. Der Gedanke, dass Zuneigung die eigene Wahrnehmung ebenso beeinflussen kann wie alles andere, hat fast schon was Ermutigendes.

Corey kommt in der Cafeteria rüber zu uns und sagt Hallo, setzt sich aber nicht dazu, obwohl wir ihm Platz am Tisch machen. Das fällt Carrie offenbar gar nicht auf; sie ist total aus dem Häuschen, dass er hergekommen ist und sie den ganzen Austausch per Chat nicht bloß geträumt hat, dass sie jetzt sogar schon in echt miteinander reden ... und wer weiß, was als Nächstes passiert? Wie ich mir schon gedacht habe, gehört Leslie eher zu den Spätzündern. Die Mädchen hier haben Küssen im Kopf, nicht Sex. Weiter als bis zu den Lippen gehen ihre Wünsche nicht.

Am liebsten würde ich wieder einfach abhauen, die zweite Tageshälfte sausen lassen.

Aber das wäre nicht das Richtige, ohne sie.

Es kommt mir wie Zeitverschwendung vor. Wobei, das ist es ja eigentlich immer. Mein Leben führt zu nichts.

Mit Ausnahme von einem Nachmittag.

Gestern ist eine andere Welt. Ich will wieder dorthin zurück.

Direkt nach der Mittagspause, zu Anfang der sechsten Stunde, wird mein Bruder per Lautsprecher ins Büro des Direktors gerufen.

Erst denke ich, ich hätte mich verhört. Aber dann merke ich, dass ein paar andere zu mir hinsehen, einschließlich Carrie, die mitleidig guckt. Also habe ich wohl doch richtig gehört.

Ich bin nicht weiter beunruhigt. Wenn es was echt Schlim-

mes wäre, hätten sie uns beide aus dem Unterricht geholt. Demnach ist niemand aus meiner Familie gestorben, und unser Haus ist auch nicht abgebrannt. Das ist Owens Sache, nicht meine.
Carrie steckt mir einen Zettel zu. *Was ist los?*
Ich zucke mit den Schultern. Woher soll ich das wissen?
Ich hoffe nur, dass damit nicht meine Mitfahrgelegenheit nach Hause im Eimer ist.

Nach der sechsten Stunde packe ich meine Bücher und Hefte ein. Als Nächstes habe ich Englisch, die Lektüre ist *Beowulf*, dafür bin ich bestens vorbereitet. Diese Lehreinheit kenne ich schon.
Ungefähr zehn Schritte vor dem Klassenzimmer packt mich jemand am Arm.
Ich drehe mich um und sehe Owen.
Owen, mit Blut im Gesicht.
»Schsch«, sagt er. »Los, komm mit.«
»Was ist denn passiert?«, frage ich.
»Sei einfach still, okay?«
Er guckt sich um, als wäre jemand hinter ihm her. Ich beschließe, mich drauf einzulassen. Immerhin ist das hier spannender als *Beowulf*.
Wir kommen an einer Abstellkammer vorbei. Er bedeutet mir, reinzugehen.
»Soll das ein Witz sein?«, frage ich.
»Leslie.«

Dem ist nichts entgegenzusetzen. Ich folge ihm in die Kammer. Finde problemlos den Lichtschalter.
Er atmet schwer. Und sagt erst mal gar nichts.
»Erzähl schon, was ist passiert?«, frage ich.
»Kann sein, dass ich Ärger am Hals habe.«
»Ach was. Ich hab gehört, dass du zum Direktor kommen sollst. Wieso bist du nicht da?«
»Ich *war* ja da. Vor der Durchsage, meine ich. Aber dann bin ich ... weg.«
»Du bist aus dem Büro vom Direktor abgehauen?«
»Ja. Na ja, aus dem Wartezimmer. Die haben meinen Spind durchsucht. Da bin ich mir sicher.«
Das Blut kommt aus einer Wunde über seinem Auge.
»Wer hat dich da erwischt?«, frage ich.
»Spielt keine Rolle. Halt einfach die Klappe und hör zu, okay?«
»Ich höre ja zu, aber du sagst nichts!«
Wahrscheinlich ist Leslie normalerweise nicht patzig zu ihrem großen Bruder. Aber das soll mir egal sein. Er beachtet mich sowieso nicht weiter.
»Die werden bei uns zu Hause anrufen, okay? Ich brauch dich als Verstärkung.« Er gibt mir seinen Autoschlüssel. »Fahr einfach nach der Schule nach Hause und check die Lage. Ich melde mich bei dir.«
Zum Glück kann ich Auto fahren. Ob Leslie allerdings schon den Führerschein hat, bleibt abzuwarten.
Dass ich nicht widerspreche, nimmt er als Zustimmung.

»Danke«, kommt es von ihm.
»Gehst du jetzt zum Direktor?«, frage ich.
Er verzieht sich ohne eine Antwort.

Schließlich kommt Carrie mit der gewünschten Info. Ob sie voll und ganz der Wahrheit entspricht oder nicht, spielt keine große Rolle. Es ist das, was man sich so erzählt, und sie brennt darauf, es mir mitzuteilen.
»Dein Bruder hat sich in der Mittagspause drüben beim Sportplatz mit Josh Wolf in die Haare gekriegt. Angeblich ging es um Drogen, und dass dein Bruder ein Dealer ist oder irgendwas in der Art. Ich meine, ich wusste schon, dass er kifft und so weiter, aber dass er *dealt*, davon hatte ich keine Ahnung. Sie haben ihn und Josh zum Direktor geschleift, und da ist Owen abgehauen. Nicht zu fassen, oder? Deswegen haben sie ihn ausrufen lassen. Aber ich glaube nicht, dass er wieder dahin gegangen ist.«
»Von wem weißt du das?«, frage ich. Sie platzt fast vor Aufregung.
»Von Corey! Er war nicht selber mit dabei, aber ein paar von den Typen, mit denen er öfter abhängt, haben gesehen, wie die zwei sich geprügelt haben und so weiter.«
Dass Corey es ihr erzählt hat, ist die spannendere Neuigkeit hier, das kapiere ich jetzt. Sie ist nicht so selbstsüchtig, dass sie dafür einen Glückwunsch von mir erwartet, nicht jetzt, wo mein Bruder in Schwierigkeiten steckt. Aber es ist klar, wo ihre Prioritäten liegen.

»Ich muss nach Hause«, sage ich.

In der siebten Stunde habe ich in meinem Geldbeutel nachgesehen und zu meiner großen Freude einen Führerschein entdeckt.

»Soll ich mitkommen?«, fragt Carrie. »Ich will nicht, dass du da alleine reingehst.«

Eine Sekunde lang bin ich schwer in Versuchung. Aber dann stelle ich mir vor, wie sie Corey haarklein berichtet, was abgelaufen ist, und auch wenn das vielleicht eine unfaire Unterstellung ist, macht sie mir doch klar, dass ich Carrie so oder so nicht dabeihaben will.

»Ist schon okay«, sage ich. »Was soll mir groß passieren, ich steh doch voll als die brave Tochter da.«

Carrie lacht – nicht so sehr, weil ihr danach ist, sondern um mich aufzubauen.

»Grüß Corey schön von mir«, sage ich neckisch, als ich meinen Spind abschließe.

Sie lacht wieder – diesmal voller Freude.

»Wo ist er?«

Ich bin noch nicht mal zur Küchentür herein, und schon geht das Verhör los.

Leslies Mutter, Vater und Großmutter, alle sind sie da, und ich weiß auch ohne Abfrage bei Leslie, dass das um drei Uhr nachmittags normalerweise nicht der Fall ist.

»Ich habe keine Ahnung«, sage ich, aufrichtig froh, dass er mir nichts erzählt hat; so muss ich nicht lügen.

»Was soll das heißen, du hast keine Ahnung?«, fragt mein Vater. Er ist der Großinquisitor in dieser Familie.
»Das heißt, ich habe keine Ahnung. Er hat mir die Autoschlüssel gegeben, aber nicht gesagt, was eigentlich los ist.«
»Und du hast ihn gehen lassen?«
»Ich habe keine Polizisten gesehen, die hinter ihm her waren«, sage ich – und überlege, ob am Ende tatsächlich irgendwelche Polizisten hinter ihm her sind.
Meine Großmutter schnaubt angewidert.
»Du bist immer auf seiner Seite«, tönt mein Vater. »Aber diesmal wird das nichts. Diesmal erzählst du uns alles.«
Ohne es zu merken, hat er mir eben einen guten Dienst erwiesen. Jetzt weiß ich, dass Leslie immer zu Owen hält. Also lag ich mit meinem Instinkt richtig.
»Ihr wisst wahrscheinlich mehr als ich«, sage ich.
»Wieso sollten dein Bruder und Josh Wolf sich prügeln?«, fragt meine Mutter, ehrlich fassungslos. »Sie sind doch so gute Freunde!«
Vor meinem geistigen Auge sehe ich Josh Wolf als Zehnjährigen – und vermute, dass mein Bruder irgendwann mal tatsächlich mit Josh Wolf gut befreundet war. Betonung auf *war*.
»Setz dich«, befiehlt mein Vater und deutet auf einen Küchenstuhl.
Ich setze mich.
»Also ... wo ist er?«
»Ich weiß es wirklich nicht.«

»Sie sagt die Wahrheit«, erklärt meine Mutter. »Ich sehe es ihr an der Nasenspitze an, wenn sie lügt.«

Um selber Drogen zu nehmen, habe ich viel zu viel Angst vor Kontrollverlust, aber so langsam ahne ich, warum Owen sich gern zudröhnt.

»Dann frage ich dich etwas anderes«, setzt mein Vater nach. »Ist dein Bruder ein Drogendealer?«

Das ist eine sehr gute Frage. Mein Instinkt sagt *nein*. Aber es hängt eine Menge davon ab, was auf dem Sportplatz mit Josh Wolf abgelaufen ist.

Also bleibe ich die Antwort schuldig und starre bloß ins Leere.

»Josh Wolf sagt, die Drogen, die er in der Jackentasche hatte, hätte dein Bruder ihm verkauft«, bohrt mein Vater weiter. »Willst du behaupten, das stimmt nicht?«

»Haben sie irgendwelche Drogen bei Owen gefunden?«, frage ich.

»Nein«, sagt meine Mutter.

»Und in seinem Spind? Sie haben doch seinen Spind durchsucht?«

Meine Mutter schüttelt den Kopf.

»Und in seinem Zimmer? Habt ihr was in seinem Zimmer gefunden?«

Meine Mutter guckt doch tatsächlich überrascht.

»Ich *weiß*, dass ihr in seinem Zimmer nachgeschaut habt«, sage ich.

»Wir haben nichts gefunden«, antwortet mein Vater. »Bis

jetzt jedenfalls nicht. Und wir müssen uns auch noch das Auto ansehen. Wenn du mir also bitte schön den Schlüssel geben würdest ...«

Ich hoffe nur, Owen war so schlau, das Auto clean zu machen. So oder so, in dem Punkt kann ich nichts ausrichten. Ich liefere die Schlüssel ab.

Nicht zu fassen, sie haben auch mein Zimmer durchsucht.

»Es tut mir leid«, sagt meine Mutter vom Flur her, jetzt mit Tränen in den Augen. »Er hat gedacht, dein Bruder hätte die Drogen vielleicht hier drin versteckt. Ohne dein Wissen.«

»Ist schon okay«, sage ich, hauptsächlich, um sie vom Hals zu haben. »Ich räum dann jetzt auf.«

Aber ich war nicht schnell genug. Mein Handy klingelt. Ich halte es so, dass meine Mom Owens Namen auf dem Display nicht sieht.

»Hi, Carrie«, sage ich.

Wenigstens ist Owen so schlau, die Stimme zu dämpfen.

»Sind sie sauer?«, flüstert er.

Am liebsten würde ich laut loslachen. »Was denkst du denn?«

»Echt so übel?«

»Sie haben in seinem Zimmer alles durchwühlt, aber nichts gefunden. Jetzt sehen sie in seinem Auto nach!«

»Erzähl ihr das nicht alles!«, sagt meine Mutter. »Mach Schluss jetzt.«

»Tut mir leid – Mom ist hier, und sie will nicht, dass ich mit dir darüber rede. Wo bist du? Bist du zu Hause? Kann ich dich später zurückrufen?«

»Ich weiß nicht, was ich machen soll.«

»Ja, schon, irgendwann muss er schließlich nach Hause kommen, oder?«

»Hör zu ... wir treffen uns in einer halben Stunde am Spielplatz, okay?«

»Ich muss jetzt echt Schluss machen. Aber, ja, okay, ist gebongt.«

Ich lege auf. Meine Mutter hat mich immer noch im Blick.

»Hey, du bist sauer auf ihn, nicht auf mich!«, rufe ich ihr in Erinnerung.

Die arme Leslie wird das Chaos in ihrem Zimmer morgen früh aufräumen müssen – ich habe jetzt wirklich keinen Nerv, mich damit zu befassen, wo das alles hingehört. Dafür müsste ich viel zu viele Abfragen machen, und im Augenblick muss ich vor allem herausfinden, welchen Spielplatz Owen meint. Es gibt einen bei einer Grundschule, ungefähr vier Straßen weiter. Ich nehme mal an, der ist es.

Unbemerkt aus dem Haus zu kommen, ist gar nicht so leicht. Ich warte, bis die drei sich aufs Neue dranmachen, Owens Zimmer auseinanderzunehmen, und schleiche mich dann zur Hintertür hinaus. Ein riskantes Manöver, ich weiß – sobald sie merken, dass ich weg bin, ist die Kacke am Dampfen. Aber wenn ich mit Owen zurückkomme, ist das sicher alles vergessen.

Ich sollte mich auf das konzentrieren, was anliegt, aber ob ich will oder nicht, ich muss an Rhiannon denken. Den Unterricht hat sie für heute jetzt auch hinter sich. Macht sie was mit Justin? Wenn ja, ist er gut zu ihr? Hat irgendwas von gestern auf ihn abgefärbt?
Ich kann es nur hoffen, niemals erwarten.

Von Owen keine Spur, also gehe ich zu den Schaukeln und hänge eine Weile in der Luft. Irgendwann taucht er schließlich auf dem Bürgersteig auf und kommt zu mir.
»Du nimmst immer dieselbe Schaukel«, sagt er und setzt sich auf die neben mir.
»Ist das wahr?«
»Ja.«
Ich warte darauf, dass er noch was sagt. Tut er aber nicht.
»Owen«, sage ich endlich. »Was war denn nun los?«
Er schüttelt den Kopf. Will nicht reden.
Ich höre auf zu schaukeln und stelle die Füße auf den Boden.
»Das ist ein blödes Spiel, Owen. Du hast genau fünf Sekunden, um mir zu erzählen, was los war, sonst gehe ich auf der Stelle wieder nach Hause, und dann kannst du deinen Mist alleine machen.«
Owen staunt Bauklötzchen. Aber soweit ich es beurteilen kann, rechtfertigen die Umstände Leslies Wut.
»Was willst du denn hören? Josh Wolf besorgt mir mein Gras. Heute hatten wir Streit deswegen – er meinte, ich wäre ihm

noch was schuldig, das stimmte aber gar nicht. Er fing an, mich rumzuschubsen, also habe ich zurückgeschubst. Und dann haben sie uns erwischt. Mit den Drogen, die er bei sich hatte. Er hat behauptet, ich hätte sie ihm gerade vertickt. Ohne mit der Wimper zu zucken. Ich hab gesagt, das wäre von vorne bis hinten gelogen, aber er ist Spitzenschüler und in sämtlichen Vorbereitungskursen fürs College und alles, was meinst du wohl, wem sie da glauben werden?«

Er ist definitiv fest davon überzeugt, dass das die Wahrheit ist. Ob es auch von Anfang an die Wahrheit war, kann ich nicht sagen.

»Tja«, sage ich, »jedenfalls musst du jetzt mit nach Hause. Dad hat dein Zimmer auf den Kopf gestellt, aber bisher haben sie keine Drogen gefunden. In deinem Spind auch nicht, und im Auto vermutlich auch nicht, sonst hätte ich schon was davon gehört. Also ist momentan alles im grünen Bereich.«

»Ich sag dir doch, ich hab nirgendwo Drogen. Das letzte Gras habe ich heute Morgen aufgebraucht. Deswegen wollte ich ja neues von Josh.«

»Von Josh, deinem früheren besten Freund.«

»Was soll das denn jetzt? Mit der Freundschaft war Sense, da waren wir ungefähr acht oder so.«

Und seither hat Owen keinen besten Freund mehr gehabt, so scheint es.

»Gehen wir«, sage ich. »Wird schon kein Weltuntergang.«

»Du hast leicht reden.«

Das hätte ich nicht erwartet – sobald Owen im Haus ist und unser Vater ihn sieht, haut er ihm eine rein.
Was außer mir offenbar niemanden so richtig verblüfft.
»Was hast du da angestellt?«, brüllt mein Vater. »Was hast du da für einen Mordsblödsinn gemacht?«
Meine Mutter und ich beziehen beide zwischen ihnen Position. Großmama beschränkt sich aufs Zuschauen und wirkt insgesamt ganz angetan.
»Ich hab gar nichts angestellt!«, protestiert Owen.
»Und deshalb bist du weggelaufen? Deshalb wirst du von der Schule verwiesen? Weil du gar nichts angestellt hast?«
»Sie werden ihn nicht von der Schule verweisen, bis sie sich angehört haben, was er dazu zu sagen hat.« Ich bin mir ziemlich sicher, dass das stimmt.
»Halt du dich da raus!«, warnt mich mein Vater.
»Setzen wir uns doch alle miteinander hin und sprechen das durch«, schlägt meine Mutter vor.
Man kann die Wut direkt aus meinem Vater herausdampfen sehen. Ich merke, dass ich auf Abstand gehe und Leslie das wohl häufiger tut, wenn sie mit ihrer Familie konfrontiert ist.
In solchen Momenten sehne ich mich nach dem ersten Augenaufschlag am Morgen, wenn ich noch keine Ahnung habe, was der Tag alles an Hässlichem zu bieten hat.
Jetzt setzen wir uns ins Fernsehzimmer. *Wir* heißt Owen, unsere Mutter und ich – Owen und ich auf die Couch, unsere Mutter in einen Sessel nahe dabei. Unser Vater baut sich

vor uns auf. Unsere Großmutter bleibt auf der Schwelle, als müsste sie Schmiere stehen.

»Du bist ein *Drogendealer*!«, schreit unser Vater.

»Ich bin *kein* Drogendealer«, gibt Owen zurück. »Wenn ich einer wäre, hätte ich zum einen wesentlich mehr Geld. Und außerdem irgendwo Drogen gebunkert, die ihr längst gefunden hättet!«

Owen, denke ich, *sollte dringend den Mund halten.*

»Josh Wolf war der Drogendealer«, sage ich ungefragt. »Nicht Owen.«

»Und was hat dein Bruder dann da gemacht – das Zeug *von ihm gekauft*?«

Vielleicht, denke ich, *sollte doch besser* ich *den Mund halten.*

»Wir haben nicht wegen Drogen gestritten«, sagt Owen. »Die haben sie bloß danach bei ihm gefunden.«

»Weswegen habt ihr denn dann gestritten?«, fragt unsere Mutter, wieder in einem Ton, als wäre es das Unglaublichste von der Welt, dass diese zwei Sandkastenkumpels mit Fäusten aufeinander losgegangen sind.

»Wegen einem Mädchen«, sagt Owen. »Wir haben wegen einem Mädchen gestritten.«

Ob er sich das wohl schon vorher zurechtgelegt hat? Oder ist ihm die Idee spontan gekommen? So oder so ist es wahrscheinlich die einzige Antwort, die unsere Eltern für den Augenblick ... *glücklich macht* ist vielleicht übertrieben. Aber *angenehm überrascht*. Ihr Sohn soll keine Drogen kaufen oder verkaufen, soll nicht verdroschen werden oder andere verdreschen. Aber wegen eines Mädchens streiten? Vollkommen akzeptabel. Vor allem, da Owen ihnen gegenüber vermutlich noch nie irgendein Mädchen erwähnt hat.

Owen merkt, dass er an Boden gewonnen hat, und setzt noch eins drauf. »Wenn sie davon erfährt – o Mann, sie darf bloß nichts davon erfahren. Manche Mädchen mögen es ja, wenn man sich wegen ihnen prügelt, aber sie ist definitiv nicht so.«

Mom nickt beifällig.

»Wie heißt sie?«, fragt Dad.

»Muss ich dir das sagen?«

»Ja.«

»Natasha. Natasha Lee.«

Wow, er hat sogar eine Chinesin aus ihr gemacht. Sehr beeindruckend.

»Kennst du das Mädchen?«, fragt Dad mich.

»Ja«, sage ich. »Sie ist echt toll.« Dann schaue ich zu Owen und tue, als würde ich ihn mit Blicken erdolchen. »Aber unser Romeo hier hat mir bisher kein Sterbenswörtchen davon erzählt, dass er auf sie steht. Obwohl, jetzt, wo er's sagt, wird mir einiges klar. Er hat sich in letzter Zeit ziemlich seltsam aufgeführt.«

Mom nickt wieder. »Allerdings.«

Knallrote Augen, würde ich gern sagen. *Schaufelt sich kiloweise Erdnussflips rein. Starrt Löcher in die Luft. Leert noch eine Tüte Erdnussflips. Das muss Liebe sein. Was sonst?*

Was beinahe zum totalen Krieg ausgeartet wäre, wird zum

Kriegsrat, bei dem unsere Eltern Strategien entwerfen, was man dem Direktor am besten sagt, vor allem wegen der Sache mit dem Weglaufen. Ich hoffe für Owen, dass Natasha Lee tatsächlich auf unsere Highschool geht, ob er nun in sie verknallt ist oder nicht. Ich kann keine Erinnerung an sie abrufen. Falls bei dem Namen ein Glöckchen läutet, befindet es sich im luftleeren Raum.

Nachdem unser Vater eine Möglichkeit sieht, das Gesicht zu wahren, ist er auf einmal beinahe liebenswürdig. Owens große Strafe besteht darin, dass er noch vor dem Abendessen sein Zimmer aufräumen muss.

Ob ich wohl auch so gut weggekommen wäre, wenn ich ein anderes Mädchen wegen eines Jungen grün und blau geschlagen hätte? Aber das stand für heute nicht auf dem Programm, also muss ich mir auch keine Gedanken darüber machen.

Ich folge Owen in sein Zimmer. Als wir drinnen in Sicherheit sind, Tür zu, keine Eltern in der Nähe, sage ich: »Das war ziemlich genial.«

Er guckt mich unverhohlen genervt an und sagt: »Keine Ahnung, wovon du redest. Raus hier.«

Deswegen bin ich lieber ein Einzelkind.

Ich habe das Gefühl, dass Leslie es ihm durchgehen lassen würde. Dann sollte ich es auch tun. Das ist die Regel, die ich mir selbst gesetzt habe – bring das Leben, in dem du steckst, nicht durcheinander. Lass es möglichst so, wie es ist.

Aber ich bin stinksauer. Und darum weiche ich ein kleines

bisschen von der Regel ab. Mir kommt der perverse Gedanke, dass Rhiannon es so wollen würde. Auch wenn sie keine Ahnung hat, wer Owen und Leslie sind. Und wer ich bin.

»Jetzt hör mal zu, du verlogener kleiner Kifferarsch«, sage ich. »Du bist gefälligst nett zu mir, verstanden? Nicht bloß, weil ich dich decke, sondern weil ich im Moment der einzige Mensch auf Erden bin, der dich anständig behandelt. Ist das so weit klar?«

Sichtlich erschrocken und vielleicht sogar ein bisschen kleinlaut murmelt Owen irgendwas Zustimmendes.

»Gut«, sage ich und fege ein paar Sachen von seinen Regalen. »Und jetzt viel Spaß beim Aufräumen.«

Beim Abendessen redet keiner ein Wort.

Ich glaube, das ist nichts Ungewöhnliches.

Ich warte, bis alle schlafen, dann gehe ich an den Computer. Suche in meinen E-Mails nach Justins Adresse und Passwort und logge mich damit ein.

Er hat eine E-Mail von Rhiannon, gesendet um 22:11 Uhr.

J –

ich kapier's einfach nicht. hab ich irgendwas falsch gemacht? gestern war es so perfekt, und heute bist du wieder so fies zu mir. wenn ich irgendwas falsch gemacht habe, dann sag's mir bitte, und ich mache es wieder gut. ich will, dass wir zusammen sind. ich will, dass alle unsere tage schön ausklingen. nicht so wie heute abend.

von ganzem herzen,
r

Ich sacke auf dem Stuhl nach hinten. Will auf *Antworten* drücken, will ihr versichern, dass alles besser werden wird – aber das kann und darf ich nicht. *Du bist nicht mehr er*, muss ich mich selbst erinnern. *Du bist nicht da.*
Und dann denke ich: *Was habe ich bloß getan?*

Ich höre Owen in seinem Zimmer rumoren. Versteckt er Beweisstücke? Oder hält die Angst ihn wach?
Ob er es wohl schafft, das morgen durchzuziehen?
Ich werde es nie erfahren.

Ich will zurück zu ihr. Ich will zurück zu gestern.

lernt, wo meine Grenzen sind – auf die brutale Art, mit elf. Da wachte ich im Körper von einem Jungen auf, der gerade im Skiurlaub war. Ich dachte, *hey, Skifahren, das sah doch immer ganz lustig aus*. Also wollte ich es versuchen. Es einfach durch die Praxis lernen. Das konnte doch nicht so schwer sein?
Der Junge war schon über die Idiotenhügel hinaus, und ich wusste nicht mal, dass es so etwas wie Idiotenhügel gibt. Ich dachte, Skilaufen wäre wie Schlittenfahren und ein Hügel wie der andere.
Und so bescherte ich dem Jungen einen dreifachen Beinbruch.
Es tat ziemlich weh. Und ich fragte mich ernsthaft, ob ich beim Aufwachen am nächsten Morgen immer noch den Schmerz spüren würde, obwohl ich dann in einem neuen Körper wäre. Doch stattdessen spürte ich etwas ebenso Schlimmes – das gnadenlose, volle Gewicht grauenhafter Schuldgefühle. Als hätte ich ihn mit einem Auto gerammt, so unerträglich war das Wissen, dass da ein Fremder in einem Krankenhausbett lag, und zwar meinetwegen.
Wenn er es nicht überlebt hätte ... ob ich dann wohl auch gestorben wäre? Wie will ich das wissen. Ich weiß nur, dass es eigentlich keine Rolle spielt. Ob ich sterbe oder am nächsten Morgen aufwache, als wäre nichts geschehen, ein Todesfall wird mich zerstören.
Also nehme ich mich in Acht. Fußball, Baseball, Feldhockey, Football, Softball, Basketball, Schwimmen, Leichtathletik – alles kein Problem. Aber ich bin auch schon im Körper von

einem Eishockeyspieler aufgewacht, in einem Fechter, einem Springreiter und einmal, neulich erst, in einem Turner.

Die habe ich alle ausgesessen.

Wenn es eins gibt, in dem ich gut bin, dann sind das Videospiele. Die sind überall vorhanden, wie Fernsehen oder Internet. Ganz egal, wo ich bin, habe ich normalerweise Zugang dazu, und sie helfen mir mehr als alles andere, im Kopf wieder ruhig zu werden.

Nach dem Fußballtraining kommen Skylars Freunde mit zu ihm nach Hause, um *World of Warcraft* zu spielen. Wir reden über die Schule und über Mädchen (außer seinen Freunden Chris und David, die reden über Jungs). Ich finde, das ist die beste Methode, um Zeit auf den Kopf zu hauen, denn eigentlich ist sie damit gar nicht vergeudet – man hat Freunde um sich, redet Schwachsinn und manchmal auch ernsthaftes Zeug, hat was zum Knabbern da und was auf dem Bildschirm vor sich.

Es könnte mir direkt Spaß machen, wenn ich bloß von dem Ort loskäme, an dem ich sein will.

5997. Tag

Es ist fast schon unheimlich, wie gut sich am nächsten Tag alles fügt.
Ich werde früh wach – um sechs Uhr morgens.
Ich bin ein Mädchen.
Ein Mädchen mit einem Auto. Und einem Führerschein.
In einer Stadt, die nur eine Stunde von Rhiannons Wohnort entfernt ist.

Ich entschuldige mich bei Amy Tran, als ich eine halbe Stunde nach dem Aufwachen von ihrem Haus aus losfahre. Was ich da tue, ist zweifellos eine merkwürdige Art von Kidnapping.
Wobei ich die starke Vermutung habe, dass Amy Tran nichts dagegen hätte. Beim Anziehen vorhin waren die Optionen schwarz, schwarz oder ... schwarz. Nichts Richtung Gothic – keine schwarzen Spitzenhandschuhe oder so –, sondern eher Rock 'n' Roll. Der CD-Mix in ihrem Auto stellt Janis Joplin, Brian Eno und Death Cab for Cutie Seite an Seite, und irgendwie funktioniert es.
Ich kann mich hier nicht auf Amys Gedächtnis verlassen – da, wo wir hinfahren, ist sie noch nie gewesen. Deshalb habe ich gleich nach dem Duschen Google Maps angeworfen, die

Adresse von Rhiannons Schule eingetippt, und zack, hatte ich die Routenbeschreibung vor mir. Kinderleicht. Ich habe sie ausgedruckt und dann die Chronik gelöscht.
Im Löschen von Chroniken bin ich mittlerweile Meister.

Ich sollte das nicht tun, das weiß ich. Ich stochere in einer Wunde herum, anstatt sie heilen zu lassen. Ich weiß, dass es für mich keine Zukunft mit Rhiannon gibt.
Ich verlängere bloß die Vergangenheit um einen Tag.

Normale Menschen müssen sich nicht entscheiden, was der Erinnerung wert ist. Sie haben eine Rangordnung, immer wiederkehrende Figuren sowie Hilfe durch Wiederholung, Erwartung und den sicheren Halt einer langen Geschichte. Ich dagegen muss bei jeder Einzelheit entscheiden, wie wichtig sie ist. Ich erinnere mich bloß an eine Handvoll Menschen, und selbst das schaffe ich nur, indem ich streng dranbleibe, weil die einzige Wiederholung, die ich zur Verfügung habe – die einzige Möglichkeit, diese Menschen wiederzusehen –, darin besteht, sie in meiner Vorstellung aufzurufen.
Ich wähle aus, woran ich mich erinnern will, und ich wähle Rhiannon. Wieder und wieder wähle ich sie, rufe ihr Bild in mir auf, denn wenn ich auch nur einen Moment lockerlasse, wird es verschwinden.
Jetzt kommt gerade der Song, den wir in Justins Auto gehört haben – *And if I only could make a deal with God ...*

Ich spüre, dass das Universum mir etwas sagen will. Und es ist nicht mal wichtig, ob das stimmt oder nicht. Wichtig ist nur, dass ich es spüre und glaube.
Das Ungeheuerliche regt sich in mir.
Das Universum nickt im Takt zu den Songs.

Ich versuche, an so wenigen banalen, alltäglichen Erinnerungen wie möglich festzuhalten. Fakten und Zahlen, die schon, klar. Bücher, die ich gelesen habe, Informationen, die ich brauche. Die Spielregeln beim Fußball zum Beispiel. Die Handlung von *Romeo und Julia*. Die Nummer vom Notruf. Das behalte ich alles im Gedächtnis.
Aber was ist mit den vielen tausend Erinnerungen und Gedächtnisstützen des Alltags, die jeder Mensch ansammelt? Wo man immer den Haustürschlüssel hinlegt. Wann deine Mutter Geburtstag hat. Wie dein erstes Haustier hieß. Wie dein jetziges Haustier heißt. Die Zahlenkombination von deinem Spindschloss. Welches die Schublade mit dem Silberbesteck ist. Der Programmplatz von MTV. Der Nachname deines besten Freundes.
Das sind die Dinge, für die ich keine Verwendung habe. Und mit der Zeit hat mein Hirn sich neu vernetzt, so dass all diese Informationen mit jedem neuen Morgen weg sind.
Deshalb ist es bemerkenswert – aber nicht verwunderlich –, dass ich noch genau weiß, wo Rhiannons Spind ist.

Falls irgendjemand nachfragt, habe ich mir eine Story zurechtgelegt: Ich will mir die Schule ansehen, weil ich mit meinen Eltern eventuell an diesen Ort ziehe.
Allerdings glaube ich nicht, dass mir hier irgendjemand Fragen stellt. Wenn Erwachsene in einer Schule aufkreuzen, werden sie immer überprüft, aber selten jemand im Schulalter, jedenfalls nicht in solchen typischen Vorstädten.
Ich weiß nicht mehr, ob die Parkplätze zugeteilt sind, deshalb stelle ich das Auto vorsichtshalber weit von der Schule entfernt ab. Und dann spaziere ich einfach hinein, bin ein x-beliebiges Mädchen im Flur – die aus der Neunten werden mich für eine aus der Zwölften halten und die aus der Zwölften für eine aus der Neunten. Ich habe Amys Schultasche dabei – schwarz mit Anime-Motiven und voller Bücher, die hier wohl eher nicht passen. Ich sehe aus, als hätte ich ein Ziel. Und das habe ich auch.
Wenn das Universum es so will, dann wird sie bei ihrem Spind sein.
Das sage ich mir, und da ist sie. Zehn Meter vor mir.
Manchmal schlägt einem die Erinnerung ein Schnippchen. Manches ist von weit weg am schönsten. Aber selbst aus dieser Entfernung weiß ich schon, dass die echte Rhiannon meiner Erinnerung standhalten wird.
Noch sieben Meter.
Sogar in diesem Flur voller Menschen strahlt etwas von ihr zu mir.
Drei Meter.

Der ganze Tag liegt vor ihr, und das wird kein Spaß.

Eineinhalb.

Da stehe ich, und sie hat keine Ahnung, wer ich bin. Ich stehe da und schaue zu ihr hin. Die Traurigkeit ist wieder da. Und es ist nichts Schönes daran – das mit der »traurigen Schönen« ist ein Mythos. Traurige Gesichter sind aus Ton, nicht aus Porzellan. Sie hat es schwer.

»Hey«, sage ich, mit dünnem Stimmchen, eine Fremde im Flur.

Sie kapiert erst nach einer Weile, dass ich sie meine.

»Hey«, gibt sie zurück.

Mir ist aufgefallen, dass die meisten Menschen instinktiv abweisend auf Fremde reagieren. Sie fürchten bei jedem Versuch zur Kontaktaufnahme einen Übergriff, empfinden jede Frage als Störung. Rhiannon nicht. Sie hat keine Ahnung, wer ich bin, aber das spricht für sie nicht gegen mich. Sie geht nicht gleich vom Schlimmsten aus.

»Wunder dich nicht – wir kennen uns nicht«, sage ich rasch. »Es ist bloß – ich bin heute zum ersten Mal da. Ich wollte mir die Schule ansehen. Und ich finde deinen Rock echt schön und deine Tasche auch, und da habe ich mir gedacht, ich spreche dich einfach mal an. Weil, ehrlich gesagt, bin ich gerade total allein.«

Das hätte manche wohl auch verschreckt. Aber nicht Rhiannon. Sie hält mir die Hand hin, stellt sich vor und fragt, warum mich niemand herumführt.

»Ich weiß nicht«, sage ich.

»Soll ich dich ins Sekretariat bringen? Die können bestimmt was organisieren.«
»Nein!«, platze ich heraus, in heller Panik. Und denke mir schnell was aus, um mich zu retten und mehr Zeit mit ihr herauszuschinden. »Es ist bloß ... ich bin sozusagen nicht offiziell hier. Meine Eltern wissen gar nichts davon. Sie haben mir bloß gesagt, dass wir hierherziehen, und da ... da wollte ich es mir mal ansehen, damit ich weiß, ob es total grauenhaft ist oder nicht.«
Rhiannon nickt. »Verstehe. Das heißt, du schwänzt die Schule, um die Schule zu checken?«
»Genau.«
»In welcher Klasse bist du?«
»Elfte.«
»Ich auch. Mal sehen, was sich da machen lässt. Hättest du Lust, heute einfach mit mir mitzugehen?«
»Das wäre ja super.«
Sie ist bloß nett zu mir, das weiß ich. Gegen alle Vernunft wünsche ich mir auch noch so eine Art Erkennen. Bei dem sie hinter diesem Körper mich sehen könnte – und wüsste, dass das derselbe Mensch ist, mit dem sie einen Nachmittag am Strand verbracht hat.
Ich folge ihr. Unterwegs stellt sie mich einigen ihrer Freunde und Freundinnen vor, und ich freue mich über jeden einzelnen, bin erleichtert, dass es außer Justin auch noch andere Menschen in ihrem Leben gibt. Die Art, wie sie mich mit einbezieht, wie sie eine vollkommen Fremde in diese

Welt aufnimmt, lässt sie mir nur noch mehr ans Herz wachsen. Im Umgang mit deinem Freund liebenswert zu sein, ist etwas völlig anderes, als genauso mit einem Mädchen umzugehen, das du überhaupt nicht kennst. Sie ist nicht einfach bloß nett, denke ich. Sie ist wirklich herzensgut. Was ein viel entscheidenderer Charakterzug ist als bloße Nettigkeit. Herzensgüte zeigt, wer du bist, Nettigkeit, wie du wahrgenommen werden willst.

Justin tritt zwischen der zweiten und der dritten Stunde zum ersten Mal in Erscheinung. Wir begegnen ihm im Flur; er nimmt Rhiannon mit knapper Not zur Kenntnis und ignoriert mich komplett. Er bleibt nicht mal stehen, nickt ihr bloß zu. Ich merke, dass es sie verletzt, aber sie sagt nichts dazu.

In der vierten Stunde haben wir Mathe – allmählich wird der Tag zur Folter der Extraklasse. Da habe ich Rhiannon nun die ganze Zeit direkt neben mir und kann doch absolut nichts tun. Während uns Lehrsätze eingetrichtert werden, bin ich zum Schweigen verdammt. Ich schreibe ihr einen Zettel, nur um sie an der Schulter berühren zu können, ihr ein paar Worte zukommen zu lassen. Aber sie haben nichts zu bedeuten, sind die Worte eines Tagesgastes.

Ich will wissen, ob ich bei ihr etwas verändert habe. Ob der Tag bei ihr etwas verändert hat, und sei es auch nur für einen Tag.

Ich will, dass sie mich erkennt, und weiß doch, dass es nicht geht.

Mittags setzt er sich zu uns.
So komisch es ist, Rhiannon wiederzusehen und zu merken, wie gut sie im Vergleich mit meiner Erinnerung abschneidet – noch komischer ist es, dem Vollidioten gegenüberzusitzen, in dessen Körper ich vor gerade mal drei Tagen gesteckt habe. Spiegelbilder werden so einer Konfrontation nicht gerecht. Er sieht besser aus, als ich dachte, zugleich aber auch abstoßender. Seine Gesichtszüge sind schon ansprechend, aber was er damit anstellt, ist es ganz und gar nicht. Er hat dieses unbeschreiblich arrogante Gehabe, das nur mit Mühe seine Minderwertigkeitskomplexe verdeckt. Seine Augen versprühen Gift und Galle, er ist ständig in Abwehrhaltung und tut ungeheuer großspurig.
In meiner Verkörperung muss er nicht wiederzuerkennen gewesen sein.
Rhiannon erklärt ihm, wer ich bin und wo ich herkomme. Er lässt sehr deutlich erkennen, an welchem Körperteil ihm das vorbeigeht. Er hat seine Geldbörse zu Hause vergessen, also geht sie zur Theke und zahlt ihm sein Essen. Als sie damit zurück zum Tisch kommt, bedankt er sich, und das enttäuscht mich beinahe. Weil ich mir sicher bin, dass dieses armselige kleine *Danke* noch lange in ihr nachhallen wird.
Ich will wissen, wie es vor drei Tagen für ihn war, woran er sich erinnert.
»Wie weit ist es von hier bis zum Meer?«, frage ich Rhiannon.
»Ist ja lustig, dass du das fragst«, sagt sie. »Wir waren grad

neulich erst da. Mit dem Auto war es so ungefähr eine Stunde.«

Ich suche wieder in seinem Gesicht nach einem Anzeichen, dass er weiß, wovon wir reden. Aber er isst ungerührt weiter.

»Und, war's schön?«, frage ich ihn.

Sie antwortet. »Superschön.«

Immer noch keine Reaktion von ihm.

Ich versuche es noch mal. »Bist du gefahren?«

Sein Blick signalisiert, dass ich seiner Meinung nach selten dämliche Fragen stelle. Damit hat er wohl recht.

»Ja, bin ich.« Mehr ist aus ihm nicht herauszukriegen.

»Es war echt total schön«, redet Rhiannon weiter. Ich sehe ihr an, wie glücklich sie die Erinnerung macht. Das zieht mich nur noch weiter runter.

Wäre ich bloß nicht hergekommen. Hätte ich es bloß nicht darauf ankommen lassen. Wäre ich bloß schon wieder weg.

Aber das ist keine Alternative. Ich bin hier bei ihr. Das ist das einzig Wichtige, rede ich mir ein.

Und spiele mit.

Ich will sie nicht lieben. Ich will nicht verliebt sein.

Die Beständigkeit der Liebe betrachten die Menschen als ebenso selbstverständlich wie die Beständigkeit ihres Körpers. Ihnen ist nicht klar, dass die Liebe von der permanenten Gegenwart lebt. Ist das gegeben, hat man ein zusätzliches Fundament im Leben. Wenn man das aber nicht haben kann, bleibt einem immer nur das eine Fundament.

Sie sitzt direkt neben mir. Ich möchte mit dem Finger über ihren Arm streichen. Möchte sie auf den Hals küssen. Möchte ihr die Wahrheit ins Ohr flüstern.
Stattdessen sehe ich zu, wie sie Verben konjugiert. Höre zu, wie fremdsprachige Brocken durch die Luft fliegen. Ich versuche, sie in meinem Notizblock zu zeichnen, aber ich bin kein Künstler, und es kommen nur falsche Formen und Linien heraus. Ich kann mich an nichts von ihr festhalten.

Es klingelt zum Schulschluss. Sie fragt mich, wo mein Auto steht, und ich weiß, das ist es, das ist das Ende. Sie schreibt mir ihre E-Mail-Adresse auf einen Zettel. Das ist der Abschied. Höchstwahrscheinlich haben Amys Eltern mittlerweile die Polizei verständigt. Höchstwahrscheinlich läuft eine Stunde von uns entfernt schon eine Fahndung. Es ist herzlos von mir, aber ich pfeife darauf. Rhiannon soll mich fragen, ob ich nicht noch mit ihr ins Kino gehen will oder mit zu ihr nach Hause oder an den Strand. Doch dann kreuzt Justin auf. Wartet. Ungeduldig. Ich weiß nicht, was sie vorhaben, aber meinem Gefühl nach wäre er nicht so penetrant, wenn es nicht um Sex ginge.
»Bringst du mich noch zum Auto?«, frage ich.
Sie sieht Justin fragend an.
»Ich hol schon mal meine Karre«, sagt er.

Uns bleibt eine Parkplatzlänge Zeit miteinander. Irgendwas will ich unbedingt noch von ihr haben, aber ich bin mir nicht sicher, was.

»Erzähl mir etwas, was sonst niemand über dich weiß«, sage ich.

Sie sieht mich komisch an. »Hä?«

»Darum bitte ich jeden – mir etwas von sich zu erzählen, was sonst niemand weiß. Es muss nichts Großes sein. Einfach irgendwas.«

Als sie es kapiert hat, gefällt ihr die Herausforderung, die in der Frage liegt, und dafür gefällt sie mir nur noch mehr.

»Okay«, sagt sie. »Mit zehn habe ich versucht, mir ein Ohrloch zu stechen, mit einer Nähnadel. Ich bin halb durchgekommen und dann in Ohnmacht gefallen. Es war sonst niemand zu Hause, also hat mich auch niemand gefunden. Ich bin einfach irgendwann wieder zu mir gekommen, mit der Nadel halb im Ohr und lauter Blutstropfen auf meinem T-Shirt. Ich hab die Nadel rausgezogen, alles saubergemacht und es nie wieder versucht. Erst als ich vierzehn war, bin ich mit meiner Mom ins Einkaufszentrum und habe mir richtige Ohrlöcher stechen lassen. Sie hatte keine Ahnung. Und was ist mit dir?«

Ich habe jede Menge Leben zur Auswahl, allerdings erinnere ich mich an die meisten nicht mehr.

Außerdem weiß ich auch nicht, ob Amy Ohrlöcher hat oder nicht, deshalb nehme ich lieber keine Erinnerung, in der es um Ohrlöcher geht.

»Ich hab mit acht meiner Schwester *Forever* von Judy Blume geklaut«, sage ich. »Ich dachte, wenn es von derselben Autorin ist, die *Futsch* geschrieben hat, muss es gut sein. Na ja, mir war dann bald klar, warum sie es unter ihrem Bett versteckt hatte. Wahrscheinlich habe ich nicht alles verstanden, aber ich fand es unfair, dass der Junge seinem, äh, Organ einen Namen gegeben hat und das Mädchen nicht. Darum habe ich mir ein Wort für meins ausgedacht.«

Rhiannon lacht. »Und, wie hieß es?«

»*Helena.* Ich habe ihr gleich beim Abendessen alle vorgestellt. Lief bestens.«

Wir sind bei meinem Auto. Rhiannon weiß zwar nicht, dass es mein Auto ist, aber es steht am weitesten weg, und das heißt, hier ist unser Spaziergang zu Ende.

»War echt schön, dich kennenzulernen«, sagt sie. »Hoffentlich sehen wir uns dann nächstes Schuljahr hier.«

»Ja«, sage ich, »ich fand's auch echt schön, dich kennenzulernen.«

Ich danke ihr auf ungefähr fünf verschiedene Arten und Weisen. Dann kommt Justin mit seinem Auto und hupt.

Unsere Zeit ist um.

Amys Eltern haben nicht die Polizei verständigt. Sie sind noch gar nicht zu Hause. Ich checke den Anrufbeantworter der Festnetznummer, aber von der Schule hat auch niemand angerufen.

Das ist das Einzige, was an diesem Tag gut gelaufen ist.

5998. Tag

Irgendwas stimmt nicht, das ist mir am nächsten Morgen sofort beim Aufwachen klar. Irgendwas mit der Chemie.
Wobei man kaum noch von Morgen sprechen kann. Dieser Körper hat bis mittags geschlafen. Weil er bis spät nachts auf war und sich zugedröhnt hat. Und jetzt will er sich wieder zudröhnen. Auf der Stelle.
Ich bin schon öfter im Körper von Kiffern gewesen. Oder war beim Aufwachen immer noch betrunken vom Abend davor. Aber das hier ist schlimmer. Viel schlimmer.
Heute gibt es für mich keine Schule. Keine Eltern, die mich wecken. Ich bin allein, in einem schmutzigen Raum, lang ausgestreckt auf einer schmutzigen Matratze, mit einer Decke, die aussieht, als hätte man sie einem Kleinkind weggenommen. Ich höre andere Menschen in anderen Räumen des Hauses irgendwas brüllen.
Es kann so weit kommen, dass der Körper das ganze Leben beherrscht. Dass seine Nöte und Bedürfnisse über das Leben bestimmen. Du hast keine Ahnung, dass du dem Körper den Schlüssel dazu gibst. Aber du tust es. Und dann hat er dich in der Hand. Wenn du mit der Schaltung Mist baust, übernimmt sie den Laden.

Bisher habe ich das nur in Ansätzen erlebt. Jetzt spüre ich es am ganzen Leib. Mein Gehirn nimmt unverzüglich den Kampf gegen den Körper auf. Doch das ist keine leichte Aufgabe. Ich habe keinerlei angenehme Gefühle. Ich muss mir welche in Erinnerung rufen und mich daran klammern. An das Wissen, dass ich nur für einen Tag hier bin und es irgendwie durchstehen muss.

Ich versuche weiterzuschlafen, aber das lässt der Körper nicht zu. Der Körper ist jetzt wach, und er weiß, was er will.

So richtig klar ist mir nicht, was hier eigentlich vorgeht. Diese Situation ist mir neu, trotzdem weiß ich, was zu tun ist, weil ich schon Situationen erlebt habe, in denen ich gegen den Körper angehen musste. Bei ernsthaften Krankheiten zum Beispiel, da bleibt nichts, als sich irgendwie bis zum Abend durchzukämpfen. Anfangs dachte ich noch, ich könnte an einem einzigen Tag irgendwelche entscheidenden Verbesserungen bewirken, aber meine Grenzen sind mir sehr bald bewusst geworden. Körper lassen sich nicht an einem Tag verändern, vor allem nicht, wenn das eigentlich dazugehörige Gehirn außer Gefecht gesetzt ist.

Ich will nicht aus dem Zimmer raus. Wenn ich das Zimmer verlasse, kann sonst was passieren. In heller Verzweiflung sehe ich mich nach etwas um, das mir hilft, durchzuhalten. Ich entdecke ein altersschwaches Bücherregal mit einem Sortiment zerlesener Taschenbücher. Die werden mich retten, beschließe ich. Ich schlage einen Thriller auf und kon-

zentriere mich auf die erste Zeile. *Dunkelheit hatte sich über Manassas in Virginia gesenkt ...*
Der Körper will nicht lesen. Der Körper steht unter Stacheldrahtstrom. Der Körper sagt mir, dass es nur einen Weg gibt, da rauszukommen, dem Schmerz ein Ende zu machen und sich wieder besser zu fühlen. Der Körper wird mich umbringen, wenn ich nicht auf ihn höre. Der Körper schreit Zeter und Mordio. Der Körper besteht auf seiner eigenen Logik.
Ich lese den nächsten Satz.
Ich schließe die Tür zu.
Ich lese den dritten Satz.
Der Körper setzt sich zur Wehr. Meine Hand zittert. Ich sehe nur noch verschwommen.
Ich weiß nicht, ob meine Widerstandskraft für das hier ausreicht.
Ich muss mir nur fest genug einreden, dass jenseits von dem hier Rhiannon ist. Ich muss überzeugt sein, dass dieses Leben nicht sinnlos ist, auch wenn der Körper das Gegenteil behauptet.
Der Körper hat seine Erinnerungen gelöscht, um seine Argumente stichhaltiger zu machen. Ich kann nicht viel abfragen. Ich muss mich auf meine eigenen Erinnerungen verlassen, auf die, die mit dem hier nichts zu tun haben.
Ich darf mit dem hier nichts zu tun haben.
Ich lese den nächsten Satz, und den nächsten. Die Handlung ist mir vollkommen egal. Ich bewege mich von Wort zu Wort, bekämpfe den Körper, von Wort zu Wort.

Es funktioniert nicht. Der Körper signalisiert mir, dass er von sich geben will, was in ihm ist. Erst auf die übliche Weise, oben und unten. Dann habe ich das Gefühl, als wollten der Kot aus meinem Mund und das Erbrochene am anderen Ende heraus. Alles wird durch den Fleischwolf gedreht. Ich will mich in die Wand krallen. Will schreien. Mit Fäusten auf mich eintrommeln.

Ich muss mir vorstellen, dass mein Verstand etwas Greifbares ist, das den Körper in Schach halten kann. Ich muss mir ausmalen, wie mein Verstand den Körper zu Boden drückt.

Ich lese noch einen Satz.

Und noch einen.

Es hämmert an die Tür. »Ich lese«, schreie ich.

Sie lassen mich in Ruhe.

Hier drinnen ist nicht das, was sie wollen.

Da draußen ist das, was ich will.

Ich darf das Zimmer nicht verlassen.

Ich darf den Körper nicht aus dem Zimmer lassen.

Ich stelle mir vor, wie sie durch die Schulflure geht. Neben mir sitzt. Mich anschaut.

Dann stelle ich mir vor, wie sie zu ihm in den Wagen steigt, und höre auf damit.

Der Körper steckt mich an. Ich werde sauer. Weil ich hier bin. Weil das hier mein Leben ist. Weil so vieles nicht geht. Sauer auf mich selbst.
Willst du nicht, dass es aufhört?, fragt der Körper.
Ich muss mich so weit wie möglich von dem Körper abstoßen.
Obwohl ich drinstecke.

Ich muss. Ich muss ganz dringend.
Schließlich pinkle ich in eine Limoflasche. Es spritzt überall hin.
Aber es ist besser, als das Zimmer zu verlassen.
Wenn ich das Zimmer verlasse, kann ich den Körper nicht mehr davon abhalten, sich das zu holen, was er will.

Ich habe neunzig Seiten von dem Buch gelesen. Erinnere mich an nichts.
Wort für Wort.

Der Kampf macht den Körper mürbe.
Ich gewinne die Oberhand.

Es ist ein Fehler, den Körper nur als eine Art Behälter zu betrachten. Er ist so aktiv wie Geist und Seele. Und je mehr du dich ihm hingibst, desto schwerer hast du es im Leben. Ich habe in Menschen gesteckt, die sich zu Tode hungern wollten, ständig Abführmittel nahmen, Fressattacken hat-

ten oder sonst wie süchtig waren. Sie alle glauben, was sie da tun, würde ihr Leben erstrebenswerter machen. Aber am Ende unterliegen sie immer ihrem Körper.
Ich muss nur zusehen, dass es nicht dazu kommt, während ich drinstecke.

Ich halte durch bis zum Sonnenuntergang. Zweihundertfünfundsechzig Seiten gelesen. Ich schlottere unter der versifften Decke. Keine Ahnung, ob es an der Zimmertemperatur liegt oder an mir.
Fast geschafft, sage ich mir.
Es gibt nur einen Ausweg, sagt der Körper zu mir.
An diesem Punkt weiß ich nicht mehr, ob das Drogen heißt oder Tod.
Womöglich ist es dem Körper auch schon egal, an diesem Punkt.

Endlich will der Körper schlafen.
Ich lasse ihn.

5999. Tag

Mein Gehirn fühlt sich an wie durch die Mangel gedreht, aber Nathan Daldry hat ausgezeichnet geschlafen, so viel kann ich sagen.

Nathan ist ein braver Junge. Sein Zimmer ist tipptopp in Ordnung. Die Hausaufgaben für Montag hat er schon gemacht, dabei ist es erst Samstagmorgen. Er hat sich den Wecker auf acht gestellt, weil er den Tag nicht verplempern will. Wahrscheinlich war er um zehn im Bett.

Ich gehe an seinen Computer, öffne mein E-Mail-Konto und schreibe mir das eine oder andere aus den vergangenen paar Tagen auf, damit ich es nicht vergesse. Dann logge ich mich in Justins E-Mails ein und erfahre daraus, dass heute Abend bei Steve Mason eine Party stattfindet. Steves Adresse ist nur eine Google-Suche entfernt. Google Maps sagt mir, dass man mit dem Auto läppische eineinhalb Stunden von Nathans Wohnhaus bis zu Steve braucht.

Sieht so aus, als würde Nathan heute Abend auf eine Party gehen.

Erst muss ich das seinen Eltern beibringen.

Seine Mutter platzt herein, als ich wieder in meinem E-Mail-Konto bin und nachlese, was ich über den Tag mit

Rhiannon geschrieben habe. Ich schließe blitzartig das Fenster und zeige mich einsichtig, als sie sagt, dass heute kein Computertag ist und ich zum Frühstück herunterkommen soll.

Nathans Eltern sind offensichtlich ein sehr nettes Paar und bringen sehr deutlich zum Ausdruck, dass man ihre Nettigkeit nicht auf die Probe stellen oder überstrapazieren sollte.

»Kann ich das Auto haben?«, frage ich. »Heute Abend führen sie das Schulmusical auf, und das würde ich mir gerne ansehen.«

»Hast du deine Hausaufgaben schon gemacht?«

Ich nicke.

»Was ist mit deinen Pflichten im Haushalt?«

»Erledige ich noch.«

»Und du bist bis Mitternacht wieder da?«

Ich nicke. Dass ich, wenn ich nicht bis Mitternacht wieder da bin, aus meinem momentanen Körper gerissen werde, erzähle ich ihnen nicht. Das fänden sie vermutlich nicht sonderlich beruhigend.

Die beiden brauchen das Auto heute Abend jedenfalls nicht, so viel ist klar. Sie sind die Sorte von Eltern, die lieber vor dem Fernseher sitzen, als unter Leute zu gehen.

Den Großteil des Tages bringe ich mit häuslichen Pflichten zu. Als das geschafft ist und ich mit der Familie zu Abend gegessen habe, bin ich startklar.

Die Party geht ab sieben los, das heißt, ich sollte erst so gegen neun aufkreuzen, damit genug Leute da sind und ich nicht auffalle. Wenn sich herausstellt, dass das Ganze nur für ein Dutzend geladener Gäste gedacht ist, muss ich eben wieder umkehren. Aber auf so eine Party würde Justin sich wahrscheinlich nicht verirren.

Nathan wäre wohl eher für geselliges Beisammensein mit Brettspielen und Cola zu haben, so meine Vermutung. Auf der Fahrt zu Rhiannons Wohnort frage ich ein paar von seinen Erinnerungen ab. Ich glaube fest daran, dass jeder, ob jung oder alt, mindestens eine gute Geschichte auf Lager hat. Die von Nathan ist allerdings gar nicht so leicht zu finden. Die einzige Gefühlserschütterung, die ich in seinem Leben aufspüren kann, fand statt, als er neun war und sein Hund mit Namen April starb. Seither scheint ihn nichts allzu sehr aus der Ruhe gebracht zu haben. Seine Erinnerungen beschränken sich im Großen und Ganzen auf Hausaufgaben. Er hat Freunde, aber außerhalb der Schule unternehmen sie nicht viel. Als er mit elf oder zwölf zu alt für die Kindermannschaft geworden war, hat er den Sport komplett an den Nagel gehängt. Soweit ich feststellen kann, hat er nie etwas Stärkeres als Bier probiert, und das auch nur auf energisches Zureden seines Onkels bei einem Grillfest am Vatertag.

Normalerweise wären das meine Rahmenbedingungen. Normalerweise würde ich strikt in Nathans risikofreier Zone bleiben.

Aber nicht heute. Nicht, wenn ich die Chance habe, Rhiannon wiederzusehen.
Ich erinnere mich an gestern – an den Weg, der mich durch das Dunkel geführt hat und irgendwie mit ihr verknüpft zu sein schien. Es ist, als ob derjenige, den du liebst, deinem Leben Sinn und Zweck gibt. Vielleicht liege ich ja auch genau verkehrt, vielleicht verliebe ich mich bloß in sie, weil ich einen Sinn und Zweck in meinem Leben brauche. Aber das glaube ich nicht. Ich glaube, ich hätte immer so weitergemacht, ahnungslos und blind, wenn ich nicht zufällig ihr begegnet wäre.
Jetzt kapere ich das Leben anderer für einen Tag. Ich halte mich nicht mehr an ihre Rahmenbedingungen. Auch wenn das gefährlich ist.

Gegen acht bin ich bei Steve Masons Haus, sehe Justins Auto aber nirgends. Eigentlich stehen überhaupt nicht so besonders viele Autos davor. Also gehe ich auf Beobachterposten und warte. Nach einer Weile trudeln immer mehr Leute ein. Obwohl ich gerade erst einen ganzen und einen halben Tag in ihrer Schule war, erkenne ich keinen Einzigen von ihnen. Sie waren alle nur Randerscheinungen.
Endlich, um kurz nach halb zehn, kommt Justins Wagen angerollt. Wie ich gehofft habe, sitzt Rhiannon ebenfalls drin. Sie gehen zum Haus, er vor ihr, sie hinter ihm. Ich steige aus dem Auto und folge ihnen hinein.
Meine Sorge, ob jemand an der Tür steht und kontrolliert,

ist unbegründet, die Party ist schon ins Chaos abgestrudelt. Die frühen Gäste haben sich zügig und gründlich betrunken, die anderen holen ebenso zügig auf. Ich wirke fehl am Platz, das ist mir klar – Nathans Garderobe eignet sich eher für einen Debattierwettbewerb als für eine Hausparty am Samstagabend. Aber das kümmert hier keinen; die Leute sind zu sehr miteinander oder mit sich selbst beschäftigt, als dass ihnen ein verirrter Streber in ihrer Mitte auffiele.

Die Beleuchtung ist schwach, die Musik ist laut, und Rhiannon ist schwer zu finden. Doch allein die Tatsache, dass ich am selben Ort bin wie sie, macht mich ganz kribbelig vor Freude.

Justin ist in der Küche und unterhält sich mit ein paar Typen. Er fühlt sich offensichtlich wohl in seiner Haut, ist in seinem Element. Trinkt ein Bier aus und holt sich sofort ein neues.

Ich drängle mich an ihm vorbei durch den Wohnraum und lande schließlich im Fernsehzimmer. Sobald ich es betrete, weiß ich, dass sie da ist. Dröhnende Musik schallt aus Lautsprechern, die mit einem Laptop verkabelt sind; Rhiannon steht bei den CDs und sieht die Hüllen durch. Unweit von ihr unterhalten sich zwei Mädchen, und ein Gefühl sagt mir, dass sie die Dritte im Bunde war und sich irgendwann ausgeklinkt hat.

Ich gehe zu ihr. Auf der CD, die sie sich gerade ansieht, ist einer der Songs, den wir bei unserer Autofahrt gehört haben.

»Die Gruppe mag ich total«, sage ich und zeige auf die CD. »Du auch?«

Sie fährt zusammen, als wäre es in dem Raum totenstill und ich ein Geräusch aus dem Nichts. *Ich bemerke dich*, möchte ich gerne sagen. *Auch wenn es sonst niemand tut, ich schon. Immer.*

»Ja«, sagt sie. »Die finde ich auch richtig gut.«

Ich lege mit dem Song los, dem aus dem Auto. Dann sage ich: »Den mag ich besonders.«

»Kenne ich dich?«, fragt sie.

»Ich bin Nathan«, sage ich, was weder ein Ja noch ein Nein ist.

»Ich bin Rhiannon«, sagt sie.

»Das ist ein schöner Name.«

»Danke. Früher fand ich ihn scheußlich, aber jetzt nicht mehr so.«

»Warum fandest du ihn scheußlich?«

»Weil er so schwer zu buchstabieren ist.« Sie mustert mich genauer. »Gehst du auch auf die Octavian?«

»Nein. Ich bin nur übers Wochenende hier. Besuche meinen Cousin.«

»Und wer ist dein Cousin?«

»Steve.«

Das ist eine riskante Lüge, weil ich keine Ahnung habe, wer von den Typen Steve ist, und die Information nirgendwo abfragen kann.

»Ah, ja, dann ist das klar.«

Sie beginnt von mir wegzudriften, so wie sie vermutlich von den neben uns plappernden Mädchen weggedriftet ist.
»Ich hasse meinen Cousin«, sage ich.
Das weckt ihre Aufmerksamkeit.
»Ich hasse es, wie er mit Mädchen umgeht. Und dass er denkt, mit solchen Partys könnte er sich seine Freunde kaufen. Er redet nur mit einem, wenn er etwas braucht. Ich hab das Gefühl, er ist überhaupt nicht fähig, jemanden zu lieben.«
Ich rede nicht über Steve, sondern über Justin, geht mir auf.
»Wieso bist du dann hier?«, fragt Rhiannon.
»Weil ich sehen will, wie es zu Bruch geht. Wenn die Party hier von der Polizei gesprengt wird – und das wird sie, falls es weiter so laut bleibt –, dann will ich das mit ansehen. Aus sicherer Entfernung natürlich.«
»Und du meinst, er ist nicht fähig, Stephanie zu lieben? Sie gehen doch schon mehr als ein Jahr miteinander.«
Ich bitte Stephanie und Steve im Stillen um Verzeihung und sage: »Das heißt doch nichts, oder? Ich meine, mit jemandem mehr als ein Jahr zusammen zu sein kann schon bedeuten, dass man ihn liebt ... oder aber, dass man in etwas feststeckt.«
Erst denke ich, dass ich zu weit gegangen bin. Meine Worte sind bei Rhiannon angekommen, das merke ich, aber ich weiß nicht, was sie mit ihnen anfängt. Gesprochen klingen Worte immer anders als gehört, weil für den Sprecher etwas aus dem Inneren mitklingt.

Schließlich sagt sie: »Sprichst du aus Erfahrung?«
Die Vorstellung, dass Nathan – der, soweit ich weiß, zuletzt in der Achten mit einem Mädchen verabredet war – aus Erfahrung sprechen könnte, ist lachhaft. Aber sie kennt ihn ja nicht, und das heißt, ich kann mehr ich selbst sein. Nicht dass ich aus Erfahrung spräche. Nur aus der Erfahrung des Beobachters.
»Es gibt vieles, was dich an einer Beziehung festhalten lässt«, sage ich. »Die Furcht vorm Alleinsein. Die Angst, das Leben über den Haufen zu werfen, in dem du dich eingerichtet hast. Der Entschluss, dich mit etwas zu begnügen, das okay ist, weil du nicht weißt, ob es noch besser werden kann. Oder vielleicht auch gegen alle Vernunft zu glauben, dass es schon noch besser werden wird, obwohl du weißt, dass er sich nicht ändern wird.«
»›Er‹?«
»Ja.«
»Verstehe.«
Erst ist mir nicht klar, was sie damit meint – ich habe schließlich eindeutig von ihr gesprochen. Dann kapiere ich, zu welcher Folgerung das Pronomen sie geführt hat.
»Ist das okay?«, frage ich. Als Schwuler wird Nathan wahrscheinlich noch weniger bedrohlich wirken.
»Absolut.«
»Und du?«, frage ich. »Bist du mit jemandem zusammen?«
»Ja«, sagt sie, und dann, ganz trocken: »Seit mehr als einem Jahr.«

»Und warum seid ihr immer noch zusammen? Angst vorm Alleinsein? Beschluss, sich zu begnügen? Glaube gegen alle Vernunft, dass er sich ändern wird?«

»Ja. Ja. Und ja.«

»Also ...«

»Aber er kann auch unglaublich süß sein. Und ich weiß, dass ich ihm ganz tief drinnen alles bedeute.«

»Ganz tief drinnen? Das klingt für mich nach Sich-Begnügen. Man sollte nicht ganz tief tauchen müssen, um Liebe zu finden.«

»Reden wir über was anderes, okay? Das ist kein gutes Thema für eine Party. Ich fand's schöner, als du mir was vorgesungen hast.«

Ich will gerade von einem anderen Song anfangen, den wir bei der Autofahrt gehört haben – in der Hoffnung, sie damit irgendwie dorthin zurückzuversetzen –, da höre ich Justins Stimme über meine Schulter hinweg: »Und, wer ist das da?«

In der Küche wirkte er ganz locker, jetzt ist er gereizt.

»Keine Bange, Justin«, sagt Rhiannon. »Er ist schwul.«

»Ja, das sehe ich, so, wie er rumläuft. Was tust du hier?«

»Nathan, das ist Justin, mein Freund. Justin, das ist Nathan.«

Ich sage Hi. Er sagt nichts.

»Hast du Stephanie gesehen?«, fragt er Rhiannon. »Steve sucht nach ihr. Ich glaub, sie haben mal wieder Stress.«

»Vielleicht ist sie im Keller?«

»Nää. Im Keller ist Tanzen angesagt.«

Das gefällt Rhiannon sichtlich.

»Sollen wir runtergehen und auch tanzen?«, fragt sie Justin.

»Sonst noch was? Ich bin doch nicht zum Tanzen hier. Ich will mich *besaufen*.«

»Wie reizend«, sagt Rhiannon, was (glaube ich jedenfalls) eher an meine Adresse gerichtet ist als an seine. »Ist es okay, wenn ich mit Nathan tanzen gehe?«

»Bist du sicher, dass er schwul ist?«

»Ich singe dir gern ein paar Evergreens vor, wenn du Beweise brauchst«, biete ich an.

Justin schlägt mir auf den Rücken. »Nee, Alter, das lass mal schön bleiben, okay? Geht tanzen.«

So geschieht es, dass Rhiannon mit mir in Steve Masons Keller geht. Schon auf der Treppe spüren wir den Bass unter unseren Füßen wummern. Hier spielt eine andere Musik – ein Strom aus pulsierenden, harten Rhythmen. Im Rotlicht der wenigen Glühbirnen sehen wir nur miteinander verschmelzende Umrisse von Körpern.

»Hey, Steve!«, ruft Rhiannon. »Netten Cousin hast du!«

Ein Typ, der offenbar Steve ist, sieht zu ihr hin und nickt. Entweder hat er sie nicht verstanden, oder er ist hackevoll.

»Hast du Stephanie gesehen?«, brüllt er.

»Nein!«, brüllt Rhiannon zurück.

Dann sind wir auf der Tanzfläche. Zu meiner Schande muss ich gestehen, dass ich damit ungefähr so viel Erfahrung habe wie Nathan. Ich versuche, in der Musik aufzugehen, aber das funktioniert nicht. Ich muss in Rhiannon aufgehen, mich ganz ihr überlassen – ihr Schatten sein, ihr Gegenstück, die andere Hälfte in dieser Zwiesprache der Körper. Ich gehe mit jeder ihrer Bewegungen mit. Berühre sie am Rücken, an der Taille. Sie kommt näher an mich heran.

Ich gehe in ihr auf, und sie geht auf mich zu. Die Zwiesprache funktioniert. Wir haben unseren Rhythmus gefunden und lassen uns von ihm tragen. Ich singe mit, singe für sie, und sie findet es toll, ist mit einem Mal wieder sorgenfrei, und ich sorge mich nur um eins, und das ist sie.

»Du bist gar nicht schlecht!«, überschreit sie die Musik.

»Du bist der Hammer!«, schreie ich zurück.

Justin kommt garantiert nicht hier herunter. Von Steve Masons schwulem Cousin droht ihr keine Gefahr, und ich weiß, dass mir auch keine droht, weil niemand sonst diesem Augenblick etwas anhaben kann. Schlag auf Schlag werden die Stücke zu einem einzigen, langen Song, ein Sänger scheint den anderen abzulösen, immer schon bereitzustehen, damit wir das hier erleben. Die Schallwellen treiben uns aufeinander zu, hüllen uns ein wie in Farben. Wir sind wach füreinander und für das Ungeheuerliche. Der Raum hat keine Decke, hat keine Wände mehr. Alles ist offen für unser Außer-sich-Sein, wir erkunden es Schritt für Schritt, manchmal ohne auch nur die Füße zu heben. So geht es für unser Gefühl stundenlang und zugleich in null Komma nichts. Bis die Musik aufhört, irgendwer Licht macht und sagt, dass die Party vorbei ist, die Nachbarn sich beschwert haben und die Polizei wahrscheinlich schon unterwegs ist.

Rhiannon guckt so enttäuscht, wie ich mich fühle.

»Ich muss nachschauen, wo Justin ist«, sagt sie. »Kommst du allein zurecht?«

Nein, möchte ich sagen. *Erst wenn du mit mir dahin gehst, wo ich als Nächstes hingehe.*

Ich frage sie nach ihrer E-Mail-Adresse, und als ihre Augenbraue sich hebt, sage ich noch mal, dass sie sich keine Sorgen zu machen braucht und ich nach wie vor schwul bin.

»Das ist echt ein Jammer«, sagt sie. Ich würde gern noch mehr hören, aber dann gibt sie mir ihre E-Mail-Adresse, und ich revanchiere mich mit einer erfundenen, die ich einrichten muss, sowie ich wieder zu Hause bin.

Die Leute flüchten aus dem Haus. Von ferne hört man Sirenen, die vermutlich genau so viele Leute aufwecken wie vorher die Party. Rhiannon zischt ab, um nach Justin zu suchen, und verspricht mir, dass sie fahren wird. Ich sehe die beiden nirgends, als ich zu meinem Auto laufe. Wie spät es tatsächlich ist, wird mir erst klar, als ich den Motor anlasse und auf die Uhr sehe.

23:15.

Das schaffe ich auf keinen Fall mehr rechtzeitig.

Der Tacho zeigt auf hundertzwölf. Gut zehn Stundenkilometer mehr als erlaubt.

Hundertachtundzwanzig.

Hundertsechsunddreißig.
Ich fahre, was die Karre hergibt, aber es reicht nicht.
Um 23:50 parke ich am Straßenrand. Wenn ich die Augen zumache, müsste ich es hinkriegen, noch vor Mitternacht einzuschlafen. Das ist das Gute bei dem, was ich durchstehen muss – ich kann in Minutenschnelle einschlafen.
Armer Nathan Daldry. Er wird auf dem Randstreifen einer Fernstraße aufwachen, eine Stunde von seinem Zuhause entfernt. Ich will mir seine Panik gar nicht genauer vorstellen.
Und ich Scheusal tue ihm das an.
Aber ich habe meine Gründe dafür.

6000. Tag

Für Roger Wilson steht der Kirchgang an.

Zum Glück liegt sein Sonntagsstaat schon bereit – entweder hat er ihn gestern Abend selbst rausgelegt, oder es war seine Mutter. Ich schlüpfe schnell hinein, dann gehe ich runter und setze mich zum Frühstück mit seiner Mutter und seinen drei Schwestern. Ein Vater ist nicht in Sicht. Eine rasche Abfrage sagt mir, dass er sich kurz nach der Geburt der jüngsten Tochter verzogen hat und die Mutter sich seither irgendwie durchkämpft.

Es gibt nur einen Computer im Haus, und erst als Rogers Mutter die Mädchen ausgehfein macht, komme ich dazu, ihn schnell hochzufahren und die E-Mail-Adresse einzurichten, die ich Rhiannon gestern Abend gegeben habe. Ich hoffe bloß, dass sie noch keinen Versuch gestartet hat, mit mir Kontakt aufzunehmen.

Rogers Name wird durchs Haus gerufen – Zeit für die Fahrt zur Kirche. Ich melde mich ab, lösche die Chronik und geselle mich zu meinen Schwestern ins Auto. Nach ein paar Minuten habe ich ihre Namen halbwegs auf der Reihe – Pam ist elf, Lacey zehn und Jenny acht. Jenny ist offenbar die Einzige, die sich auf die Kirche freut.

Dort angekommen, begeben sich die Mädchen in die Sonntagsschule, und ich gehe mit Rogers Mutter zum Hauptgottesdienst. Ich rüste mich für die Baptistenvariante und versuche, mir ins Gedächtnis zu rufen, was sie von anderen Gottesdiensten unterscheidet, an denen ich schon teilgenommen habe.

Das waren im Lauf der Jahre wahrhaftig nicht wenige. Und jeder einzelne davon bestärkt mich nur weiter in meinem Eindruck, wonach all die verschiedenen Religionen sehr viel mehr gemeinsam haben, als sie gern zugeben möchten. Die Überzeugungen sind fast immer die gleichen; nur die Geschichte, die jeweils dahintersteht, ist eine andere. Jeder will an eine höhere Macht glauben. Jeder will Teil einer Gemeinschaft sein, die größer ist als der Einzelne. Die Gläubigen suchen nach einem Ansporn, um sich auf die Seite des Guten zu schlagen, das ihrer Meinung nach auf Erden herrschen soll. Sie möchten ihren Glauben und ihre Zugehörigkeit durch Rituale und unbedingte Ergebenheit unter Beweis stellen können. Sie wollen an das Ungeheuerliche rühren.

Erst in den Feinheiten wird es kompliziert und kontrovers – wenn die Mehrheit sich schwertut anzuerkennen, dass wir achtundneunzig Prozent miteinander gemeinsam haben, ganz gleich, welcher Religion, Rasse oder Geschlecht wir angehören und woher wir kommen. Ja, zwischen Männern und Frauen gibt es biologische Unterschiede, aber prozentual betrachtet ist da gar nicht mal so viel anders. Die Unterscheidung nach Rassen ist ein rein gesellschaftliches

Konstrukt und nicht von Natur aus gegeben. Und was die Religion angeht – ob man nun an Gott glaubt, an Jahwe, Allah oder sonst was, letztlich geht es doch um das Gleiche. Aus unerfindlichen Gründen konzentrieren wir uns gern auf die zwei Prozent, in denen wir uns unterscheiden, und daraus resultieren die meisten Konflikte in der Welt.
Die Fähigkeit, mein Leben durchzustehen, verdanke ich einzig und allein den achtundneunzig Prozent, die alles Leben gemeinsam hat.
Das geht mir durch den Kopf, als ich den wer weiß wievielten Sonntagsgottesdienst meines Lebens absolviere. Und immer wieder zu Rogers Mutter hinschaue, die so müde und abgekämpft aussieht. Sie flößt mir ebenso viel Ehrfurcht ein wie der Gedanke an einen Gott – ich vertraue auf das Durchhaltevermögen des Menschen, ganz gleich, welche Herausforderungen das Universum uns Tag für Tag vorsetzt. Möglich, dass ich auch das in Rhiannon gesehen habe – ihren sehnlichen Wunsch, durchzuhalten.
Nach der Kirche fahren wir zum Mittagessen zu Rogers Großmutter. Sie hat keinen Computer, und ich hätte so oder so keine Chance, zu Rhiannon zu kommen, auch wenn sie weniger als vier Stunden mit dem Auto von mir entfernt ist. Also lasse ich es für heute gut sein. Spiele mit meinen Schwestern und reihe mich in die Kette ein, als sich alle beim Tischgebet die Hände reichen.
Der einzige Misston ergibt sich während der Heimfahrt, da bricht auf der Rückbank ein Mordszank aus. Als Schwes-

tern haben die drei vermutlich nahezu neunundneunzig Prozent gemeinsam, aber das wollen sie nicht einsehen. Stattdessen streiten sie darüber, was für ein Haustier sie am liebsten hätten ... wobei ihre Mutter nicht im Geringsten zu erkennen gibt, dass in naher Zukunft überhaupt Aussicht auf ein Haustier besteht. Es geht nur um den Streit an sich.

Zu Hause warte ich den richtigen Zeitpunkt ab, um an den Computer zu kommen. Er sitzt quasi auf dem Präsentierteller, und wenn ich meine E-Mails checken will, müssen alle anderen irgendwo anders sein. Erst mal schwirren die drei Mädchen noch durch die Gegend; in der Zeit verziehe ich mich in Rogers Zimmer und mache seine Hausaufgaben, so gut ich eben kann. Ich baue darauf, dass er später ins Bett muss als seine Schwestern, und damit liege ich richtig. Sonntags dürfen die Mädchen nach dem Abendessen noch eine Stunde fernsehen, im selben Raum, wo der Computer steht. Dann scheucht Rogers Mutter sie Richtung Bett. Großer Protest, aber er stößt auf taube Ohren. Auch eine Art von Ritual, und die Gewinnerin heißt immer Mama.

Während Rogers Mutter zusieht, dass die Mädels ihre Pyjamas anziehen, und ihnen die Sachen für morgen rauslegt, habe ich ein paar Minuten für mich. Ich checke kurz das E-Mail-Konto, das ich am Morgen eingerichtet habe: noch keine Nachricht von Rhiannon. Ich beschließe, selbst tätig zu werden, und habe auch schon ihre Adresse eingetippt.

Hi Rhiannon,

wollte nur sagen, dass ich es echt schön fand, dich kennenzulernen und gestern Abend mit dir zu tanzen. Tut mir leid, dass die Polizei dazwischengekommen ist. Auch wenn du vom Geschlecht her nicht mein Typ bist, als Person bist du es auf jeden Fall. Bitte lass von dir hören.

N.

Damit bin ich meinem Gefühl nach auf der sicheren Seite. Schlau, aber nicht schulterklopfmäßig. Selbstsicher, aber nicht sauarrogant. Es sind nur ein paar Zeilen, und ich habe sie mindestens ein Dutzend Mal durchgelesen, bevor ich auf *Senden* gedrückt habe. Ich lasse von den Worten ab und frage mich, welche wohl zurückkommen werden. Wenn überhaupt.

Das Zubettgehen zieht sich hin – offenbar können sie sich nicht einigen, welches Kapitel zuletzt vorgelesen wurde –, also gehe ich noch auf mein eigenes E-Mail-Konto.

Eine stinknormale Handbewegung. Ein Klick, und schon sieht man den Posteingang, in der üblichen Reihenfolge.

Doch dieses Mal ist es, als käme man in einen Raum und fände mitten darin eine Bombe vor.

Auf den Newsletter einer Buchhandlung folgt eine E-Mail von – Nathan Daldry.

Mit dem Betreff *Warnung*.
Ich lese:

> Ich weiß nicht, wer oder was du bist und was du gestern mit mir angestellt hast, aber das eine sage ich dir, du kommst nicht ungeschoren davon. Ich lasse es mir nicht gefallen, dass du von mir Besitz ergreifst oder mein Leben zerstörst. Ich werde keine Ruhe geben. Ich weiß, was geschehen ist, und dass du irgendwie dafür verantwortlich bist. Bleib mir vom Hals. Niste dich nicht bei mir ein.

»Ist alles okay?«
Rogers Mutter steht in der Tür.
»Ja, klar«, sage ich und schiebe mich vor den Bildschirm.
»Gut. Du hast noch zehn Minuten, dann hilfst du mir die Geschirrspülmaschine auszuräumen und gehst ins Bett. Wir haben eine lange Woche vor uns.«
»Okay, Mom. Zehn Minuten, dann bin ich da.«
Ich sitze wieder vor der E-Mail. Keine Ahnung, wie und ob ich überhaupt darauf antworten soll. Ich erinnere mich vage, dass Nathans Mutter dazwischengeplatzt ist, als ich am Computer war – kann gut sein, dass ich das Fenster geschlossen habe, ohne die Chronik zu löschen. Und als Nathan dann seine E-Mails hochgeladen hat, ist er auf meine Adresse gestoßen. Aber er kennt mein Passwort nicht, das heißt, das Konto selbst müsste weiterhin gesichert sein.

Doch für den Fall der Fälle, das ist mir klar, muss ich mein Passwort ändern und meine alten E-Mails schleunigst an eine neue Adresse weiterleiten.
Ich werde keine Ruhe geben.
Was das wohl heißt?

In den zehn Minuten, die mir noch bleiben, kann ich nicht alle meine alten E-Mails weiterleiten, aber ein gutes Stück komme ich damit doch voran.
»Roger!«
Rogers Mutter ruft nach mir, was heißt, dass ich Schluss machen muss. Doch meine Gedanken rattern weiter, auch als ich die Chronik lösche und den Computer ausschalte. Ich denke an Nathan, der am Straßenrand aufgewacht ist. Wie er sich wohl gefühlt hat? Ehrlich gesagt weiß ich es nicht. Hat er gedacht, er hätte sich in irgendeinen Schlamassel reingeritten? Oder wusste er sofort, dass etwas nicht stimmt, dass jemand anderer seine Schritte gelenkt hat? War er sich dessen schon sicher, als er an seinen Computer gegangen ist und meine E-Mail-Adresse entdeckt hat?
Für wen hält er mich?
Für *was* hält er mich?
In der Küche sieht Rogers Mutter wieder besorgt zu mir hin. Sie und Roger stehen sich nahe, das merke ich. Sie kennt ihren Sohn in- und auswendig. In all den Jahren sind sie immer füreinander da gewesen. Er hat mitgeholfen, seine Schwestern aufzuziehen. Und sie hat ihn aufgezogen.

Wenn ich wirklich Roger wäre, könnte ich ihr alles erzählen. Ganz egal, wie schwer es zu begreifen ist – wenn ich wirklich Roger wäre, würde sie zu mir halten. Voll und ganz. Bedingungslos.

Aber in Wahrheit bin ich nicht ihr oder sonst irgendjemandes Sohn. Ich kann ihr nicht verraten, was Roger heute bedrückt, weil es wenig Bedeutung für den hat, der er morgen sein wird. Also wimmle ich seine Mutter ab, sage ihr, dass sie sich keine Sorgen machen soll, und helfe ihr beim Ausräumen der Geschirrspülmaschine. Wir arbeiten in stiller Kameradschaft, bis es geschafft ist und das Bett ruft.

Dort liege ich dann eine Zeitlang schlaflos und starre an die Decke. Es ist schon ironisch: Obwohl ich jeden Morgen in einem anderen Körper aufwache, hatte ich bisher immer das Gefühl, alles irgendwie unter Kontrolle zu haben.

Das Gefühl habe ich jetzt absolut nicht mehr.

Jetzt sind noch andere Menschen beteiligt.

6001. Tag

Am nächsten Morgen bin ich noch weiter von Rhiannon weg.

Vier Stunden entfernt und im Körper von Margaret Weiss. Zum Glück hat sie einen Laptop, den ich vor der Schule hochfahre. Auf mich wartet eine E-Mail von Rhiannon.

Nathan!

Ich bin so froh, dass du mir gemailt hast, weil ich nämlich den Zettel verloren habe, auf dem ich mir deine Adresse notiert hatte. Ich fand's auch echt toll, mit dir zu reden und zu tanzen. Wie konnte die Polizei es wagen, uns dazwischenzufunken! Du bist als Person auch voll mein Typ. Selbst wenn du nicht an Beziehungen glaubst, die länger als ein Jahr halten. (Wobei ich damit nicht sagen will, dass du verkehrt liegst. Das Urteil steht noch aus.)

Ich hätte nie gedacht, dass ich so was sage, aber ich hoffe, Steve macht bald wieder eine Party. Und sei es nur, damit du ihr böses Ende mit ansehen kannst.

Liebe Grüße,
Rhiannon

Ich kann mir ihr Lächeln beim Schreiben vorstellen, und das lässt mich ebenfalls lächeln.
Dann gehe ich auf mein anderes E-Mail-Konto und finde eine weitere Nachricht von Nathan.

Ich habe der Polizei diese E-Mail-Adresse mitgeteilt.
Glaub ja nicht, dass du so einfach davonkommst.

Der Polizei?
Schnell tippe ich Nathans Namen in eine Suchmaschine ein. Und stoße auf einen Zeitungsbericht von heute Morgen.

DER TEUFEL HAT IHN GERITTEN

Von der Polizei aufgegriffener Jugendlicher angeblich von Dämon besessen

Die Polizeibeamten, die den 16-jährigen Nathan Daldry am späten Samstagabend schlafend im Auto an der Route 23 aufgriffen, staunten nicht schlecht, als sie seine Geschichte hörten. Die meisten Teenager hätten eine solche Lage wohl mit übermäßigem Alkoholkonsum erklärt, Daldry hingegen behauptete, keine Ahnung zu haben, wie er dort hingekommen sei. Er müsse von einem Dämon besessen gewesen sein, sagte er.

»Es war, als würde ich schlafwandeln«, erklärte er gegenüber dem *Crier*. »Den ganzen Tag lang hatte da etwas die Herrschaft über meinen Körper. Es hat mich dazu gebracht, meine Eltern anzulügen und zu einer Party in einem Ort zu fahren, wo ich noch nie gewesen bin. An die Einzelheiten erinnere ich mich nicht mehr so richtig. Ich weiß nur, dass das nicht ich war.«

Als wäre dies nicht schon rätselhaft genug, gibt Daldry weiterhin an, nach der Heimkehr auf seinem Computer E-Mails von einem fremden Konto vorgefunden zu haben.

»Ich war nicht ich selbst«, sagt er.

Officer Lance Houston von der Landespolizei erklärt, Daldry werde keines Vergehens angeklagt, da nichts auf Alkoholeinfluss hinwies und der Wagen nicht als gestohlen gemeldet war.

»Er hat sicher seine Gründe für das, was er da sagt. Ich kann nur festhalten, dass er nicht gegen das Gesetz verstoßen hat«, so Houston.

Doch damit will Daldry sich nicht zufriedengeben.

»Wenn es noch andere gibt, die so etwas erlebt haben, möchte ich, dass sie sich melden«, sagt er. »Ich bin bestimmt nicht der Einzige.«

Es ist die Website einer Lokalzeitung, nichts, worüber man sich groß Gedanken machen müsste. Und die Polizei scheint

den Fall nicht besonders dringlich zu finden. Trotzdem mache ich mir Sorgen. In meinem ganzen Leben ist noch nie jemand so gegen mich vorgegangen.
Wobei ich mir durchaus vorstellen kann, wie es dazu gekommen ist: Nathan wacht am Straßenrand auf, als ein Polizeibeamter ans Fahrerfenster klopft. Vielleicht ist das Dunkel dazu noch in zuckendes Rot- und Blaulicht getaucht. Binnen Sekunden ist Nathan klar, in welcher Patsche er sitzt – es ist weit nach Mitternacht, seine Eltern werden ihm die Hölle heißmachen. Seine Klamotten stinken nach Zigaretten und Alkohol, und er kann sich beim besten Willen nicht erinnern, ob er betrunken oder high war. Er hat eine totale Mattscheibe – ein Schlafwandler, der geweckt wurde. Allerdings ... hat er eine Ahnung von mir. Eine entfernte Erinnerung daran, nicht er selbst gewesen zu sein. Auf die Frage des Beamten, was mit ihm los sei, sagt er, er wisse es nicht. Auf die Frage des Beamten, wo er gewesen ist, sagt er, das wisse er auch nicht. Der Beamte lässt ihn aussteigen und ins Röhrchen pusten. Nathan erweist sich als stocknüchtern. Aber der Beamte gibt keine Ruhe, also erzählt Nathan ihm die Wahrheit – dass etwas von seinem Körper Besitz ergriffen hat. Und das muss der Teufel gewesen sein, anders kann er es sich nicht erklären. So lautet seine Geschichte. Er ist ein braver Junge und weiß, dass jeder ihm das abnehmen wird. Man wird ihm glauben.
Der Beamte will bloß, dass er sicher nach Hause kommt. Vielleicht gibt er ihm sogar Begleitschutz und ruft vorher

bei seinen Eltern an. Sie sind wach, als Nathan eintrifft. Sind aufgebracht und beunruhigt. Er wiederholt seine Geschichte vor ihnen. Sie wissen nicht, was sie davon halten sollen. Unterdessen hat irgendein Reporter den Beamten das Ganze per Funk melden hören, oder vielleicht spricht es sich auch auf der Polizeidienststelle herum. Der Teenager, der sich heimlich zu einer Party geschlichen hat und nun versucht, es dem Teufel in die Schuhe zu schieben. Der Reporter ruft am Sonntag bei den Daldrys zu Hause an, und Nathan beschließt, Klartext zu reden. Denn das wird die Sache realer machen, oder?

Ich fühle mich schuldbewusst und gehe gleichzeitig in Abwehrhaltung. Schuldbewusst, weil ich Nathan das angetan habe, egal aus welchen Beweggründen. Abwehrhaltung, weil ich ihn nun wahrhaftig nicht dazu gezwungen habe, so zu reagieren, denn das wird es für ihn nur noch schlimmer machen – und eventuell auch für mich.

Die Chance, dass Nathan jemanden dazu überreden kann, meine E-Mails nachzuverfolgen, steht eins zu einer Million. Aber falls er es schafft, kann ich von keinem Wohnhaus mehr auf diese Adresse zugreifen. Denn dann ist er imstande, die meisten Adressen aufzulisten, an denen ich in den vergangenen zwei, drei Jahren gewesen bin ... und das wird zu einer Menge höchst verwirrender Befragungen führen.

Einerseits würde ich ihm gern zurückschreiben und die Sache erklären. Aber ich bin mir nicht sicher, ob es irgendeine Erklärung gibt, die ausreichend wäre. Vor allem, weil ich auf kaum etwas eine Antwort habe. Die Frage nach dem Warum habe ich schon lange aufgegeben. Ich schätze mal, Nathan gibt nicht so leicht auf.

Margaret Weiss hat einen Freund namens Sam, der sie gern und viel küsst. In der Öffentlichkeit, unter vier Augen – ganz egal. Er nutzt jede Chance.
Ich bin nicht in Stimmung dafür.
Margaret legt sich schnell eine Erkältung zu. Damit hat die Küsserei ein Ende, das Anschmachten aber nicht. Sam ist ziemlich hin und weg von ihr, er ertränkt sie förmlich in einem zuckersüßen Liebesstrudel. Erinnerungen aus jüngster Zeit sagen mir, dass Margaret normalerweise genauso bereitwillig seine Nähe sucht. Mit Sam zusammen zu sein, hat Vorrang vor allem anderen. Es ist ein Wunder, dass sie überhaupt noch Freunde hat.
In Naturwissenschaften wird sie abgefragt. Ich mache meinerseits eine Abfrage und stelle fest, dass ich mehr über das Thema weiß als Margaret. Ein Glückstag für sie.
Ich sterbe fast vor Ungeduld, an einen der Schulcomputer zu kommen, aber erst muss ich Sam loswerden. Mit den Mündern kleben die zwei dank meiner vorgetäuschten Erkältung nicht mehr aneinander, aber sonst sind sie schier unzertrennlich. Beim Mittagessen hat er eine Hand in ihrer Gesäßtasche und schmollt, weil Margaret ihre Hände bei sich behält. Die nächste Stunde ist für beide Lernzeit im Studiensaal, wo er sie unablässig streichelt und mit ihr

über den Film redet, den sie gestern Abend gesehen haben.

Die achte Stunde ist die einzige, die sie nicht zusammen haben, und damit meine einzige Chance. Sobald Sam Margaret vor dem Klassenzimmer abgeliefert hat, lasse ich sie zum Lehrer gehen und sagen, sie müsse ins Krankenzimmer – und dann auf schnellstem Weg zur Bibliothek marschieren.

Zuerst leite ich die restlichen E-Mails von meinem alten Konto weiter. Übrig bleiben nur die beiden Nachrichten von Nathan. Ich bringe es nicht über mich, sie zu löschen, ebenso wenig wie das Konto selbst. Aus irgendeinem Grund will ich für ihn erreichbar bleiben. Das bin ich ihm meinem Gefühl nach schuldig.

Ich gehe auf das neue E-Mail-Konto, um Rhiannon zu antworten. Zu meiner großen Überraschung ist schon wieder eine Nachricht von ihr da. Taumelig vor Glück mache ich sie auf.

Nathan,

offenbar hat Steve keinen Cousin, der Nathan heißt, und es war auch keiner von seinen Cousins auf der Party. Erklärung parat?

Rhiannon

Ich überlege nicht lange. Wäge nicht ab. Tippe los und drücke auf *Senden*:

Rhiannon,

das kann ich allerdings erklären. Können wir uns treffen? Es ist die Sorte von Erklärung, die persönlich erfolgen muss.

Liebe Grüße,
Nathan

Wobei ich nicht vorhabe, ihr die Wahrheit zu sagen. Ich will bloß Zeit gewinnen, um mir eine möglichst gute Lüge auszudenken.

Es läutet zum Schulschluss, und Sam macht sich bestimmt bald auf die Suche nach Margaret, also sollte ich los. Als wir vor seinem Spind aufeinandertreffen, führt er sich auf, als hätten wir uns seit Wochen nicht mehr gesehen. Ich küsse ihn und rede mir ein, dass ich für Rhiannon übe. Ihn zu küssen, kommt mir fast wie Untreue gegenüber Rhiannon vor. Ich küsse ihn und bin in Gedanken Stunden weit weg, bei ihr.

6002. Tag

Es scheint, als wäre das Universum am folgenden Morgen auf meiner Seite, denn ich erwache im Körper von Megan Powell, und die wohnt nur eine Stunde von Rhiannon entfernt.

Ich checke meine E-Mails und finde eine Nachricht von ihr.

Nathan,

das sollte besser eine sehr gute Erklärung sein. Wir treffen uns um fünf im Café der Buchhandlung Clover.

Rhiannon

Ich antworte:

Rhiannon,

ich komme. Wenn auch nicht so, wie du es vielleicht erwartest. Hab Geduld mit mir und lass mich ausreden.

A

Megan Powell wird heute ein bisschen früher mit dem Cheerleadertraining Schluss machen müssen. Ich gehe ihre Garderobe durch und suche mir etwas raus, das am ehesten nach Rhiannons Stil aussieht. Ich habe die Erfahrung gemacht, dass Menschen eher Personen vertrauen, die sich ähnlich anziehen wie sie. Und was immer ich jetzt auch tue, ich brauche so viel Vertrauen, wie ich kriegen kann.

Den ganzen Tag überlege ich, was ich ihr sagen soll und was sie dazu sagen wird. Es fühlt sich brandgefährlich an, mit der Wahrheit herauszurücken. Ich habe noch nie jemandem die Wahrheit erzählt. Nicht mal in Ansätzen.

Aber von den Lügen passt keine so richtig. Und je mehr ich durch mögliche Lügen schlingere, desto klarer wird mir, dass ich drauf und dran bin, ihr alles zu erzählen. Kein Leben ist real, wenn niemand um seine Realität weiß. Und ich will, dass mein Leben real wird.

Wenn ich mich an mein Leben gewöhnt habe, kann jemand anders das vielleicht auch?

Wenn sie an mich glaubt, wenn sie das Ungeheuerliche genauso spürt wie ich, wird sie auch die Geschichte glauben.

Und wenn sie nicht an mich glaubt, wenn sie das Ungeheuerliche nicht spürt, dann bin ich eben bloß ein weiterer Spinner, den man auf die Welt losgelassen hat.

Dabei ist nicht viel zu verlieren.

Aber es wird natürlich so sein, wie alles zu verlieren.

Ich erfinde einen Arzttermin für Megan und mache mich um vier auf den Weg zu Rhiannons Wohnort.
Auf der Straße ist viel Verkehr, und ich verfahre mich ein bisschen, so dass ich zehn Minuten zu spät bei der Buchhandlung bin. Durch das Schaufenster des Cafés sehe ich Rhiannon dasitzen; sie blättert in einer Zeitschrift und schaut hin und wieder zur Tür. Am liebsten möchte ich sie so bewahren, sie in diesem Moment festhalten. Gleich wird sich alles ändern, und ich fürchte, eines Tages werde ich mich nach genau dieser Minute sehnen, in der noch nichts ausgesprochen ist, werde die Zeit zurückdrehen und ungeschehen machen wollen, was jetzt kommt.
Megan ist logischerweise nicht die Person, nach der Rhiannon Ausschau hält. Entsprechend verdutzt reagiert sie, als ich zu ihrem Tisch gehe und mich setze.
»Tut mir leid – der Platz ist besetzt«, sagt sie.
»Ist schon okay«, sage ich. »Nathan schickt mich.«
»Er hat dich hierher geschickt? Wo ist er denn?« Rhiannon sieht sich in dem Raum um, als könnte er sich hinter einem Bücherregal versteckt haben.
Ich sehe mich ebenfalls um. Es sitzen noch andere Leute in der Nähe, aber wohl niemand direkt in Hörweite. Besser wäre es, bei dem Gespräch keine Menschen um uns herum zu haben. Aber wenn ich sie frage, ob sie einen Spaziergang mit mir machen will, jagt ihr das womöglich Angst ein, und warum sollte sie sich darauf einlassen? Also werde ich es ihr wohl hier erzählen müssen.

»Rhiannon«, sage ich. Sehe ihr in die Augen und spüre es wieder. Diese Verbindung. Das Gefühl, wie viel über uns hinausgeht. Dieses Erkennen.
Ich kann nicht mit Sicherheit sagen, ob es ihr genauso geht, aber sie bleibt, wo sie ist. Erwidert meinen Blick. Hält die Verbindung.
»Ja?«, flüstert sie.
»Ich muss dir etwas erzählen. Es wird sehr, sehr seltsam klingen. Bitte hör dir die ganze Geschichte an. Auch wenn du vielleicht lieber aufstehen und gehen würdest. Auch wenn du sie lachhaft findest. Bitte nimm das hier ernst. Es wird dir unglaublich vorkommen, das weiß ich, aber es ist die Wahrheit. Verstehst du?«
Ihr Blick wird furchtsam. Ich möchte ihre Hand nehmen, aber das darf ich nicht. Noch nicht.
Ich lasse meine Stimme ruhig klingen. Aufrichtig.
»Ich wache jeden Morgen in einem anderen Körper auf. Seit meiner Geburt ist das so. Heute Morgen bin ich als Megan Powell aufgewacht, die siehst du jetzt vor dir. Vor drei Tagen, am letzten Samstag, war ich Nathan Daldry. Zwei Tage davor Amy Tran, die an deiner Schule zu Besuch war und den Tag mit dir verbracht hat. Und letzten Montag war ich Justin, dein Freund. Du dachtest, du wärst mit ihm ans Meer gefahren, aber in Wirklichkeit war das ich. Da haben wir uns kennengelernt, und seitdem gehst du mir nicht mehr aus dem Kopf.«
Schweigen.

»Du willst mich auf den Arm nehmen, oder?«, sagt Rhiannon. »Das kann doch nur ein Witz sein.«
Ich lasse nicht locker. »Am Strand hast du mir von der Modenschau für Mutter und Tochter erzählt, bei der du mit deiner Mutter warst, und dass sie sich seither wahrscheinlich nie wieder geschminkt hat. Als Amy dich gebeten hat, ihr etwas zu erzählen, was sonst niemand weiß, hast du gesagt, du hättest mit zehn versucht, dir selber ein Ohrloch zu stechen, und sie hat dir erzählt, sie hätte mit acht *Forever* von Judy Blume gelesen. Nathan ist zu dir rübergekommen, als du CDs durchgeschaut hast, und hat einen Song gesungen, den du und Justin auf der Fahrt zum Meer gesungen habt. Er hat zu dir gesagt, er sei Steves Cousin, aber in Wirklichkeit war er da, weil er dich sehen wollte. Er hat mit dir über Beziehungen geredet, die schon länger als ein Jahr bestehen, und du hast gesagt, ganz tief in seinem Inneren läge Justin eine Menge an dir, und er hat gesagt, ganz tief unten reicht nicht. Was ich damit sagen will, das ist ... die ganzen Leute, das war alles ich. Für einen Tag. Und jetzt bin ich Megan Powell, und ich will dir die Wahrheit erzählen, bevor ich wieder jemand anderes werde. Weil ich finde, dass du etwas ganz Besonderes bist. Weil ich dich nicht weiter in der Gestalt von unterschiedlichen Leuten treffen will. Weil ich ich selbst sein will, wenn ich dich treffe.«
Ich suche in ihrer ungläubigen Miene nach einem Fünkchen Glauben. Vergebens.

»Hat Justin dich dazu angestiftet?«, fragt sie in angewidertem Ton. »Findest du das etwa komisch?«

»Nein, es ist nicht komisch«, sage ich. »Es ist wahr. Ich erwarte nicht, dass du es sofort begreifst. Ich weiß, wie verrückt es klingt. Aber es ist wahr. Ich schwöre dir, es ist wahr.«

»Ich kapiere nicht, wieso du das machst. Ich kenne dich doch gar nicht!«

»Hör zu. Bitte. Du weißt, dass an dem Tag nicht Justin bei dir war. In deinem Herzen weißt du das. Er hat sich nicht benommen wie Justin. Er hat Sachen gemacht, die Justin nicht macht, und umgekehrt. Weil das nämlich ich war. Ich hatte das nicht geplant. Ich hatte nicht vor, mich in dich zu verlieben. Aber es ist nun mal passiert. Und ich kann es nicht ausradieren. Ich kann nicht so tun, als wäre es nicht da. Mein ganzes Leben ist bisher so abgelaufen, wie ich es gerade beschrieben habe, und du bist diejenige, die mich wünschen lässt, es könnte Schluss damit sein.«

Die Furcht ist immer noch da, in ihrer Miene, in ihrem Körper. »Aber wieso ich? Das leuchtet mir nicht ein.«

»Weil du einfach toll bist. Weil du lieb und freundlich zu einem x-beliebigen Mädchen warst, das einfach so in deiner Schule aufkreuzt. Weil du auch auf der anderen Seite vom Fenster sein willst, das Leben leben willst, statt nur darüber nachzudenken. Weil du schön bist. Weil ich, als ich am Samstagabend mit dir in Steves Keller getanzt habe, das Gefühl hatte, ein ganzes Feuerwerk ginge los. Und als ich am Strand neben dir lag, hatte ich das Gefühl, vollkommen ruhig zu sein. Du denkst, dass Justin dich ganz tief innen liebt, das weiß ich, aber ich liebe dich durch und durch.«

»Es reicht!« Rhiannons Stimme klingt schrill und ein bisschen brüchig. »Es – es reicht einfach, okay? Ich glaube, ich kapiere, was du da sagst, obwohl es *hinten und vorne keinen Sinn ergibt*.«

»Du weißt, dass das an dem Tag nicht er war, oder?«

»Ich weiß überhaupt nichts!« Das kommt so laut heraus, dass ein paar Leute zu uns hersehen. Rhiannon merkt es und dämpft die Stimme wieder. »Keine Ahnung. Wirklich nicht.«

Sie ist den Tränen nahe. Ich nehme ihre Hand. Ihr ist nicht wohl dabei, aber sie zieht sie nicht weg.

»Ich weiß, es ist ein Riesenbrocken«, sage ich. »Glaub mir, das weiß ich.«

»Das ist doch nicht möglich«, flüstert sie.

»Doch. Ich bin der Beweis.«

Als ich mir dieses Gespräch in Gedanken ausmalte, sah ich zwei Richtungen, in die es laufen könnte: Entweder würde die Offenbarung sie umhauen, oder Rhiannon würde abhauen, von tiefem Abscheu erfüllt. Aber jetzt stecken wir irgendwo dazwischen fest. Sie nimmt mir meine Geschichte nicht ab – jedenfalls kann sie nicht richtig daran glauben. Andererseits ist sie nicht aus dem Café gestürmt und besteht auch nicht weiter darauf, dass ihr da jemand einen üblen Streich spielen will.

Mir wird klar: Ich werde sie nicht überzeugen können. Nicht auf diese Art. Nicht hier.

»Hör zu«, sage ich, »wie wär's, wir treffen uns morgen wieder hier, um die gleiche Zeit? Ich werde nicht im selben Körper stecken, aber ich werde dieselbe Person sein. Wäre es dann leichter zu begreifen?«
Sie ist skeptisch. »Könntest du nicht einfach irgendwen hierherschicken?«
»Ja, klar, aber wieso sollte ich? Das hier ist kein alberner Trick. Das ist kein Witz. Es ist mein Leben.«
»Du bist total durchgeknallt.«
»Das sagst du bloß so. Du weißt, dass es nicht so ist. So viel spürst du.«
Jetzt sieht sie mir in die Augen. Prüft mich. Sucht nach der Verbindung.
»Wie heißt du?«, fragt sie.
»Heute heiße ich Megan Powell.«
»Nein. Ich meine deinen richtigen Namen.«
Mir stockt der Atem. Das hat mich – natürlich – noch nie jemand gefragt. Und ich habe es – natürlich – noch nie jemandem auf die Nase gebunden.
»A«, sage ich.
»Einfach nur A?«
»Einfach nur A. Das habe ich mir ausgedacht, als ich noch ganz klein war. So konnte ich ganz bleiben, auch wenn ich ständig von einem Körper und einem Leben zum anderen

wechsle. Ich brauchte etwas Reines. Deshalb bin ich auf den Buchstaben A verfallen.«

»Wie findest du meinen Namen?«

»Das habe ich dir neulich abends schon gesagt. Ich finde ihn schön, auch wenn du früher Schwierigkeiten hattest, ihn zu buchstabieren.«

Sie steht auf. Ich auch.

Sie zaudert. Ich sehe ihr an, dass ihr jede Menge Gedanken durch den Kopf gehen, aber ich habe keine Ahnung, welche. Sich in jemanden zu verlieben, heißt nicht, damit genauer zu wissen, was der andere empfindet. Man weiß nur, was man selbst empfindet.

»Rhiannon«, sage ich.

Sie hebt die Hand und bringt mich zum Schweigen.

»Nicht noch mehr«, sagt sie. »Nicht jetzt. Morgen. Ich gebe dir morgen. Das wäre eine Möglichkeit, es herauszufinden, oder? Wenn es wirklich so ist, wie du sagst – ich meine, dazu brauche ich mehr als nur einen Tag.«

»Danke.«

»Danke mir erst, wenn ich wirklich komme«, sagt sie. »Das ist alles echt verwirrend.«

»Ich weiß.«

Sie zieht ihre Jacke an und geht ein paar Schritte Richtung Tür. Dann dreht sie sich ein letztes Mal zu mir um.

»Die Sache ist die«, sagt sie, »ich hatte irgendwie tatsächlich das Gefühl, als wäre das nicht er, an dem Tag. Nicht so richtig. Und seitdem ist es so, als wäre er nicht dabei gewesen. Er hat keine Erinnerung daran. Dafür gibt es sicher eine Million möglicher Erklärungen, aber so ist es.«

»So ist es«, stimme ich zu.

Sie schüttelt den Kopf.

»Morgen«, sage ich.

»Morgen«, sagt sie. Es klingt nach ein bisschen weniger als einem Versprechen und nach ein bisschen mehr als einer Chance.

6003. Tag

Beim Aufwachen am nächsten Morgen bin ich nicht allein.

Ich teile mir das Zimmer mit zwei anderen Jungs – meinen Brüdern Paul und Tom. Paul ist ein Jahr älter als ich. Tom ist mein Zwillingsbruder. Ich heiße James.

James ist ein Koloss – er spielt Football. Tom hat ungefähr das gleiche Format. Paul ist noch wuchtiger.

Das Zimmer ist sauber, aber noch bevor ich weiß, in welchem Ort ich mich befinde, ist mir klar, dass wir nicht im schönen Teil davon wohnen. Hier wird es keinen Computer geben. Und James wird auch kein Auto haben.

Es ist Pauls Job – aus eigenem Antrieb oder auch nicht –, uns aus dem Bett und aus dem Haus zu scheuchen. Unser Vater ist von der Nachtschicht noch nicht wieder zurück, und unsere Mutter ist schon auf dem Weg zur Arbeit. Unsere beiden Schwestern sind im Bad so gut wie fertig. Als Nächste sind wir dran.

Ich mache eine Abfrage; ihr zufolge bin ich eine Ortschaft von Nathan und mehr als eine Stunde von Rhiannon entfernt.

Der Tag wird kein Zuckerschlecken.

Der Bus braucht eine Dreiviertelstunde bis zur Schule. Dort gehen wir in die Cafeteria, wo es kostenloses Frühstück gibt. Ich staune über James' Appetit – ich staple Pfannkuchen auf Pfannkuchen, und er hat immer noch Hunger. Tom hält Bissen für Bissen mit ihm Schritt.

Zu meinem Glück habe ich in der ersten Stunde Lernzeit. Zu meinem Pech muss James noch Hausaufgaben machen. Ich reiße sie runter, so schnell ich kann, und habe zum Schluss noch ungefähr zehn Minuten am Computer.

Eine Nachricht von Rhiannon, geschrieben um ein Uhr morgens.

> A,
>
> ich möchte dir gerne glauben, aber ich weiß nicht, wie.
>
> Rhiannon

Ich schreibe zurück:

> Rhiannon,
>
> du musst nicht wissen, wie. Entscheide dich einfach dafür, dann wird es schon.
>
> Ich bin heute in Laurel, mit dem Auto mehr als eine Stunde von dir weg. Ich stecke im Körper eines

Footballspielers namens James. Ich weiß, wie seltsam das klingt. Aber wie alles andere, was ich dir erzählt habe, ist es die Wahrheit.

Alles Liebe,
A

Es bleibt gerade noch genug Zeit, um meine andere E-Mail-Adresse zu checken. Eine neue Nachricht von Nathan.

Du kannst meinen Fragen nicht ewig aus dem Weg gehen. Ich will wissen, wer du bist und warum du das machst.
Sag's mir.

Wieder lasse ich ihn ohne Antwort. Keine Ahnung, ob ich ihm eine Erklärung schuldig bin oder nicht. Wahrscheinlich schulde ich ihm schon irgendwas. Ich bin mir nur nicht sicher, was.

Ich halte tapfer durch bis zur Mittagspause. Dann will ich sofort zurück in die Bibliothek zum Computer. Aber James hat Hunger, und Tom ist mit von der Partie, und ich fürchte, wenn er jetzt beim Mittagessen nicht zuschlägt, kriegt er bis abends nichts mehr. Ich habe in seiner Geldbörse nachgesehen, und da sind nur ungefähr drei Dollar drin, einschließlich Kleingeld.

Ich schlinge das kostenlose Mittagessen herunter und verabschiede mich dann Richtung Bibliothek, was mir haufenweise Hohn und Spott von Tom einträgt, der behauptet, Bibliotheken seien »nur was für Mädchen«. Als wahrer Bruder schieße ich zurück und sage: »Na, dann ist ja klar, wieso du nie welche an Land ziehst.« Das führt zu einem Ringkampf. Und kostet mich alles wertvolle Zeit.
Als ich endlich in der Bibliothek bin, sind sämtliche Computer besetzt. Ich muss mich ungefähr zwei Minuten lang direkt neben einem aus der Neunten aufbauen, bevor er die Nerven verliert und den Platz räumt. Ich checke schnell, wie es hier mit dem öffentlichen Nahverkehr aussieht, und finde heraus, dass ich bis zu Rhiannons Wohnort drei verschiedene Busse nehmen muss. Dazu bin ich durchaus bereit, aber dann finde ich eine neue E-Mail von Rhiannon, abgeschickt vor genau zwei Minuten.

A,

hast du ein Auto? Falls nicht, kann ich auch zu dir kommen. In Laurel gibt es ein Starbucks. Wie es heißt, geschieht in einem Starbucks nie etwas Böses. Melde dich, wenn du mich lieber da treffen willst.

Rhiannon

Ich tippe:

Rhiannon,

das wäre echt toll, wenn du herkommen könntest. Danke.

A

Zwei Minuten später kommt eine weitere E-Mail von ihr:

A,

ich bin um fünf da. Und mordsgespannt, wie du heute aussiehst.

(Kann's immer noch nicht glauben.)

Rhiannon

Die Aussichten bringen meine Nerven zum Klingeln. Sie hat in aller Ruhe darüber nachgedacht und nicht den Daumen über mich gesenkt. Das ist mehr, als ich mir wünschen konnte. Nur ja nicht zu dankbar sein, am Ende wird doch nichts daraus.

Der restliche Schultag verläuft wie alle anderen ... mit Ausnahme von einem kurzen Moment in der siebten Stunde. Mrs French, die Biolehrerin, knöpft sich einen Jungen vor,

der seine Hausaufgaben nicht gemacht hat. Er sollte einen Bericht vorlegen und steht mit leeren Händen da.
»Ich weiß nicht, was in mich gefahren ist«, sagt dieses Faultier. »Ich muss vom Teufel besessen gewesen sein!«
Alle lachen, und selbst Mrs French schüttelt den Kopf.
»Ja, klar, ich war auch vom Teufel besessen«, sagt ein anderer Typ. »Nach dem siebten Bier!«
»Okay«, lässt Mrs French sich vernehmen. »Das reicht.«
Die Art, wie sie das sagen – da wird mir klar, dass Nathans Geschichte sich verbreitet hat.

»Hey«, sage ich zu Tom, auf dem Weg zum Footballtraining, »hast du schon von dem Typen in Monroeville gehört, der sagt, er wäre vom Teufel besessen gewesen?«
»Mann, Alter«, gibt er zurück, »darüber haben wir gestern erst geredet. War doch in sämtlichen Nachrichten.«
»Ja, klar, aber gab's da heute noch was Neues?«
»Was soll's da groß Neues geben? Der Kleine spinnt sich was zusammen, und jetzt machen die religiösen Spinner ein Riesending draus. Der tut mir fast schon leid.«
Das, denke ich, *klingt gar nicht gut.*
Unser Trainer muss mit seiner Frau zum Geburtsvorbereitungskurs, worüber er sich bei uns lang und breit auskotzt; trotzdem bleibt ihm nichts übrig, als für heute mit dem Training früher Schluss zu machen. Ich sage Tom, dass ich noch schnell zum Starbucks fahre, worauf er mich ansieht, als wäre ich jetzt endgültig zum Softie mutiert. Diese ab-

schätzige Reaktion habe ich erwartet und bin erleichtert, dass sie tatsächlich kommt.

Rhiannon ist nicht da, als ich beim Starbucks einlaufe; ich bestelle mir einen kleinen Kaffee, schwarz – so ziemlich das Einzige, was ich mir leisten kann –, setze mich hin und warte. Es ist voll, und ich muss gucken wie Godzilla, um den freien Stuhl an meinem Tisch zu verteidigen.

Endlich, um ungefähr zwanzig nach fünf, taucht sie auf. Schaut suchend in die Menge. Ich winke. Obwohl ich ihr geschrieben habe, dass ich ein Footballspieler bin, ist sie leicht verblüfft. Kommt aber trotzdem zu mir.

»Okay«, sagt sie und setzt sich. »Bevor wir auch nur ein Wort weiterreden, will ich dein Handy sehen.« Offenbar blicke ich verwirrt, denn sie fügt zur Erklärung an: »Ich will mir jeden einzelnen Anruf ansehen, den du in der letzten Woche gemacht und bekommen hast. Wenn das hier kein großer Witz ist, dann hast du ja nichts zu verbergen.«

Ich gebe ihr James' Handy, mit dem sie besser umgehen kann als ich.

Sie untersucht es ein paar Minuten und ist dann offenbar zufrieden.

»So, und jetzt frage ich dich aus«, sagt sie und gibt mir das Telefon zurück. »Erstens, was hatte ich an dem Tag an, als Justin mit mir zum Strand gefahren ist?«

Ich versuche es mir vorzustellen. Versuche die Details zu fassen zu kriegen. Aber sie sind mir schon entschlüpft. Ich erinnere mich an Rhiannon, nicht an ihre Kleidung.

»Keine Ahnung«, sage ich. »Weißt du denn noch, was Justin anhatte?«
Sie überlegt kurz. »Gutes Argument. Haben wir rumgemacht?«
Ich schüttle den Kopf. »Wir haben auf der Knutschdecke gelegen, aber wir haben uns nur geküsst. Und das war genug.«
»Und was habe ich zu dir gesagt, bevor ich aus dem Auto gestiegen bin?«
»Das ist der schöne Ausklang.«
»Richtig. Und jetzt schnell, wie heißt Steves Freundin?«
»Stephanie.«
»Wann war die Party zu Ende?«
»Viertel nach elf.«
»Als du in dem Körper von dem Mädchen warst, das ich zu all meinen Kursen mitgenommen habe, was stand auf dem Zettel, den du mir gegeben hast?«
»So was Ähnliches wie: ›Die Kurse hier sind genauso langweilig wie in der Schule, an der ich jetzt bin.‹«
»Und was hattest du für Buttons auf deinem Rucksack?«
»Anime-Kätzchen.«
»Hm, also entweder bist du ein begnadeter Lügner, oder du wechselst täglich den Körper. Keine Ahnung, was von beidem stimmt.«
»Das Zweite.«
Über Rhiannons Schulter sehe ich eine Frau, die fragend zu uns her blickt. Hat sie gehört, worüber wir reden?

»Gehen wir nach draußen«, flüstere ich. »Ich hab so das Gefühl, als würden wir belauscht.«

Rhiannon guckt skeptisch. »Wenn du wieder so ein kleines, dünnes Cheerleadermädchen wärst, dann vielleicht. Aber – ich weiß nicht, ob dir das so richtig bewusst ist – du bist heute zum Fürchten groß und breit. Ich höre meine Mutter ganz klar und deutlich sagen: ›Keine dunklen Ecken.‹«

Ich deute durchs Fenster auf eine Bank an der Straße.

»In aller Öffentlichkeit, nur ohne unerwünschte Zuhörer.«

»Na schön.«

Die Frau mit den langen Ohren wirkt enttäuscht, als wir rausgehen. Erst jetzt fällt mir auf, wie viele Leute um uns herum vor offenen Laptops und aufgeschlagenen Notizheften sitzen. Ich kann nur hoffen, dass niemand mitgeschrieben hat.

Rhiannon lässt mich zuerst auf der Bank Platz nehmen, damit sie den Abstand zwischen uns bestimmen kann. Er ist deutlich.

»Du sagst also, du bist schon von Geburt an so?«

»Ja. In meiner Erinnerung war es nie anders.«

»Wie ging das denn? Hat dich das nicht total durcheinandergebracht?«

»Ich habe mich wohl daran gewöhnt. Anfangs habe ich bestimmt gedacht, dass jeder so lebt. Ich meine, als Baby ist es einem ja ziemlich egal, wer sich um einen kümmert, solange es nur irgendwer tut. Und als kleines Kind dachte ich, es wäre so was wie ein Spiel, und habe ganz natürlich gelernt, Abfragen zu machen – also herauszufinden, was der Körper für Erinnerungen hat. So wusste ich immer, wie ich heiße und wo ich gerade bin. Mit sechs oder sieben ist mir dann klargeworden, dass ich anders bin, und erst mit neun oder zehn wollte ich so richtig, dass es aufhört.«

»Das wolltest du?«

»Ja klar. Stell dir vor, du hast Heimweh, aber kein Heim. So war das. Ich wollte Freunde haben, eine Mama, einen Papa, einen Hund – und hatte alles immer nur für einen Tag. Es war brutal. Ich weiß noch, dass ich abends manchmal geweint und geschrien und meine Eltern angefleht habe, mich nicht ins Bett zu schicken. Sie konnten natürlich nicht wissen, wovor ich solche Angst hatte. Sie dachten, es wäre das klassische Monster unterm Bett, oder dass ich damit noch ein paar Gutenachtgeschichten herausschinden wollte. Ich konnte es ihnen nie erklären, jedenfalls nicht so, dass es ihnen eingeleuchtet hätte. Ich habe gesagt, ich wollte nicht von ihnen fort, und sie haben mir versichert, ich ginge doch nicht fort, ich ginge nur schlafen. Das ist das Gleiche, habe ich gesagt, aber dann meinten sie, ich solle nicht so albern sein.

Im Lauf der Zeit habe ich mich damit abgefunden. Was blieb mir auch anderes übrig. Mir wurde klar, dass das eben mein Leben ist und ich nichts daran ändern kann. Ich kann nicht gegen den Strom anschwimmen, also lasse ich mich mit ihm treiben.«

»Wie oft hast du diese Geschichte schon erzählt?«
»Kein einziges Mal. Ich schwöre es. Du bist die Erste.«
Das sollte ihr das Gefühl geben, etwas Besonderes zu sein – so war es jedenfalls gedacht; aber es scheint sie eher zu beunruhigen.
»Du musst aber doch Eltern haben, oder? Ich meine, jeder von uns hat Eltern.«
Ich zucke mit den Schultern. »Keine Ahnung. Ich denke schon. Aber wen sollte ich danach fragen? Ich kenne niemanden sonst, der so ist wie ich. Jedenfalls nicht bewusst.«
Ihre Miene sagt deutlich, dass sie meine Geschichte traurig findet – sehr traurig. Ich weiß nicht, wie ich ihr verständlich machen kann, dass sie nicht rundum traurig ist.
»Manchmal habe ich so was wie kleine Einblicke«, sage ich. Und weiß dann nicht weiter.
»Ja?«, ermuntert sie mich.
»Es ist bloß – ich weiß, es klingt furchtbar, so zu leben, aber andererseits habe ich schon unheimlich viel erlebt. Wenn man nur in einem Körper steckt, ist es wahnsinnig schwer, eine Ahnung davon zu bekommen, wie das Leben wirklich ist. Da ist man so fest in sich selbst verwurzelt. Aber wenn du jeden Tag ein anderer bist – dann rührst du mehr an das, was allgemeingültig ist. Selbst in den banalsten Einzelheiten. Du merkst, dass Kirschen verschiedenen Menschen unterschiedlich schmecken. Blau sieht immer wieder anders aus. Du siehst, was Jungs für komische Rituale abziehen, um Zuneigung zu zeigen, ohne es offenkundig werden zu

lassen. Wenn deine Mutter oder dein Vater dir abends was vorlesen, ist das ein gutes Zeichen und heißt, dass es gute Eltern sind, das weißt du, weil du schon so viele andere Eltern erlebt hast, die sich nicht die Zeit dafür nehmen. Du lernst, wie viel ein Tag tatsächlich wert ist, weil sie alle so verschieden sind. Wenn du die Leute fragst, was der Unterschied zwischen Montag und Dienstag war, werden dir die meisten erzählen, was es zum Abendessen gab. Ich nicht. Dadurch, dass ich die Welt aus so vielen Blickwinkeln sehe, habe ich mehr Gespür für ihre Dimensionen.«

»Aber du erlebst nie etwas über einen längeren Zeitraum, oder?«, fragt Rhiannon. »An dem, was du da gerade gesagt hast, ist sicher etwas dran. Ich glaube, ich verstehe das. Aber du hast nie einen Freund gehabt, den du seit zehn Jahren kennst und Tag für Tag siehst. Du hast nie ein Haustier älter werden sehen. Hast nie erlebt, wie katastrophal Elternliebe im Lauf der Zeit werden kann. Und du hast nie eine Beziehung gehabt, die länger als einen Tag dauerte, geschweige denn mehr als ein Jahr.«

Ich hätte wissen müssen, dass die Sprache wieder darauf kommen würde.

»Aber ich habe viel gesehen«, wende ich ein. »Habe viel beobachtet. Ich weiß, wie es läuft.«

»Von außen? Ich glaube nicht, dass du das von außen beurteilen kannst.«

»Und ich glaube, du unterschätzt, wie vorhersehbar manches in einer Beziehung ist.«

»Ich liebe ihn«, sagt sie. »Das verstehst du nicht, ich weiß, aber so ist es.«
»So sollte es nicht sein. Ich habe ihn von innen gesehen. Ich weiß Bescheid.«
»Einen Tag. Du hast ihn einen Tag lang gesehen.«
»Und du hast einen Tag lang gesehen, wie er sein könnte. Du hast ihn mehr geliebt, als er ich war.«
Ich greife wieder nach ihrer Hand, aber diesmal sagt sie: »Nein. Nicht.«
Ich erstarre.
»Ich habe einen Freund«, sagt sie. »Ich weiß, du magst ihn nicht, und sicher gibt es Momente, da mag ich ihn auch nicht. Aber trotzdem ist er mein Freund. Ich gebe zu, du hast mich tatsächlich überzeugt, dass du ein und dieselbe Person bist, der ich mittlerweile in fünf verschiedenen Körpern begegnet bin. Das heißt nur, dass ich vermutlich genauso verrückt bin wie du. Du sagst, du liebst mich, aber du kennst mich doch eigentlich gar nicht. Du kennst mich seit einer Woche. Und ich brauche ein bisschen mehr als das.«
»Aber hast du es an dem Tag nicht auch gespürt? Am Strand? Hat sich da nicht alles gut und richtig angefühlt?«
Da ist es wieder – der Sog des Meers, der Gesang des Universums. Eine gewieftere Lügnerin würde es abstreiten. Aber manche von uns wollen nicht als Lügner leben. Sie beißt sich auf die Lippe und nickt.
»Ja. Aber ich weiß nicht, für wen ich diese Gefühle hatte. Selbst wenn das du warst, musst du einsehen, dass meine

Geschichte mit Justin da hineinspielt. Mit einem Wildfremden hätte ich das Gefühl nicht gehabt. Es wäre nicht so vollkommen gewesen.«

»Woher willst du das wissen?«

»Das ist es ja gerade. Ich weiß es nicht.«

Sie schaut auf ihr Handy, und das ist das Zeichen, dass sie aufbrechen wird, egal ob sie wirklich los muss oder nicht.

»Ich sollte rechtzeitig zum Abendessen zurück sein«, sagt sie.

»Danke, dass du den weiten Weg bis hierher gefahren bist«, sage ich.

Es ist alles verquer. Scheußlich verquer.

»Sehen wir uns wieder?«, frage ich.

Sie nickt.

»Ich werde es dir beweisen«, sage ich. »Ich zeige dir, was es wirklich bedeutet.«

»Was?«

»Zu lieben.«

Erschreckt sie das? Ist es ihr peinlich? Macht es ihr Hoffnung?

Ich weiß es nicht. Dazu bin ich nicht nahe genug.

Tom macht mich zur Schnecke, als ich wieder zu Hause bin – zum einen, weil ich bei Starbucks war, und zum anderen, weil ich die fünf Kilometer bis nach Hause zu Fuß laufen musste und zu spät zum Abendessen gekommen bin, was ordentlich Ärger mit meinem Vater gegeben hat.

»Wer immer die Tussi war, ich hoffe, sie war es wert«, sagt er spöttisch.

Ich sehe ihn ausdruckslos an.

»Alter, jetzt erzähl mir nicht, du wärst bloß wegen dem Kaffee da hin oder wegen den Folksongs, die da immer im Lautsprecher dudeln. Dafür kenne ich dich zu gut.«

Ich bleibe stumm.

Ich bin für den Abwasch zuständig. Dabei lasse ich das Radio laufen, und mit den Lokalnachrichten kommt Nathan Daldry.

»Nathan, erzähl uns doch bitte, was du letzten Samstag erlebt hast«, sagt der Interviewer.

»Ich war besessen. Es gibt kein anderes Wort dafür. Ich hatte keine Kontrolle mehr über meinen Körper. Ich kann von Glück sagen, dass ich noch lebe. Und ich möchte jeden bitten, der ebenfalls nur einen Tag lang auf diese Art besessen gewesen ist, sich bei mir zu melden. Weil, um ganz ehrlich zu sein, Chuck, viele Leute denken, dass ich spinne. In der Schule machen sie sich ständig über mich lustig. Aber ich weiß, was da abgelaufen ist. Und ich weiß, dass ich nicht der Einzige bin.«

Ich weiß, dass ich nicht der Einzige bin.

Der Satz lässt mich nicht mehr los. Ich wünschte, ich wäre mir auch so sicher.

Ich wünschte, ich wäre nicht der Einzige.

6004. Tag

Am nächsten Morgen wache ich im selben Zimmer auf.

Und im selben Körper.

Ich kann es nicht fassen. Ich verstehe es nicht. Nach all den Jahren.

Ich sehe zur Wand. Auf meine Hände. Auf das Bettzeug.

Und dann blicke ich zur Seite und sehe dort James in seinem Bett schlafen.

James.

Und mir geht auf: Ich bin nicht im selben Körper. Ich bin nicht auf derselben Seite vom Zimmer.

Nein, heute Morgen bin ich sein Zwillingsbruder, Tom.

So eine Gelegenheit hatte ich noch nie. Ich beobachte, wie James sich langsam aus dem Schlaf schält, nach einem Tag, den er nicht in seinem gewohnten Körper verbracht hat. Ich suche nach Anzeichen für diesen Tag in der Versenkung, nach der Verblüffung beim Aufwachen. Doch mir bietet sich nur der vertraute Anblick eines Footballspielers, der sich vor dem Aufstehen reckt und streckt. Falls er sich irgendwie komisch oder anders fühlt, lässt er es sich nicht anmerken.

»Ey, Alter, was guckst du so?«

Das fragt nicht James, sondern der dritte Bruder, Paul.

»Versuch bloß, in die Gänge zu kommen«, nuschle ich.

Aber in Wirklichkeit lasse ich James nicht aus den Augen. Weder bei der Fahrt zur Schule noch beim Frühstück in der Cafeteria. Er wirkt eine Spur daneben, doch das ließe sich ohne weiteres auch damit erklären, dass er vielleicht schlecht geschlafen hat.

»Na, wie geht's uns heute?«, frage ich ihn.

Er grunzt. »Alles okay. Danke der Nachfrage.«

Ich beschließe, mich dumm zu stellen. Das bin ich in seinen Augen sowieso, also dürfte es nicht allzu übertrieben wirken.

»Was hast du eigentlich gestern nach dem Training noch gemacht?«, frage ich.

»Ich war bei Starbucks.«

»Mit wem?«

Er sieht mich an, als hätte ich ihm die Frage im Falsett vorgesungen.

»Ich wollte einfach einen Kaffee, okay? Ich war nicht *mit* irgendwem da.«

Ich mustere ihn. Versucht er, das Gespräch mit Rhiannon zu verheimlichen? Aber so ein falsches Spiel würde man ihm garantiert an der Nasenspitze ansehen.

Er erinnert sich wirklich nicht daran, dass er sie getroffen hat. Mit ihr geredet hat. Mit ihr zusammen war.

»Wieso hat das dann so lange gedauert?«, frage ich.

»Was jetzt, hast du die Stoppuhr mitlaufen lassen? Ist ja rührend.«
»Und mit wem hast du in der Mittagspause gemailt?«
»Ich hab bloß meine Mails gecheckt.«
»Deine eigenen?«
»Welche denn sonst? Du stellst echt seltsame Fragen, Alter. Stimmt's, Paul?«
Paul kaut an einem Stück Speck herum. »Wenn ihr zwei quatscht, schalte ich jedes Mal sofort ab. Keine Ahnung, was du da redest.«
Es ist paradox, aber am liebsten wäre ich immer noch in James' Körper, damit ich genau wüsste, wie er den Tag gestern im Gedächtnis hat. Soweit ich das sehen kann, erinnert er sich offenbar, wo er war, hat sich die Ereignisse aber irgendwie anders zusammengereimt, damit sie sich besser in sein Leben fügen. War das so eine Art Anpassungsleistung von seinem Gehirn? Oder hat meins kurz vor dem Abgang diesen groben Ablauf hinterlassen?
James hat nicht das Gefühl, dass er vom Teufel besessen war.
Gestern war für ihn ein Tag wie jeder andere.

Wieder wird der Vormittag nach ein paar Minuten Luft zum E-Mail-Checken abgeklopft.
Ich hätte ihr meine Handynummer geben sollen, denke ich.
Und bleibe wie angewurzelt mitten im Flur stehen. Eine völlig banale, gewöhnliche Überlegung – und genau das er-

schreckt mich. Angesichts meiner Lebensumstände ist sie schlicht unsinnig. Wie hätte ich Rhiannon denn eine Handynummer geben sollen? Es ist mir klar, dass das nicht geht. Und trotzdem hat sich dieser ganz normale Gedanke eingeschlichen und mich einen Moment lang glauben lassen, ich wäre genauso normal.
Keine Ahnung, was das zu bedeuten hat, aber ich vermute, es ist gefährlich.

Beim Mittagessen sage ich James, dass ich noch in die Bibliothek will.
»Alter«, sagt er, »Bibliotheken sind was für Mädchen.«

Keine neuen Nachrichten von Rhiannon, also schreibe ich ihr eine.

Rhiannon,

heute würdest du mich tatsächlich wiedererkennen.
Ich bin als James' Zwillingsbruder aufgewacht. Ich dachte, damit bekäme ich mehr Durchblick, aber bisher: Fehlanzeige.

Ich möchte dich wiedersehen.

A

Von Nathan ist auch nichts da. Ich tippe seinen Namen noch mal in eine Suchmaschine ein. Vielleicht gibt es mittlerweile ja ein paar mehr Artikel über das, was er so zu berichten hat. Über zweitausend Ergebnisse. Alle aus den letzten drei Tagen.

Es spricht sich herum. Hauptsächlich auf Websites von evangelikalen Christen, die voll auf Nathans Geschichte vom Teufel anspringen. Sie bestätigt sie nur noch weiter in ihrer Überzeugung, dass die Welt zu dem unaussprechlichen Ort geht, der mit *Hö-* anfängt und mit *-lle* endet.

Soweit ich mich erinnere, ging es in keiner der vielen Versionen, die ich als Kind von *Der Junge, der Wolf schrie* gehört habe, allzu ausführlich um die Gefühlslage des Jungen, vor allem nachdem der Wolf schließlich tatsächlich aufgetaucht war. Ich möchte wissen, was Nathan denkt, ob er wirklich glaubt, was er da sagt. Die ganzen Artikel und Blogs sind keine Hilfe – in allen erzählt er das Gleiche, und die Leute stellen ihn entweder als Freak oder als Orakel hin. Keiner nimmt sich die Zeit, ihn wie einen sechzehnjährigen Jungen zu behandeln. Sie stellen die Sensationsfragen und vergessen darüber die wirklich wichtigen.

Ich öffne seine letzte E-Mail.

Du kannst meinen Fragen nicht ewig aus dem Weg gehen. Ich will wissen, wer du bist und warum du das machst.

Sag's mir.

Aber wie soll ich darauf antworten, ohne zumindest einen Teil der Story, die er in die Welt gesetzt hat, zu bestätigen? Er hat ja recht – letztlich kann ich seinen Fragen nicht ewig aus dem Weg gehen. Sie werden an mir nagen. Mir anhängen, wo immer ich aufwache. Aber jede Art von Antwort wird ihn bestärken, und das will ich nicht. Dann würde er seinen Weg weiterverfolgen.
Das Beste wäre, er würde sich schön langsam tatsächlich für verrückt halten. Aber so was wünscht man ja seinem ärgsten Feind nicht. Vor allem nicht, wenn er gar nicht verrückt ist.
Ich würde gern Rhiannon fragen, was ich tun soll. Doch ich ahne schon, was sie sagen würde. Vielleicht projiziere ich auch nur mein besseres Ich auf sie. Denn ich kenne die Antwort: Wozu Wert auf Selbsterhaltung legen, wenn man mit sich selbst nicht leben kann? Ich bin für seine Situation verantwortlich. Also untersteht er meiner Verantwortung.
Das weiß ich, auch wenn ich es noch so blöd finde.

Ich werde nicht sofort schreiben. Erst muss ich noch genauer darüber nachdenken. Wie ich ihm helfen kann, ohne irgendetwas zu bestätigen.
In der letzten Stunde habe ich's dann schließlich. Glaube ich jedenfalls.

> Ich weiß, wer du bist. Ich habe von dir in den Nachrichten gelesen. Die Geschichte hat nichts mit mir zu tun – da hast du wohl irgendwas falsch verstanden.

Und meinem Eindruck nach ziehst du längst nicht alle Möglichkeiten in Betracht. Es war bestimmt ziemlich heftig, was du da erlebt hast. Aber es dem Teufel in die Schuhe zu schieben, kann nicht die Lösung sein.

Ich schicke die E-Mail noch schnell vor dem Footballtraining los.
Und sehe nach, ob eine von Rhiannon gekommen ist.
Nichts.

Der restliche Tag verläuft ereignislos. Und ich frage mich wieder einmal, seit wann ich denke, meine Tage könnten tatsächlich Ereignisse beinhalten. Bisher habe ich für Ereignislosigkeit gelebt und mich mit der Kunst begnügt, mich durchzuwursteln. Jetzt kommen die Stunden mir langweilig vor, leerer, und das gefällt mir nicht. Die üblichen Abläufe abzuspulen lässt einem jede Menge Zeit, sie zu untersuchen. Das fand ich immer interessant. Jetzt hat es einen unguten Anstrich von Belanglosigkeit.
Ich gehe zum Footballtraining. Werde von jemandem nach Hause mitgenommen. Mache Hausaufgaben. Esse zu Abend. Schaue mit meiner Familie Fernsehen.
Das ist die Fallschlinge, wenn man etwas hat, wofür man lebt:
Alles andere kommt einem leblos vor.

James und ich gehen als Erste zu Bett. Paul bespricht in der Küche noch mit unserer Mutter sein Arbeitsprogramm fürs Wochenende. Schweigend ziehen James und ich unsere Schlafklamotten an, marschieren ins Bad und wieder zurück.

Ich lege mich hin, er macht das Licht aus. Doch statt ebenfalls ins Bett zu steigen, bleibt er unschlüssig mitten im Zimmer stehen.

»Tom?«

»Ja?«

»Wieso hast du mich gefragt, was ich gestern so gemacht habe?«

Ich setze mich auf. »Keine Ahnung. Du hast bloß ein bisschen ... daneben gewirkt.«

»Das war irgendwie seltsam. Deine Frage, meine ich.«

Jetzt geht er zu seinem Bett. Ich höre ihn schwer auf die Matratze plumpsen.

»Für dich war also alles ganz normal?«, frage ich in der Hoffnung, dass etwas an die Oberfläche kommt.

»Ich denke schon. Ich fand's ziemlich komisch, dass Snyder früher mit dem Training Schluss machen musste, weil er seiner Babymama beim Atmen helfen soll. Aber das war's auch schon, sonst nichts Besonderes. Es ist bloß ... wirke ich heute denn auch daneben?«

Ehrlich gesagt habe ich seit dem Frühstück nicht mehr sonderlich darauf geachtet.

»Wieso fragst du?«

»Bloß so. Ich fühl mich voll okay. Ich will bloß nicht, dass es so aussieht, als würde irgendwas nicht stimmen, verstehst du, wenn doch alles in Ordnung ist.«
»Du wirkst völlig okay«, beruhige ich ihn.
»Gut«, sagt er und legt sich auf seinem Kissen in Schlafposition.
Ich würde gern noch was sagen, aber mir fallen nicht die richtigen Sätze ein. Die Offenheit und Verletzlichkeit bei solchen nächtlichen Gesprächen rühren mich immer ungeheuer an – zu erleben, welch andere Gestalt Worte in einem dunklen Raum annehmen. Ich denke an die seltenen Höhepunkte, wenn mein Tag mit einer Übernachtung bei jemand anderem endete oder ich mein Zimmer mit Geschwistern oder Freunden teilte, die ich richtig gern hatte. Diese Gespräche verführten mich manchmal zu dem Glauben, alles aussprechen zu können, auch wenn ich so vieles für mich behielt. Irgendwann pochte dann die Nacht auf ihr Recht, aber ich hatte immer das Gefühl, in den Schlaf zu gleiten und nicht zu fallen.
»Schlaf gut«, sage ich zu James. Und meine eigentlich: Mach's gut. Bald bin ich weg, weg von dieser Familie. Es waren nur zwei Tage, aber das ist doppelt so viel, wie ich gewöhnt bin. Es ist bloß eine Ahnung – die leiseste Ahnung – davon, wie es wäre, jeden Morgen am selben Ort aufzuwachen.
Ich darf nicht daran festhalten.

6005. Tag

Manche meinen, psychische Erkrankungen hätten mit Stimmungen zu tun, mit Fragen der Persönlichkeit. Sie glauben, Depression sei lediglich eine Form von Traurigkeit, und Zwangsneurotiker seien einfach irgendwie verkrampft. Sie glauben, die Seele sei krank und nicht etwa der Körper. Es sei etwas, so meinen sie, worüber man bis zu einem gewissen Grad selbst entscheidet.
Ich weiß, wie falsch das ist.
Als Kind begriff ich es nicht. Ich wachte in einem neuen Körper auf und konnte mir keinen Reim darauf machen, warum alles plötzlich gedämpfter und düsterer wirkte. Oder auch das Gegenteil – warum ich plötzlich völlig überdreht war und nie bei der Sache bleiben konnte, wie ein Radio auf höchster Lautstärke, das von einem Sender zum nächsten jagt. Da ich keinen Zugang zu den Gefühlen des Körpers hatte, nahm ich an, was ich da empfand, seien meine eigenen Gefühle. Mit der Zeit jedoch wurde mir klar, dass diese Anfälligkeiten, diese Zwänge ebenso zu dem jeweiligen Körper gehörten wie Augenfarbe und Stimme. Ja, die Gefühle selbst waren ungreifbar, formlos, aber ihr Ursprung war chemischer und biologischer Natur.
Diesen Kreislauf kann man nur schwer durchbrechen. Der

Körper arbeitet gegen dich. Und das steigert deine Verzweiflung nur umso mehr. Was wiederum das Ungleichgewicht noch krasser macht. Man braucht enorme Stärke, um das auszuhalten. Aber ich habe diese Stärke immer wieder erlebt. Wenn ich in eine Person geworfen werde, die sich damit herumschlägt, muss ich so stark sein wie sie und manchmal sogar noch stärker, weil ich weniger darauf vorbereitet bin.

Mittlerweile kenne ich die Anzeichen. Ich weiß, wann es Zeit ist, nach den Tablettenröhrchen zu suchen und dem Körper seinen Willen zu lassen. Ich muss mir immer wieder ins Gedächtnis rufen: *Das bin nicht ich.* Es ist die Chemie. Es ist die Biologie. Es hat nichts mit mir zu tun. Und nichts mit denen, die davon betroffen sind.

Kelsea Cooks Gedankenwelt ist ein finsterer Ort. Das weiß ich, noch bevor ich die Augen aufschlage. Es herrscht Unruhe darin, ein ständiges Aufeinanderprallen von Worten und Überlegungen und Impulsen. Meine eigenen Gedanken haben Mühe, sich in dem Getöse zu behaupten. Der Körper reagiert mit einem Schweißausbruch. Ich versuche ruhig zu bleiben, aber der Körper verschwört sich gegen mich, will mich unter Zerrbildern begraben.

Normalerweise ist es nicht so übel, nicht gleich am frühen Morgen. Wenn es jetzt schon so ist, muss es auch sonst ziemlich übel sein.

Unter den Zerrbildern ist ein verzweifelter Wunsch nach

Schmerz. Ich öffne die Augen und sehe die Narben. Nicht nur am Körper – da sind sie auch, die haarfeinen Risse in der Haut, das selbstgeschaffene Netz, in dem man den eigenen Tod fangen will. Nein, auch die Narben im Raum, an den Wänden, auf dem Fußboden. Der Person, die hier lebt, ist alles egal. Poster hängen halb zerfetzt herab. Der Spiegel hat einen Sprung. Kleider liegen achtlos hingeworfen am Boden. Die Jalousien sind heruntergezogen. Die Bücher stehen krumm und schief in den Regalen, wie verwahrloste Zahnreihen. Irgendwann muss Kelsea einen Füller mitten durchgebrochen haben und damit im Kreis herumgewirbelt sein, denn wenn man genau hinschaut, sieht man überall an den Wänden und an der Decke kleine, eingetrocknete Tintentropfen.

Ich frage ihre Geschichte ab und stelle zu meinem Entsetzen fest, wie weit es mit ihr gekommen ist, ohne dass jemand etwas davon bemerkt hat, ohne dass es eine Diagnose gäbe. Man hat sie sich selbst überlassen, und ihr Selbst ist ein Wrack.

Es ist fünf Uhr morgens. Ich bin nicht vom Weckerläuten aufgewacht. Ich bin wach, weil die Gedanken so laut sind und mir alle etwas Böses wollen.

Ich versuche, weiterzuschlafen, aber der Körper lässt mich nicht.

Zwei Stunden später stehe ich auf.

Manche vergleichen Depressionen mit einer schwarzen Wolke, andere mit einem schwarzen Hund. Für jemanden wie Kelsea trifft die Metapher von der schwarzen Wolke zu. Die Wolke umgibt sie, begräbt sie in sich, und es ist kein Ausweg in Sicht. Kelsea müsste versuchen, sie einzugrenzen, bis sie die Gestalt des schwarzen Hundes hat. Der wird ihr immer noch auf allen ihren Wegen folgen, wird immer da sein. Aber zumindest getrennt von ihr, und an der Leine.

Ich wanke ins Bad und stelle die Dusche an.

»Was machst du da?«, ruft eine Männerstimme. »Hast du nicht gestern Abend schon geduscht?«

Egal. Ich brauche prasselndes Wasser auf meinem Körper. Ohne diesen Muntermacher kann ich den Tag gleich vergessen.

Als ich aus dem Bad komme, steht Kelseas Vater mit finsterem Blick im Flur.

»Zieh dir was an«, sagt er mürrisch. Ich schlinge das Handtuch fester um mich.

Ich schlüpfe in irgendwelche Klamotten und suche meine Bücher und Hefte für die Schule zusammen. In Kelseas Rucksack steckt ein Tagebuch, aber ich habe keine Zeit zum Lesen, ebenso wenig wie zum E-Mail-Checken. Er ist zwar nicht im Zimmer, aber ich spüre, dass Kelseas Vater wartet.

Außer ihnen ist niemand im Haus. Meine Abfrage ergibt, dass Kelsea ihn belogen hat, damit er sie morgens zur Schule bringt – angeblich fährt der Bus jetzt eine neue Strecke, in Wirklichkeit will sie in dem Ding nicht mit anderen Schülern gefangen sein. Wobei sie niemand niedermacht – aber

das würde sie so oder so gar nicht merken, weil sie viel zu sehr damit beschäftigt ist, sich selbst niederzumachen. Das Problem ist die Enge, und dass man nicht raus kann.
Das ist im Auto ihres Vaters zwar auch nicht viel besser, aber wenigstens muss sie sich nur mit einer einzigen weiteren Person herumschlagen. Selbst beim Fahren verströmt er Ungeduld. Ich bin immer wieder verblüfft über Menschen, die sehr wohl wissen, dass irgendwas nicht stimmt, es aber hartnäckig ignorieren, als ob es sich damit aus der Welt schaffen ließe. Sie ersparen sich die Konfrontation, trotzdem brodelt es in ihnen.
Sie braucht deine Hilfe, möchte ich am liebsten sagen. Aber das steht mir nicht zu, vor allem weil ich nicht weiß, ob er vernünftig darauf reagieren würde.
Also bleibt Kelsea die ganze Fahrt über stumm. So wie ihr Vater dieses Schweigen aufnimmt, liegt der Schluss nahe, dass es morgens bei ihnen immer so abläuft.

Kelsea kann auf ihrem Handy E-Mails abrufen, aber ich habe weiterhin Angst, Spuren zu hinterlassen, besonders nach meinem Patzer bei Nathan.
Also laufe ich durch die Flure und gehe zum Unterricht und warte auf meine Chance. Ich muss mich mehr anstrengen als gewöhnlich, um Kelsea durch den Tag zu bringen. Sobald ich lockerlasse, lastet das Leben wie ein Tonnengewicht auf ihr und zieht sie runter. Zu sagen, dass ich mich unsichtbar fühle, wäre zu simpel. Ich fühle mich qualvoll sichtbar

und komplett übersehen. Manche reden mit Kelsea, aber es ist, als stünden sie vor einem Haus und sprächen durch ein geschlossenes Fenster. Es gibt Freundinnen, aber mit denen bringt man die Zeit rum, verbringt sie nicht zusammen. Ein tückisches Ungeheuer tarnt sich als Instinkt und flüstert einem ständig ein, wie sinnlos das alles ist.

Die Einzige, die versucht, mich einzubeziehen, ist Kelseas Laborpartnerin Lena. Wir haben Physik und sollen ein Flaschenzugsystem aufbauen. Das mache ich nicht zum ersten Mal und finde es darum nicht besonders schwierig. Lena jedoch wundert sich über Kelseas Engagement. Offenbar bin ich zu weit gegangen – normalerweise kann sich Kelsea für so etwas nicht begeistern. Aber Lena lässt mich nicht wieder abrutschen. Als ich Entschuldigungen murmle und beiseitetreten will, besteht sie darauf, dass ich weitermache.

»Du bist echt gut da drin«, sagt sie. »Viel besser als ich.«

Während ich Teile anordne, Neigungswinkel einstelle und diverse Reibungsverluste mit einberechne, redet Lena von einem Discoabend, der demnächst irgendwo stattfindet, fragt mich, ob ich am Wochenende schon was vorhabe, und erzählt mir, dass sie demnächst vielleicht mit ihren Eltern nach Washington, D.C. fährt. Sie achtet extrem auf meine Reaktionen – offenbar werden solche Gespräche normalerweise lange vor diesem Punkt abgewürgt. Aber ich lasse sie reden, lasse sie mit ihren Sätzen gegen die stummen, unerbittlichen Stimmen angehen, die aus meinem kaputten Hirn dringen.

Dann ist die Stunde vorbei, und wir gehen unserer Wege. Bis zum Ende des Tages sehe ich sie nicht wieder.

Die Mittagspause verbringe ich in der Bibliothek am Computer. Es wird mich wohl kaum irgendwer beim Essen vermissen – aber vielleicht ist das auch bloß Kelseas Denken. Erwachsenwerden heißt unter anderem, die Realität nicht mehr nur von seinem eigenen Standpunkt aus zu betrachten; meinem Gefühl nach lässt Kelseas Gedankenwelt sie nicht mal entfernt bis zu diesem Punkt kommen, und ich frage mich, inwieweit sie mich damit ansteckt.
Mich in mein E-Mail-Konto einzuloggen rüttelt mich auf angenehme Weise wach und führt mir vor Augen, dass ich tatsächlich ich bin und nicht Kelsea. Noch besser: Ich habe eine Nachricht von Rhiannon. Der Anblick heitert mich auf, bis ich lese, was in der E-Mail steht.

A,

und, wer bist du heute?

Was für eine komische Frage. Aber sie hat wohl ihren Sinn. Wenn von dem Ganzen überhaupt irgendwas einen Sinn hat.

Der Tag gestern war hart. Justins Großmutter ist krank, und statt zuzugeben, dass ihn das mitnimmt, schlägt er nur noch mehr um sich. Ich versuche, ihm zu helfen, aber es ist echt schwer.

Keine Ahnung, ob du so was hören willst oder nicht. Was du von Justin hältst, weiß ich. Ich kann diesen Teil meines Lebens vor dir verborgen halten, wenn du willst. Aber das willst du vermutlich nicht.

Erzähl mir, wie dein Tag so läuft.

Rhiannon

Ich klicke auf *Antworten* und schildere ihr ein bisschen, womit Kelsea zu kämpfen hat. Zum Schluss schreibe ich:

Ich möchte, dass du ehrlich zu mir bist. Auch wenn es wehtut. Obwohl es mir lieber wäre, wenn es nicht wehtäte.

Alles Liebe,
A

Dann wechsle ich zu dem anderen Konto und finde eine Antwort von Nathan.

Ich habe nichts falsch verstanden. Ich weiß, was du bist. Und ich werde herausfinden, wer du bist. Der Pastor

sagt, er arbeitet schon daran. Du willst, dass ich an mir selbst zweifle. Aber ich bin nicht der Einzige. Du wirst schon sehen.
Gestehe, bevor wir dich finden.

Ich starre ein Weilchen auf den Bildschirm und versuche, den Ton dieser E-Mail mit dem Nathan in Einklang zu bringen, den ich von dem einen Tag her kenne. Es scheinen zwei sehr verschiedene Personen zu sein. Ist es möglich, dass jemand anderes Nathans E-Mail-Konto übernommen hat? Und wer ist »der Pastor«?
Die Glocke läutet zum Ende der Mittagspause. Ich gehe wieder in den Unterricht, und die schwarze Wolke macht sich breit. Es fällt mir schwer, mich auf das zu konzentrieren, was gesprochen wird. Es fällt mir schwer, einzusehen, was daran wichtig sein soll. Nichts von dem, was man mir hier beibringt, keiner von den Menschen in diesem Raum macht das Leben leichter erträglich. Ich gehe mit gnadenloser Präzision auf meine Nagelhäute los. Der Schmerz ist das Einzige, was sich echt anfühlt.

Kelseas Vater holt sie nicht von der Schule ab; er ist noch bei der Arbeit. Damit sie nur ja nicht den Bus nehmen muss, geht sie lieber zu Fuß. Ich würde diese Gewohnheit gern durchbrechen, aber sie weiß schon gar nicht mehr, welcher Bus ihrer ist. Also mache ich mich auf den Weg.
Und verspüre wieder den Wunsch, ich könnte Rhiannon

einfach so anrufen, die vor mir liegende leere Stunde mit dem Klang ihrer Stimme füllen.
Doch mir bleibt nur Kelsea mitsamt ihrem katastrophal gestörten Wahrnehmungsvermögen. Ihr Heimweg führt steil bergauf. Ist das eine ihrer Bestrafungsmethoden? Auf halber Strecke mache ich Pause bei einem Spielplatz. Immer noch eine gute halbe Stunde bis nach Hause. Ich kriege schräge Blicke ab, weil ich weder nach Eltern noch nach Kleinkind aussehe, also halte ich mich fern von Klettergerüst, Schaukeln und Sandkasten und setze mich auf eine Wippe, die aussieht, als wäre sie wegen schlechten Benehmens in die hinterste Ecke geschickt worden.
Ich könnte Hausaufgaben machen, andererseits ruft Kelseas Tagebuch nach mir. Ich habe ein bisschen Schiss vor dem, was ich da wohl zu lesen bekomme, aber vor allem bin ich neugierig. Wenn ich ihre Gefühle schon nicht abfragen kann, wäre das zumindest ein Teilprotokoll.
Es ist kein Tagebuch im klassischen Sinn. Das wird schon nach ein, zwei Seiten klar. Kein Rumgesülze über Jungs oder Mädchen. Keine noch mal durchgespielten Zusammenstöße mit ihrem Vater oder ihren Lehrern. Keine niemand sonst anvertrauten Geheimnisse, kein Sich-Luft-Machen über ungerechte Behandlung.
Nur verschiedenste Methoden, sich umzubringen, bis ins kleinste Detail.
Mit dem Messer ins Herz. Mit dem Messer in die Pulsader am Handgelenk. Mit dem Gürtel um den Hals. Plastiktüten.

Stürze aus großer Höhe. Selbstverbrennung. Alles minutiös recherchiert. Mit Beispielen. Und Illustrationen – groben Illustrationen, bei denen Kelsea eindeutig als Musterfall dient. Selbstporträts ihres Abgangs.
Ich blättere mich durch Seiten voller Dosierungsangaben und spezieller Instruktionen. Hinten ist noch einiges frei, aber davor steht auf einer Seite *DEADLINE* und darunter ein Datum, das nur sechs Tage vom heutigen entfernt ist.
Ich sehe das restliche Notizheft durch, suche nach anderen, möglicherweise versäumten Deadlines.
Aber es steht nur einmal da.
Ich steige von der Wippe, verziehe mich aus dem Park. Denn jetzt bin ich das, wovor die Eltern Angst haben, ich bin die Realität, die sie meiden möchten. Nein, nicht bloß meiden – *verhindern*. Sie wollen mich von ihren Kindern fernhalten, und das kann ich verstehen. Es ist, als führte alles, womit ich in Berührung komme, zu Unheil.
Was soll ich tun? Momentan droht keine Gefahr – ich habe den Körper unter Kontrolle, und solange das so ist, lasse ich nicht zu, dass er sich ein Leid antut. Aber in sechs Tagen werde ich keine Kontrolle über ihn haben.
Ich sollte mich nicht einmischen. Es ist Kelseas Leben, nicht meins.
Es ist nicht fair von mir, ihr die Wahlmöglichkeiten zu nehmen, für sie zu entscheiden.
Kindisch, aber ich wünschte, ich hätte das Tagebuch nicht aufgeschlagen.

Zu spät.
Ich frage Kelseas Erinnerungen nach einem Hilfeschrei ab. Doch ein Hilfeschrei nützt nur etwas, wenn jemand da ist, der ihn hört. Und ich finde keinen solchen Moment in Kelseas Leben. Ihr Vater sieht nur das, was er sehen will, und diese Fiktion will sie nicht mit Fakten zerstören. Ihre Mutter ist schon vor Jahren ausgezogen. Sonst nur noch entfernte Verwandte. Freunde sind alle weit außerhalb der schwarzen Wolke angesiedelt. Dass Lena in Physik nett war, heißt noch lange nicht, dass man sie mit dem hier belasten sollte oder dass sie wüsste, was man tun könnte.
Verschwitzt und erschöpft komme ich zurück in Kelseas leeres Haus. Ich schalte ihren Computer an und finde alles, was ich wissen muss, in ihrer Chronik – die Websites, von denen die verschiedenen Pläne stammen. Alles da, auf einen Klick für jedermann zu sehen. Es schaut bloß niemand hin.
Wir beide müssen mit jemandem reden.
Ich schreibe eine E-Mail an Rhiannon.

> Ich muss unbedingt mit dir sprechen. Das Mädchen, in dessen Körper ich stecke, will sich umbringen. Das ist kein Witz.

Ich teile ihr Kelseas Festnetznummer mit – falls eingehende Anrufe überhaupt irgendwo registriert werden, kann man ja immer noch behaupten, da habe sich jemand verwählt.
Zehn Minuten später ruft sie an.

»Hallo?«, melde ich mich.

»Bist du das?«

»Ja.« Richtig, sie weiß ja nicht, wie meine Stimme klingt. »Bin ich.«

»Ich habe deine E-Mail bekommen. Wow.«

»Ja, allerdings, wow.«

»Woher weißt du das?«

Ich erzähle ihr kurz von Kelseas Tagebuch.

»Das arme Mädchen«, sagt Rhiannon. »Was machst du denn jetzt?«

»Ich habe keine Ahnung.«

»Musst du es nicht irgendjemandem sagen?«

»In so was bin ich ungeübt, Rhiannon. Ich weiß es wirklich nicht.«

Ich weiß nur, dass ich sie brauche. Aber wenn ich das sage, verschrecke ich sie vielleicht.

»Wo bist du?«, fragt sie.

Ich nenne ihr den Ort.

»Das ist nicht allzu weit weg. Da könnte ich schnell hinfahren. Bist du allein?«

»Ja. Ihr Vater kommt erst gegen sieben nach Hause.«

»Gib mir die Adresse.«

Ich sage sie ihr.

»Ich bin gleich da.«

Ich muss nicht einmal bitten. Sie hat keine Ahnung, wie viel mir das bedeutet.

Was wäre, wenn ich Kelseas Zimmer aufräumte? Wenn sie morgen früh wach würde und alles am richtigen Platz vorfände? Würde sie das unerwartet innehalten lassen? Würde es ihr vor Augen führen, dass das Leben kein Chaos sein muss? Oder würde sie einen Blick darauf werfen und alles wieder zunichtemachen? Wenn Chemie und Biologie bei ihr das Sagen haben, dann ja.

Es klingelt an der Tür. Die letzten zehn Minuten habe ich die Tintenflecken an der Wand angestarrt und wider besseres Wissen gehofft, sie würden sich zu einer Antwort ordnen. Mittlerweile ist die schwarze Wolke so dicht, dass nicht einmal Rhiannons Anwesenheit sie verscheuchen kann. Ich freue mich darüber, sie auf der Schwelle zu sehen, aber es ist eher gottergebene Dankbarkeit als wirkliche Freude.

Sie kneift die Augen zusammen, mustert mich. Ich vergesse immer wieder, dass sie das Spiel nicht gewöhnt ist, nicht jeden Tag eine neue Person erwartet. Das theoretisch zur Kenntnis zu nehmen, ist etwas völlig anderes, als auf der anderen Seite des Abgrunds ein dünnes, zittriges Mädchen stehen zu sehen.

»Danke, dass du hergefahren bist«, sage ich.

Es ist kurz nach fünf, wir haben also nicht mehr viel Zeit, bis Kelseas Vater kommt.

Wir gehen in Kelseas Zimmer. Rhiannon sieht das Tagebuch auf dem Bett und greift danach. Ich sehe ihr zu und warte, bis sie mit Lesen fertig ist.

»Das ist ernst«, sagt sie. »Ich hab auch schon mal ... dran gedacht. Aber nicht so.«

Sie setzt sich aufs Bett. Ich setze mich neben sie.

»Du musst sie davon abhalten«, sagt sie.

»Aber wie? Und habe ich wirklich das Recht dazu? Sollte sie das nicht selbst entscheiden?«

»Wie jetzt? Du lässt sie einfach sterben? Weil du da nicht reingezogen werden wolltest?«

Ich nehme ihre Hand. »Wir wissen doch nicht, ob sie das mit der Deadline ernst gemeint hat. Vielleicht wollte sie auf diese Art bloß ihre Gedanken loswerden. Sie aufschreiben, damit sie sie nicht in die Tat umsetzt.«

Sie sieht mich an. »Aber das glaubst du nicht, oder? Sonst hättest du mich doch nicht angerufen.«

Sie schaut auf unsere Hände.

»Das ist irgendwie komisch«, sagt sie.

»Was?«

Sie drückt einmal fest zu und zieht dann ihre Hand weg.

»Das hier.«

»Was meinst du damit?«

»Es ist nicht so wie neulich. Ich meine, es ist eine andere Hand. Du bist anders.«

»Bin ich nicht.«

»Das kannst du so nicht sagen. Ja, innen drin bist du schon dieselbe Person. Aber das Äußere spielt auch eine Rolle.«

»Du siehst immer gleich aus, egal mit welchen Augen ich dich sehe. Und ich fühle mich als dieselbe Person.«

Das stimmt, aber es geht ein bisschen an dem vorbei, was sie gesagt hat.

»Du mischst dich nie in das Leben der Leute ein? In deren Körper du steckst?«

Ich schüttle den Kopf.

»Du versuchst ihr Leben so zu hinterlassen, wie du es vorgefunden hast.«

»Ja.«

»Aber was ist mit Justin? Was war daran so anders?«

»Du.«

Nur ein Wort, und endlich begreift sie. Nur ein Wort, und die Tür zu dem Ungeheuerlichen ist endlich nicht mehr versperrt.

»Das ist doch totaler Unsinn«, sagt sie.

Und mir bleibt nur eins, um ihr das Gegenteil zu beweisen, um das Ungeheuerliche real zu machen: Ich beuge mich zu ihr hin und küsse sie. Wie beim letzten Mal, aber überhaupt nicht so wie beim letzten Mal. Nicht unser erster Kuss und doch unser erster Kuss. Meine Lippen auf ihren fühlen sich anders an, unsere Körper fügen sich anders zusammen. Und da ist auch noch etwas anderes um uns herum, die schwarze Wolke neben dem Ungeheuerlichen. Ich küsse sie nicht, weil ich es will oder weil ich nicht anders kann – der Grund für meinen Kuss geht über solche Bedürfnisse hinaus, er rührt an die Grundfesten unserer Existenz, ist ein molekularer Bestandteil, auf dem unser Universum sich aufbauen wird. Es ist nicht unser erster Kuss, aber es ist der erste Kuss, bei dem sie weiß, wer ich bin, und das macht es mehr zum ersten Kuss, als der erste Kuss es je war.

Ich wünschte, Kelsea könnte das auch spüren. Vielleicht tut sie es ja. Es ist nicht genug. Es ist keine Lösung. Aber es macht die Last für den Augenblick ein bisschen leichter.

Rhiannon lächelt nicht, als wir voneinander ablassen. Es ist kein Glücksrausch wie bei dem früheren Kuss.

»Das ist echt total schräg«, sagt sie.

»Wieso?«

»Weil du ein Mädchen bist? Weil ich immer noch einen Freund habe? Weil wir eigentlich über Selbstmord reden?«

»Tief in deinem Herzen, spielt da irgendwas davon eine Rolle?« In meinem nicht.

»Ja. Tut es.«

»Was genau?«

»Alles. Das bist ja nicht richtig du, wenn ich dich küsse. Du bist irgendwo da drin. Aber ich küsse das, was außen rum ist. Und auch wenn ich dich darunter spüren kann, kriege ich nur die Traurigkeit ab. Ich küsse dieses Mädchen und könnte losheulen.«

»Das will ich nicht«, sage ich.

»Ich weiß. Aber so ist es nun mal.«

Sie steht auf und sieht sich um, sucht in dem Zimmer nach Hinweisen auf einen Mord, der erst noch stattfinden muss.

»Wenn sie blutend auf der Straße läge, was würdest du dann tun?«, fragt sie.

»Das ist eine andere Situation.«

»Und wenn sie jemanden umbringen wollte?«
»Würde ich sie in die geschlossene Abteilung einliefern lassen.«
»Wo ist da der Unterschied?«
»Es ist ihr Leben. Nicht das von jemand anderem.«
»Aber es geht trotzdem ums Töten.«
»Wenn sie es wirklich will, kann ich sie nicht aufhalten.«
Das klingt falsch, ich merke es selber.
»Okay«, sage ich, bevor Rhiannon widersprechen kann. »Es ließe sich schon was tun. Zum Beispiel, es ihr zu erschweren. Andere Leute um Rat zu fragen. Kelsea zu den richtigen Ärzten zu bringen.«
»Genauso, wie wenn sie Krebs hätte oder blutend auf der Straße läge.«
Exakt das brauche ich. Es reicht nicht, solche Sachen selbst auszusprechen. Ich muss sie von jemandem hören, dem ich vertraue.
»Also, wem soll ich davon erzählen?«
»Einer Schulpsychologin vielleicht?«
Ich schaue zur Uhr. »In der Schule ist keiner mehr. Und wir haben nur Zeit bis Mitternacht, denk dran.«
»Wer ist ihre beste Freundin?«
Ich schüttle den Kopf.
»Hat sie einen Freund? Oder eine Freundin?«
»Nein.«
»Was ist mit einer Hotline für Selbstmordgefährdete?«
»Wenn wir da anrufen, geben sie mir Ratschläge, nicht ihr.

Wir können nicht wissen, ob sie sich morgen noch daran erinnert oder ob es irgendwas bewirkt. Glaub mir, diese Möglichkeiten habe ich alle schon durchdacht.«
»Dann bleibt also nur ihr Vater. Richtig?«
»Ich schätze, der hat sich schon vor einer ganzen Weile ausgeklinkt.«
»Na, dann sorg dafür, dass er sich wieder einklinkt.«
Aus ihrem Mund klingt das so leicht. Aber wir wissen beide, dass es so leicht nicht ist.
»Was soll ich sagen?«
»Du sagst: ›Dad, ich will mich umbringen.‹ Rück einfach mit der Sprache raus und sag es.«
»Und wenn er mich fragt, wieso?«
»Dann sagst du, du weißt es nicht. Leg dich auf nichts fest. Darüber kann sie sich ab morgen Gedanken machen.«
»Du hast dir das alles schon gründlich überlegt, hm?«
»Es war viel Verkehr auf der Fahrt hierher.«
»Und wenn es ihm egal ist? Wenn er ihr nicht glaubt?«
»Dann schnappst du dir seinen Autoschlüssel und fährst ins nächstbeste Krankenhaus. Nimm das Tagebuch mit.«
Wenn ich sie so reden höre, klingt alles vollkommen vernünftig.
Sie setzt sich wieder aufs Bett.
»Komm her«, sagt sie. Diesmal küssen wir uns nicht. Sie legt die Arme um meinen klapprigen Körper.
»Ich weiß nicht, ob ich das schaffe«, flüstere ich.
»Das schaffst du«, sagt sie. »Klar schaffst du das.«

Ich sitze wieder allein in Kelseas Zimmer, als ihr Vater nach Hause kommt. Ich höre, wie er die Schlüssel irgendwo hinwirft und etwas aus dem Kühlschrank nimmt. Ich höre ihn in sein Schlafzimmer gehen und wieder herauskommen. Er sagt nicht Hallo. Ob ihm überhaupt klar ist, dass ich da bin?
Fünf Minuten vergehen. Zehn Minuten. Schließlich ruft er:
»Abendessen!«
Aus der Küche ist nichts zu hören gewesen, darum wundert es mich nicht weiter, dass ein Eimer von Kentucky Fried Chicken auf dem Tisch steht. Er kaut schon am ersten Hühnerbein.
Ich kann mir denken, wie es normalerweise läuft. Er setzt sich mit seinem Abendessen vor den Fernseher. Sie verzieht sich mit ihrem in ihr Zimmer. Und das war's dann bis zum Schlafengehen.
Heute Abend nicht. Heute Abend sagt sie: »Ich will mich umbringen.«

Erst denke ich, dass er mich nicht verstanden hat.
»Ich weiß, dass du das nicht gern hören willst«, sage ich. »Aber es ist die Wahrheit.«
Er lässt die Hand mitsamt dem Hühnerbein sinken.
»Was sagst du da?«, fragt er.
»Ich will sterben.«
»Hör mir auf«, sagt er. »Im Ernst?«
Wenn ich Kelsea wäre, würde ich wahrscheinlich angewidert den Raum verlassen. Und aufgeben.

»Ich brauche Hilfe«, sage ich. »Ich denke immer wieder darüber nach, schon seit langem.« Ich lege das Tagebuch auf den Tisch, schiebe es ihm hin. Das ist letztlich wohl der schlimmste Verrat, den ich Kelsea antun kann. Ich fühle mich hundeelend, aber dann höre ich wieder Rhiannons Stimme in meinem Ohr, die mir sagt, dass ich das Richtige tue.

Kelseas Vater legt das Hühnerbein weg, greift nach dem Tagebuch und fängt an zu lesen. Ich versuche, aus seiner Miene schlau zu werden. Er will sich das nicht ansehen. Es gefällt ihm nicht, was da geschieht. Stärker noch, er hasst diese Situation. Aber seine Tochter hasst er nicht. Deshalb liest er weiter.

»Kelsea ...«, würgt er heraus.

Ich wünschte, sie könnte sehen, wie sehr es ihn trifft. Sein Blick, als sein Leben in sich zusammenstürzt. Denn dann würde sie vielleicht begreifen, und sei es nur für den Bruchteil einer Sekunde: Auch wenn ihr die Welt egal ist, sie ist der Welt nicht egal.

»Das ist nicht bloß so ... eine Marotte?«, fragt er.

Ich schüttle den Kopf. Eine dämliche Frage, aber ich lasse sie ihm durchgehen.

»Was sollen wir also tun?«

»Wir müssen uns Hilfe holen«, sage ich. »Morgen früh müssen wir eine Beratungsstelle finden, die samstags besetzt ist, und uns erkundigen, was zu tun ist. Wahrscheinlich brauche ich Medikamente. Ich muss auf jeden Fall mit einem Arzt reden. Es geht schon so lange so.«

»Aber warum hast du mir denn nichts davon gesagt?«

Warum hast du nicht hingeschaut?, möchte ich zurückfragen. Aber das ist nicht der richtige Zeitpunkt. Er wird von selbst draufkommen, wenn er es nicht ohnehin schon getan hat.

»Das ist jetzt nicht wichtig. Wir müssen uns auf das konzentrieren, was gerade anliegt. Ich bitte um Hilfe. Du musst mir Hilfe besorgen.«

»Bist du sicher, dass es noch bis morgen früh Zeit hat?«

»Heute Abend wird nichts passieren. Aber morgen musst du mich im Auge behalten. Wenn ich es mir anders überlege, musst du mich zwingen. Es kann sein, dass ich es mir anders überlege. So tue, als hätte das ganze Gespräch hier nie stattgefunden. Behalt das Tagebuch. Es ist die Wahrheit. Wenn ich mich mit Händen und Füßen wehre, dann lass es mir nicht durchgehen. Ruf einen Rettungswagen.«

»Einen Rettungswagen?«

»Es ist wirklich so ernst, Dad.«

Das letzte Wort öffnet ihm endgültig die Augen. Ich glaube nicht, dass Kelsea es oft ausspricht.

Jetzt weint er. Wir sitzen einfach da und sehen einander an.

Schließlich sagt er: »Komm, iss was.«

Ich nehme mir ein paar Hähnchenteile aus dem Eimer mit aufs Zimmer. Ich habe alles gesagt, was zu sagen war.

Den Rest muss Kelsea ihm erzählen.

Ich höre ihn durchs Haus tigern. Er telefoniert – hoffentlich ist es jemand, der ihm so helfen kann, wie Rhiannon mir geholfen hat. Er bleibt vor meiner Tür stehen, traut sich nicht, sie aufzumachen, horcht aber ins Innere. Ich rühre mich ein bisschen, damit er weiß, dass ich wach bin und lebe.

Begleitet vom Klang seiner Sorge schlafe ich ein.

6006. Tag

Das Handy klingelt.

Ich greife danach, denke, es ist Rhiannon.

Auch wenn das nicht sein kann.

Auf dem Display steht *Austin*.

Mein Freund.

»Hallo?«, melde ich mich.

»Hugo! Dies ist dein Neun-Uhr-Weckruf. In einer Stunde bin ich da. Los, mach dich hübsch.«

»Wenn du meinst«, murmle ich.

In einer Stunde muss ich eine Menge schaffen.

Erst mal das Übliche: Aufstehen, duschen, anziehen. In der Küche höre ich meine Eltern lautstark in einer Sprache reden, die ich nicht verstehe. Es klingt nach Spanisch, ist aber kein Spanisch, also tippe ich auf Portugiesisch. Bei Fremdsprachen komme ich total ins Schleudern – von einigen beherrsche ich den Grundwortschatz, aber ich kann das Gedächtnis einer Person einfach nicht schnell genug abfragen, um so zu tun, als spräche ich irgendeine davon fließend. Meine Abfrage ergibt, dass Hugos Eltern aus Brasilien stammen. Deswegen verstehe ich sie aber auch nicht besser. Also lasse ich die Küche links liegen.

Austin fährt mit Hugo zu einer Gay Pride Parade nach An-

napolis. Es kommen auch noch zwei Freunde von ihnen mit, William und Nicolas. Das ist sowohl auf Hugos Kalender wie in seinem Kopf vermerkt.
Zum Glück hat Hugo einen Laptop in seinem Zimmer – da ich am Wochenende an keinen Schulcomputer komme, riskiere ich es, öffne schnell mein E-Mail-Konto und finde etwas von Rhiannon, abgeschickt vor gerade mal zehn Minuten.

A,

ich hoffe, es ist gut gelaufen gestern. Ich habe vorhin bei ihr zu Hause angerufen, und es ist niemand rangegangen – meinst du, sie sind schon los und holen sich Hilfe? Ich versuche, es als ein gutes Zeichen zu sehen.

Hier noch ein Link, den du dir ansehen solltest. Es gerät außer Kontrolle.

Wo bist du heute?

R

Ich klicke auf den Link unter ihrem Anfangsbuchstaben und finde mich auf der Homepage eines großen Boulevardblatts aus Baltimore wieder. Die Überschrift schreit mich an:

DER TEUFEL IST UNTER UNS!

Es ist Nathans Geschichte, aber nicht nur. Jetzt behaupten noch fünf oder sechs andere aus der Gegend, vom Teufel besessen gewesen zu sein. Zu meiner großen Erleichterung ist mir außer Nathan keiner von ihnen bekannt. Sie sind alle älter als ich, und die meisten waren ihren Angaben zufolge sehr viel länger als nur einen Tag besessen.

Ich hätte mehr Skepsis von der Reporterin erwartet, aber sie kauft ihnen die Geschichten blind ab, verweist sogar auf andere Fälle von dämonischer Besessenheit – zum Tode Verurteilte, die angeblich unter dem Einfluss satanischer Mächte standen, Politiker und Geistliche, die in kompromittierenden Situationen erwischt wurden und erklärten, nicht zu wissen, was über sie gekommen sei. Klingt alles nach sehr bequemen Ausreden.

Ich jage Nathan noch durch eine Suchmaschine und finde weitere Berichte. Wie es aussieht, schlägt die Story hohe Wellen. Nicht nur in der Boulevardpresse und in Blogs, sondern auch in der evangelikalen Gemeinde.

Ein Artikel nach dem anderen zitiert ein und dieselbe Person, im Großen und Ganzen immer mit den gleichen Sätzen:

> »Ich habe keinerlei Zweifel, dass es sich hier um Fälle von dämonischer Besessenheit handelt«, so Pastor Anderson Poole, der Daldry seelsorgerisch betreut. »Es sind geradezu Musterbeispiele. Der

Teufel ist durch und durch berechenbar. Diese Besessenheiten sollten uns nicht überraschen«, so Poole weiter. »In unserer Gesellschaft steht die Tür weit offen. Warum sollte der Teufel nicht einfach hereinspazieren?«

Und das glauben die Leute. Bergeweise Artikel und Blogbeiträge in den Kommentarfeldern – samt und sonders von Leuten, die in allem das Werk des Teufels sehen.
Obwohl ich weiß, dass das keine gute Idee ist, schreibe ich Nathan schnell noch eine E-Mail.

Ich bin nicht der Teufel.

Ich drücke auf *Senden*, aber wohler ist mir damit nicht.
Dann maile ich Rhiannon, wie es mit Kelseas Vater gelaufen ist, und lasse sie wissen, dass ich tagsüber in Annapolis bin, welches T-Shirt ich anhabe und wie ich aussehe.
Draußen hupt es, und ich sehe ein Auto. Das muss Austin sein. Ich flitze durch die Küche und sage schnell Tschüs zu meinen Eltern. Dann verstaue ich mich im Wagen – der Junge auf dem Beifahrersitz (William) setzt sich nach hinten zu dem anderen Jungen (Nicolas), damit ich neben meinem Freund sitzen kann. Was Austin angeht, so beäugt er kurz mein Outfit und macht *tss*. »So willst du zur Pride?« Aber er macht nur Spaß. Glaube ich jedenfalls.
Auf der gesamten Fahrt wird munter geschwatzt, doch ich

bin nicht richtig dabei. Meine Gedanken sind völlig woanders. Ich hätte Nathan diese E-Mail nicht schicken sollen. Eine läppische Zeile, aber sie verrät zu viel.

Kaum haben wir Annapolis erreicht, ist Austin in seinem Element.

»Ist das nicht voll super?«, fragt er immer wieder.

William, Nicolas und ich nicken zustimmend. In Wahrheit sind die Veranstaltungen rund um die Annapolis Pride Parade nichts so Besonderes – größtenteils hat man das Gefühl, die Kadetten von der hiesigen Marineakademie hätten sich für einen Tag in Schwule und Lesben verwandelt und ließen sich von einem grölenden Haufen Zuschauer bejubeln. Dass es ein sonniger, frischer Tag ist, scheint alle noch mehr in Hochstimmung zu versetzen. Austin hält gern meine Hand und lässt sie schwingen, als wollte er »Engelchen, flieg!« spielen. Normalerweise fände ich das entzückend. Er darf mit vollem Recht stolz sein und diesen Tag genießen. Es ist nicht seine Schuld, dass ich so viel anderes im Kopf habe.

Ich suche in der Menge nach Rhiannon. Ich kann nicht anders. Dann und wann kriegt Austin es mit.

»Irgendwelche Bekannten gesehen?«, fragt er.

»Nein«, sage ich wahrheitsgemäß.

Sie ist nicht da. Sie hat es nicht geschafft. Wie blöd von mir, es zu erwarten. Sie kann nicht jedes Mal alles stehen und liegen lassen, wenn ich gerade verfügbar bin. Ihr Tag ist genauso wichtig wie meiner.

Wir kommen an eine Ecke, wo ein paar Leute gegen die Parade protestieren. Das verstehe ich beim besten Willen nicht. Genauso gut könnte man dagegen protestieren, dass manche rothaarig sind.

Begehren ist das eine, Liebe das andere, jedenfalls soweit ich es bisher erlebt habe. Ich habe mich nie in ein bestimmtes Geschlecht verliebt, sondern in einzelne Menschen. Ich weiß, die Leute tun sich schwer damit, aber wieso eigentlich, wo es doch so offensichtlich ist?

Ich erinnere mich an Rhiannons Vorbehalte, mich innig zu küssen, als ich Kelsea war. Ich hoffe, dass nicht mal entfernt dieser Grund dahintergestanden hat. In dem Moment gab es so viele andere Gründe.

Mir sticht ein Schild der Schwulengegner ins Auge. *Homosexualität ist das Werk des Teufels*, steht darauf. Und wieder fällt mir auf, dass die Leute den Teufel als Kürzel für all das gebrauchen, wovor sie sich fürchten. Und dabei Ursache und Wirkung verwechseln. Der Teufel steckt hinter gar nichts. Die Leute tun einfach irgendwas und geben hinterher dem Teufel die Schuld.

Wie nicht anders zu erwarten, bleibt Austin vor den Demonstranten stehen und küsst mich. Ich versuche, auf ihn einzugehen. Philosophisch betrachtet bin ich ganz bei ihm. Aber nicht in dem Kuss. Ich bringe keine wahre Leidenschaft zustande.

Er merkt es. Er sagt nichts, aber er merkt es.

Ich würde gern meine E-Mails auf Hugos Handy checken, aber Austin lässt mich nicht aus den Augen. Als William und Nicolas sich was zum Mittagessen besorgen wollen, sagt Austin, er und ich würden uns mal für ein Weilchen absetzen. Statt ebenfalls mit mir mittagessen zu gehen, schleppt er mich in einen hippen Klamottenladen und probiert die nächste Stunde alle möglichen Sachen an, zu denen ich vor der Umkleidekabine meine Kommentare abgebe. Irgendwann zieht er mich in die Kabine, und ich lasse mich von ihm küssen, denke aber gleichzeitig: *Solange wir hier drin sind, kann Rhiannon mich niemals finden.*

Während Austin hin und her überlegt, ob die schmale Jeans auch schmal genug ist, frage ich mich, was Kelsea wohl gerade macht. Schüttet sie jemandem ihr Herz aus, lässt sie sich auf die Hilfe ein, oder verschanzt sie sich und behauptet, sie hätte nie darum gebeten? Ich stelle mir Tom und James im Hobbyraum an ihrer Videospielkonsole vor, ohne die leiseste Ahnung, was diese Woche ihr Leben unterwandert hat. Ich denke an Roger Wilson, der vor dem Schlafengehen seinen Sonntagsstaat für den morgigen Kirchgang herauslegen wird.

»Was meinst du?«, fragt Austin.

»Die ist doch super«, sage ich.

»Du hast ja nicht mal hingesehen.«

Dagegen kann ich nichts sagen. Er hat recht.

Jetzt sehe ich zu ihm hin. Ich muss mehr Aufmerksamkeit zeigen.

»Sie gefällt mir«, sage ich.
»Mir nicht«, gibt er zurück und zischt wieder ab in die Umkleidekabine.

Bisher bin ich kein guter Gast in Hugos Leben gewesen. Ich frage sein Gedächtnis ab und erfahre, dass er und Austin an genau diesem Wochenende vor einem Jahr, bei eben dieser Parade zusammengekommen sind. Vorher waren sie schon ein Weilchen befreundet, hatten aber nie über ihre Gefühle gesprochen. Sie fürchteten beide, damit ihre Freundschaft zu ruinieren – doch so hinterm Berg zu halten, machte es nicht besser, im Gegenteil, es wurde alles zunehmend verkorkst. Als dann bei der Parade zwei Händchen haltende Männer um die Mitte zwanzig vorbeikamen, sagte Austin schließlich: »Hey, das könnten wir in zehn Jahren sein.«
Und Hugo sagte: »Oder in zehn Monaten.«
Und Austin sagte: »Oder in zehn Tagen.«
Und Hugo sagte: »Oder in zehn Minuten.«
Und Austin sagte: »Oder in zehn Sekunden.«
Dann zählten sie beide bis zehn und hielten den restlichen Tag lang Händchen.
So fing es an.
Hugo hätte es noch genau gewusst.
Ich weiß es erst seit eben.

Austin wittert, dass irgendwas anders ist. Er kommt ohne irgendwelche Klamotten überm Arm aus der Umkleidekabine, sieht mich an und trifft eine Entscheidung.

»Raus mit uns«, sagt er. »Ich will nicht in dem Laden hier über das Thema reden.«

Er geht mit mir hinunter zum Wasser, weg von den Feierlichkeiten, weg von den Menschenmassen. Er findet eine halbwegs abseits stehende Bank, wir setzen uns, und los geht's.

»Du bist den ganzen Tag noch kein einziges Mal richtig da gewesen«, sagt er. »Du hörst kein Wort von dem, was ich sage. Du hältst ständig Ausschau nach jemand anderem. Und wenn ich dich küsse, fühlst du dich an wie ein Holzklotz. Und das ausgerechnet heute. Du hast doch gesagt, du wolltest der Beziehung noch eine Chance geben. Du wolltest das abschütteln, was dir die letzten Wochen so zugesetzt hat – was immer es auch sein mag. Ich erinnere mich sehr genau, dass du gesagt hast, es gäbe niemand anderen. Aber vielleicht irre ich mich ja. Ich war bereit, mich für dich zu überschlagen, Hugo, mir beide Beine für dich auszureißen. Aber ich kann mir nicht beide Beine ausreißen und gleichzeitig weiterlaufen, Hugo. Ich kann mich nicht überschlagen und gleichzeitig mit jemandem reden. Letztlich bin ich wohl doch nicht so flexibel.«

»Austin, es tut mir leid.«

»Liebst du mich überhaupt?«

Ich habe keine Ahnung, ob Hugo ihn liebt oder nicht. Ich

könnte sicher Momente abfragen, in denen er ihn geliebt hat, und andere, in denen das nicht der Fall war. Aber ich kann die Frage nicht nach bestem Wissen und Gewissen beantworten. Ich sitze in der Klemme.

»Meine Gefühle haben sich nicht geändert«, sage ich. »Ich bin heute bloß ein bisschen daneben. Es hat nichts mit dir zu tun.«

Austin lacht. »Unser Jahrestag hat nichts mit mir zu tun?«

»Das habe ich nicht gesagt. Ich meinte meine Stimmung.«

Austin schüttelt den Kopf.

»Ich halte das nicht mehr länger aus, Hugo. Das weißt du.«

»Willst du mit mir Schluss machen?« In meiner Stimme schwingt echte Furcht mit. Was tue ich den beiden da an?

Austin hört die Furcht, sieht mich an und entdeckt vielleicht etwas, das ihm doch am Herzen liegt.

»So habe ich mir das heute nicht vorgestellt«, sagt er. »Aber dasselbe muss ich auch von dir wissen.«

Ich glaube kaum, dass Hugo vorhatte, heute mit Austin Schluss zu machen. Und falls doch, kann er das immer noch morgen tun.

»Komm her«, sage ich. Austin rückt zu mir, und ich lehne mich an seine Schulter. So sitzen wir ein Weilchen und schauen zu den Schiffen in der Bucht. Ich nehme seine Hand. Drehe mich zu ihm und sehe, dass er gegen die Tränen kämpft.

Diesmal liegt mehr in meinem Kuss. Wenn Austin es spürt,

kommt es für ihn vielleicht als Liebe rüber. Es ist mein Dank an ihn dafür, dass er die Beziehung nicht beendet hat. Mein Dank dafür, dass er ihr zumindest noch einen weiteren Tag gibt.

Wir bleiben bis spätabends, und ich bin ein Musterfreund. Nach und nach gehe ich ein bisschen in Hugos Leben auf, tanze zusammen mit Austin, William, Nicolas und ein paar hundert anderen Schwulen und Lesben, als die Veranstalter der Parade »In the Navy« durch die Lautsprecher schmettern lassen.

Ich schaue weiter nach Rhiannon aus, aber nur, wenn Austin nicht aufpasst. Und irgendwann gebe ich auf.

Zu Hause finde ich eine E-Mail von ihr:

A,

tut mir leid, ich hab's nicht nach Annapolis geschafft – musste ein paar Sachen machen.

Vielleicht morgen?

R

Was das wohl für »Sachen« waren, die sie machen musste? Ich nehme stark an, sie hatten unter anderem mit Justin zu

tun, sonst hätte sie mir doch geschrieben, worum es sich handelt?
Ich sinniere noch darüber, als eine SMS von Austin kommt: Der Tag sei ja doch noch super gewesen. Ich schreibe zurück, ich hätte ihn auch super gefunden. Ich kann nur hoffen, dass Hugo ihn ebenfalls so in Erinnerung hat, denn falls nicht, hat Austin mit der SMS einen Gegenbeweis.
Hugos Mutter kommt herein und sagt irgendwas auf Portugiesisch. Ich verstehe nur die Hälfte.
»Ich bin müde«, sage ich auf Englisch. »Ich glaube, ich muss ins Bett.«
Das geht wahrscheinlich an ihren Fragen völlig vorbei, aber sie schüttelt bloß den Kopf – über mich typischen, maulfaulen Teenager – und geht wieder.
Vor dem Schlafengehen schaue ich noch schnell nach, ob Nathan zurückgeschrieben hat.
Hat er.
Zwei Wörter.

Beweis es.

6007. Tag

Am nächsten Morgen erwache ich in Beyoncés Körper. Nicht in der echten Beyoncé. Aber in einem Körper, der ihrem erstaunlich gleicht. Alle Kurven am richtigen Platz.
Ich sehe nur verschwommen. Taste auf dem Nachttisch nach der Brille, aber da ist keine. Also stolpere ich ins Bad und setze meine Kontaktlinsen ein.
Dann schaue ich in den Spiegel.
Ich bin nicht hübsch. Ich bin nicht schön.
Ich bin der Hammer, von Kopf bis Fuß.

Mir ist immer am wohlsten, wenn ich halbwegs gut aussehe. Will heißen: dass andere mich nicht unansehnlich finden. Dass ich einen positiven Eindruck mache. Dass mein Leben aber nicht komplett von meinem hinreißenden Äußeren bestimmt wird, denn das ist sowohl Fluch wie Segen.
Ashley Ashtons Leben wird komplett von ihrem hinreißenden Äußeren bestimmt. Es gibt durchaus so etwas wie natürliche Schönheit, aber absolut umwerfend ist man nicht zufällig. In diesem Gesicht und diesem Körper steckt eine Menge harter Arbeit. Mit Sicherheit muss ich mich einem Morgenritual mit allen Schikanen unterziehen, bevor ich den Tag angehe.

Doch mir ist nicht im Geringsten danach. Mädchen wie Ashley würde ich am liebsten schütteln und ihnen sagen, ganz egal, was sie anstellen, sie werden nicht ewig wie Teenager aussehen, und es gibt sehr viel bessere Grundlagen für ein Leben als das jeweilige Maß an Attraktivität. Aber die Botschaft kann ich ihr nun mal nicht rüberbringen. Mein einziger rebellischer Akt besteht darin, ihre Augenbrauen für heute ungezupft zu lassen.

Ich frage ab, wo ich bin – nur ungefähr eine Viertelstunde von Rhiannon entfernt.

Ein gutes Zeichen.

Ich logge mich in meine E-Mails ein und finde eine von ihr.

A,

ich habe Zeit und kann heute das Auto haben. Meiner Mom habe ich gesagt, ich hätte ein paar Erledigungen zu machen.

Hast du Lust, eine von meinen Erledigungen zu sein?

R

Ja, schreibe ich ihr. Eine Million Mal ja.

Ashleys Eltern sind übers Wochenende verreist. Als Aufpasser dient ihr großer Bruder Clayton. Ich fürchte schon, dass er Schwierigkeiten machen wird, aber er hat reichlich zu tun, wie er mir mehrfach erklärt. Ich versichere ihm, dass er sich von mir nicht aufhalten lassen soll.

»Willst du so aus dem Haus?«, fragt er.

Eine solche Bemerkung von einem großen Bruder heißt normalerweise, dass der Rock zu kurz ist oder der Ausschnitt zu tief. In diesem Fall will er vermutlich sagen, dass Ashley zu Hause anders angezogen ist als in der Öffentlichkeit.

Das ist mir eigentlich ziemlich egal, aber ich muss respektieren, dass es Ashley wohl nicht egal wäre – wahrscheinlich ganz und gar nicht. Also mache ich noch mal kehrt und ziehe mich um, lege sogar ein bisschen Make-up auf. Ashley muss ein faszinierendes Leben führen, als so eine Wahnsinnsbraut. Da betrachtet man die Welt mit Sicherheit aus einer völlig anderen Perspektive, wie winzig kleine oder riesengroße Menschen es tun. Wenn die Leute ein bestimmtes Bild von einem haben, gilt das mit der Zeit auch umgekehrt.

Selbst ihr Bruder kuscht vor ihr – vermutlich mehr, als er es täte, wenn sie normal aussähe. Er zuckt nicht mit der Wimper, als ich ihm erkläre, dass ich heute den ganzen Tag mit meiner Freundin Rhiannon unterwegs bin.

Jemandem, der so fraglos schön ist, lässt man auch vieles andere fraglos durchgehen.

Ich bin noch gar nicht ganz im Auto drin, da bricht Rhiannon schon in schallendes Gelächter aus.
»Das ist doch wohl ein Witz«, sagt sie.
»Hä?« Dann kapiere ich.
»*Hä?*«, äfft sie mich nach. Schön, dass sie sich dafür wohl genug fühlt, aber trotzdem: Nachäffen bleibt Nachäffen.
»Verstehst du – du bist der erste Mensch überhaupt, der mich in mehr als einem Körper kennt. Das bin ich nicht gewöhnt. Ich weiß nie, wie du darauf reagierst.«
Das nimmt ihr ein bisschen von ihrer Spottlust.
»Tut mir leid. Aber wenn du auf einmal so eine megascharfe schwarze Braut bist, tue ich mich echt schwer damit, mir so was wie ein geistiges Bild von dir zu machen. Ich muss es dauernd abändern.«
»Sieh mich so, wie du mich sehen willst. Wahrscheinlich kommt das der Wahrheit näher als jeder Körper, in dem du mich siehst.«
»Ich glaube, meine Phantasie braucht noch ein Weilchen, bis sie der Situation gewachsen ist, okay?«
»Okay. Und, wohin mit uns?«
»Am Meer waren wir ja schon, da habe ich mir gedacht, heute fahren wir mal in einen Wald.«
Und ab geht's, Richtung Wald.

Es ist nicht wie beim letzten Mal. Das Radio ist an, aber wir singen nicht mit. Wir sind zusammen am selben Ort, aber unsere Gedanken gehen verschiedene Wege.

Ich möchte gern ihre Hand halten, doch das würde wohl nicht hinhauen. Und sie wird mit Sicherheit nicht nach meiner Hand greifen, außer ich hätte es dringend nötig. Das ist das Problem, wenn man so schön ist – es kann einen unberührbar machen. Und das ist das Problem, wenn man jeden Tag in einem neuen Körper steckt – die eigene Geschichte ist da, aber sie ist nicht zu sehen. Natürlich ist es anders als beim letzten Mal: weil ich anders bin.

Wir reden ein bisschen über Kelsea; Rhiannon hat gestern noch mal bei ihr zu Hause angerufen, einfach so. Kelseas Vater ist rangegangen, Rhiannon hat behauptet, sie sei eine Freundin von Kelsea, und er hat nur gesagt, Kelsea sei für eine Weile nicht zu erreichen, weil sie mal in Ruhe ein paar Dinge angehen müsse. Rhiannon und ich kommen beide zu dem Schluss, das als gutes Zeichen anzusehen.

Wir reden über dies und das, aber nichts von Belang. Zwischen uns herrscht eine komische Fremdheit, die ich gern durchdringen möchte, damit Rhiannon wieder so mit mir umgeht, als wäre ich ihr Freund oder ihre Freundin. Aber das kann ich nicht. Das bin ich nicht.

Im Park halten wir uns von den anderen Wochenendausflüglern fern. Rhiannon entdeckt einen versteckt liegenden Picknickplatz und holt zu meiner Überraschung ein ganzes Festmahl aus dem Kofferraum.

Ich sehe zu, was sie alles aus dem Picknickkorb fischt. Verschiedene Käsesorten. Baguette. Hummus. Oliven. Salate. Chips. Salsa.

»Bist du Vegetarierin?«, schließe ich messerscharf aus den Beweisstücken vor mir.
Sie nickt.
»Wieso?«
»Weil ich so eine Theorie habe: Wenn wir sterben, darf jedes Tier, das wir gegessen haben, dafür uns fressen. Und wenn du als Fleischfresser mal alle Tiere zusammenzählst, die du in deinem Leben gegessen hast – da kommt eine Menge Zeit im Fegefeuer zusammen, in der irgendwelche Viecher auf dir rumkauen.«
»Im Ernst jetzt?«
Sie lacht. »Nein. Ich kann die Frage bloß nicht mehr hören. Ich bin Vegetarierin, weil ich es nicht richtig finde, andere fühlende Lebewesen zu essen. Und es ist scheiße für die Umwelt.«
»Akzeptiert.« Ich sage ihr nicht, wie oft ich im Körper von Vegetariern gesteckt und versehentlich Fleisch gegessen habe. Ich vergesse immer wieder, das zu checken. Meistens machen mich erst die Reaktionen von Freunden darauf aufmerksam. Einmal ist einer Veganerin meinetwegen bei McDonald's sterbensübel geworden.
Beim Essen betreiben wir weiter Smalltalk. Erst als wir die Reste weggepackt haben und durch den Wald laufen, geht es ans Eingemachte.
»Ich muss wissen, was du willst«, sagt sie.
»Ich will mit dir zusammen sein«, sage ich, ohne nachzudenken.

Sie läuft weiter. Ich laufe weiter neben ihr her.

»Aber das geht nicht. Das ist dir doch klar, oder?«

»Nein. Ist es nicht.«

Sie bleibt stehen. Legt mir die Hand auf die Schulter.

»Das muss dir aber klar sein. Ich kann dich mögen. Du kannst mich mögen. Aber wir können nicht zusammen sein.«

Vollkommen lächerlich, doch ich frage: »Warum nicht?«

»Warum nicht? Weil du eines Morgens am anderen Ende des Landes aufwachen könntest. Weil ich jedes Mal, wenn ich dich sehe, das Gefühl habe, einem völlig neuen Menschen zu begegnen. Weil du nicht für mich da sein kannst. Weil ich nicht glaube, dass ich es schaffe, dich egal unter welchen Umständen zu mögen. Nicht so, wie du jetzt bist.«

»Warum kannst du mich so nicht mögen?«

»Es ist zu viel. Du bist im Moment einfach zu perfekt. Ich kann mir nicht vorstellen, mit jemandem zusammen zu sein, der so ist wie ... du.«

»Schau dir doch nicht dieses Mädchen an – schau mich an.«

»Ich kann nicht an ihr vorbei, okay? Und außerdem ist da noch Justin. Ich muss auch an Justin denken.«

»Nein, musst du nicht.«

»Du hast keine Ahnung, okay? Wie viele wache Stunden warst du in ihm drin? Vierzehn? Fünfzehn? Hast du in der Zeit wirklich alles über ihn in Erfahrung gebracht? Und alles über mich?«

»Du magst ihn, weil er so einen verlorenen Eindruck macht. Glaub mir, das habe ich schon anderswo erlebt. Aber weißt du auch, was mit Mädchen passiert, die arme, verlorene Jungs lieben? Die sind bald selber verloren. Ohne Ausnahme.«

»Du kennst mich doch gar nicht –«

»Aber ich weiß, wie das läuft! Ich weiß, wie er tickt. Ihm liegt nicht im Entferntesten so viel an dir wie dir an ihm. Er macht sich nicht halb so viel aus dir wie ich.«

»Hör auf! Hör jetzt einfach auf damit.«

Aber das kann ich nicht. »Was wäre wohl, wenn er mir in diesem Körper begegnen würde? Wenn wir zu dritt ausgingen? Was meinst du, wie viel Aufmerksamkeit würdest du da noch von ihm abbekommen? Ihm ist es nämlich egal, wer du in Wahrheit bist. Ich finde dich rein zufällig tausendmal attraktiver als Ashley. Aber meinst du wirklich, er würde seine Finger bei sich behalten, wenn er eine Chance zum Grapschen hätte?«

»So ist er nicht.«

»Bist du sicher? Ganz sicher?«

»Schön«, sagt Rhiannon. »Dann rufe ich ihn eben an.«

Während ich noch protestiere, wählt sie seine Nummer und sagt, als er sich meldet, dass gerade eine Freundin von ihr in der Stadt ist, die sie ihm gerne vorstellen würde. Vielleicht könnten wir ja später noch alle zusammen essen gehen? Er stimmt zu, aber erst, als Rhiannon versichert, dass der Abend auf ihre Rechnung geht.

Sie legt auf, und wir stehen dumm herum.
»Zufrieden?«, fragt sie.
»Weiß ich nicht«, antworte ich ehrlich.
»Ich auch nicht.«
»Wann treffen wir uns mit ihm?«
»Um sechs.«
»Okay«, sage ich. »Bis dahin will ich dir alles erzählen und alles von dir wissen.«

Es ist so viel leichter, wenn wir über Fakten reden. Da müssen wir nicht immer wieder alles hinterfragen, sind einfach mittendrin.
Sie fragt mich, seit wann ich über mich Bescheid weiß.
»Da war ich vielleicht vier oder fünf. Natürlich hatte ich schon vorher gemerkt, dass ich in verschiedene Körper schlüpfte, jeden Tag andere Eltern hatte, oder andere Großmütter, Babysitter, was weiß ich. Es hat sich jedenfalls immer jemand um mich gekümmert, und ich dachte, so wäre das eben – jeden Morgen ein neues Leben. Wenn ich was Falsches sagte – einen Namen, einen Ort, eine Regel –, dann stellte irgendwer das richtig, ohne dass es groß auffiel. Ich habe nie darüber nachgedacht, ob ich ein Junge oder ein Mädchen bin – bis heute nicht. Ich war einfach mal ein Junge, mal ein Mädchen, das wechselte wie die Sachen zum Anziehen.
So richtig ins Stolpern gekommen bin ich dann erst bei der Idee, dass es ein Morgen gibt. Nach einer Weile fiel mir

nämlich auf, dass die Leute ständig darüber redeten, was sie morgen tun würden. Miteinander, gemeinsam. Und wenn ich etwas dagegen sagte, wurde ich komisch angeguckt. Für alle anderen gab es offenbar immer ein gemeinsames Morgen, nur für mich nicht. Wenn ich sagte: ›Dann seid ihr doch nicht mehr da‹, sagten sie: ›Doch, natürlich.‹ Und dann wurde ich wach, und sie waren weg. Und meine neuen Eltern begriffen nicht, wieso ich so durch den Wind war.
Es gab nur zwei Möglichkeiten – entweder stimmte mit allen anderen etwas nicht oder mit mir. Entweder redeten sie sich ein, es gäbe ein gemeinsames Morgen, oder ich war der Einzige, für den das nicht galt.«
»Hast du versucht, es festzuhalten?«, fragt Rhiannon.
»Bestimmt«, sage ich. »Aber das weiß ich jetzt nicht mehr. Dass ich geweint und mich gewehrt habe, davon habe ich dir ja schon erzählt. Aber sonst? Könnte ich nicht so genau sagen. Weißt du denn noch viel aus der Zeit, als du fünf warst?«
Sie schüttelt den Kopf. »Nicht so richtig. Ich erinnere mich, dass Mama mit mir und meiner Schwester neue Schuhe kaufen gegangen ist, als wir in die Vorschule kamen. Und wie ich gelernt habe, dass grünes Licht an der Ampel *Gehen* heißt und rotes *Stehenbleiben*. Ich weiß noch, dass ich die Ampeln auf dem Papier ausgemalt habe und die Lehrerin nicht so recht wusste, wie sie uns das mit dem Gelb erklären sollte. Ich glaube, sie hat gesagt, wir sollten uns dabei genauso verhalten wie bei Rot.«
»Die Buchstaben habe ich schnell gelernt«, sage ich. »Ich

erinnere mich, wie die Lehrer gestaunt haben, dass ich sie schon kannte. Und am nächsten Tag werden sie vermutlich ebenso gestaunt haben, weil ich sie wieder vergessen hatte.«

»Ein Fünfjähriger würde es wahrscheinlich gar nicht merken, wenn er einen Tag auslässt.«

»Kann sein. Keine Ahnung.«

»Weißt du, ich stelle Justin immer wieder Fragen dazu. Über den Tag, als du er warst. Und es ist echt irre, was für Pseudoerinnerungen er daran hat. Er widerspricht nicht, wenn ich sage, dass wir am Strand waren, aber so richtig weiß er nichts mehr davon.«

»Der eine Zwillingsbruder, James, war genauso. Ihm ist nicht aufgefallen, dass irgendwas nicht stimmt. Aber als ich ihn nach dem Treffen mit dir im Café gefragt habe, konnte er sich nur erinnern, dass er bei Starbucks war – die Zeit war in seinem Hirn gespeichert. Aber was da tatsächlich passiert ist: gelöscht.«

»Vielleicht erinnern sie sich nur an das, was du sie erinnern lassen willst.«

»Daran habe ich auch schon gedacht. Ich wünschte, ich wüsste es mit Sicherheit.«

Wir gehen weiter. Streichen mit den Fingern rund um einen Baum.

»Was ist mit Liebe?«, fragt sie. »Warst du schon mal verliebt?«

»Ich weiß nicht, ob man da von Liebe sprechen kann«, sage

ich. »Ich hab mich ein paarmal verknallt, das schon. Und an manchen Tagen hat es mir wirklich in der Seele wehgetan, dass ich gehen musste. Ein, zwei Menschen habe ich sogar versucht wiederzufinden, aber das hat nicht geklappt. Mit Brennan war es wohl noch am ehesten so.«

»Erzähl mir von ihm.«

»Das war vor ungefähr einem Jahr. Ich hatte einen Job in einem Kino, und er war zu Besuch bei seinen Cousins in der Stadt; als er Popcorn kaufen wollte, haben wir ein bisschen geflirtet, und irgendwie war da auf einmal so ein ... Funke. Es war ein kleines Kino mit nur einer Leinwand, und wenn der Film mal lief, hatte ich nicht mehr viel zu tun. Der Typ kam irgendwann wieder raus und hat weiter mit mir geredet, praktisch die ganze zweite Hälfte des Films lang. Ich musste ihm schließlich erzählen, was noch alles passierte, damit er so tun konnte, als wäre er nur kurz weggewesen. Danach fragte er nach meiner E-Mail-Adresse, und ich habe schnell eine erfunden.«

»So wie für mich.«

»Genau. Und er hat mir noch am selben Abend gemailt. Am nächsten Tag musste er zurück nach Maine, und das war ideal, denn damit konnte unsere Beziehung online weiterlaufen. Ich musste den Vornamen benutzen, der auf meinem Namensschild stand, hab mir einen Nachnamen dazu ausgedacht und dann ein Online-Profil angelegt, mit ein paar Fotos von dem Profil des echten Typen, in dem ich an dem Abend gesteckt hatte. Er hieß Ian.«

»Oh – das heißt, du warst ein Junge?«
»Ja«, sage ich. »Spielt das eine Rolle?«
»Nein«, sagt sie. »Ich denke mal nicht.« Aber ich sehe ihr an, dass es doch eine Rolle spielt. Ein kleines bisschen. Ihr geistiges Bild von mir muss ein weiteres Mal zurechtgerückt werden.
»Wir haben fast jeden Tag gemailt. Und sogar gechattet. Ich konnte ihm natürlich nicht sagen, was Sache war – meine E-Mails an ihn habe ich manchmal von sehr seltsamen Orten aus losgeschickt –, aber trotzdem hatte ich das Gefühl, da gäbe es etwas in der Welt, das fortdauernd zu mir gehört, und das kannte ich bis dahin nicht. Das einzige Problem war, dass er mehr wollte. Mehr Fotos. Dann wollte er skypen, das konnte ich aber irgendwie abbiegen. Und nachdem wir ungefähr einen Monat lang intensiven Kontakt hatten, fing er an, von einem neuen Besuch zu reden. Seine Tante und sein Onkel hatten ihn wieder zu sich eingeladen, und der Sommer stand vor der Tür.«
»Oh-oh.«
»Genau, oh-oh. Ich wusste nicht, wie ich mich da drum herummogeln sollte. Und je mehr ich es versuchte, desto mehr fiel es ihm natürlich auf. In unseren Mails und Chats ging es nur noch um uns. Hin und wieder tauchte auch mal ein anderes Thema auf, aber er kam immer wieder darauf zurück. Deshalb musste ich die Sache beenden. Weil es kein Morgen für uns gab.«
»Warum hast du ihm nicht die Wahrheit gesagt?«

»Weil ich dachte, er würde sie nicht verkraften. Oder vermutlich, weil ich ihm nicht genug vertraut habe.«
»Also hast du ihn abserviert.«
»Ich habe behauptet, ich hätte jemand anderen kennengelernt. Und dazu Fotos von dem Typen verwendet, in dem ich gerade steckte. Dann habe ich noch in meinem gefälschten Profil den Beziehungsstatus geändert. Brennan wollte nie wieder ein Wort mit mir reden.«
»Armer Kerl.«
»Ich weiß. Danach habe ich mir geschworen, mich virtuell auf nichts mehr einzulassen, und wenn es noch so problemlos zu sein scheint. Was soll das mit dem Virtuellen, wenn es nicht zu was Realem führt? Und ich konnte nie jemandem etwas Reales geben, nur Vorgetäuschtes.«
»Wie zum Beispiel armen Mädchen vorzugaukeln, man wäre ihr Freund«, sagt Rhiannon.
»Ja. Aber versteh doch – du warst die Ausnahme von der Regel. Und ich wollte nicht wieder mit irgendwelchen Täuschungen anfangen. Deswegen habe ich dir als allererster Person auf der Welt davon erzählt.«
»Das Witzige ist, bei dir hört es sich an, als wäre es total ungewöhnlich, dass du es bisher nie jemandem gesagt hast. Aber ich wette, eine ganze Menge Leute leben ihr Leben, ohne jemals wirklich mit der Wahrheit herauszurücken. Und die wachen jeden einzelnen Morgen im selben Körper und im selben Leben auf.«
»Wie kommt das? Was erzählst du mir denn nicht?«

Rhiannon sieht mir in die Augen. »Wenn ich dir was nicht erzähle, dann hat das seinen Grund. Du vertraust mir, aber das heißt nicht, dass ich automatisch auch dir vertrauen muss. So funktioniert das nicht.«

»Da hast du wohl recht.«

»Allerdings. Aber jetzt Schluss damit. Erzähl mir was von – keine Ahnung –, von der dritten Klasse.«

Wir unterhalten uns weiter. Sie erfährt, warum ich Informationen über Allergien abfragen muss, bevor ich etwas esse (nachdem ich mit neun fast an einer Erdbeere gestorben wäre), und ich erfahre, warum sie Angst vor Häschen hat (ein besonders bösartiges Exemplar namens Swizzle büxte gern aus seinem Käfig aus und legte sich Menschen aufs Gesicht). Ich erzähle ihr von der besten Mutter, die ich je hatte (dabei spielte ein Wasserpark eine entscheidende Rolle), und sie erzählt mir von den Höhen und Tiefen im Lauf des Lebens mit ein und derselben Mutter – dass niemand sonst einen so wütend machen und man andererseits auch niemanden sonst so sehr lieben kann. Sie erfährt, dass ich nicht schon immer in Maryland bin, aber nur dann große Strecken zurücklege, wenn der Körper, in dem ich stecke, es tut. Ich erfahre, dass sie noch nie in einem Flugzeug gesessen hat.

Sie ist immer noch auf Abstand zwischen uns bedacht – für den Augenblick ist nicht daran zu denken, sich an eine Schulter anzulehnen oder Händchen zu halten. Aber auch wenn unsere Körper sich voneinander fernhalten, in Worten sind wir uns nah. Damit kann ich leben.

Wir gehen zum Auto zurück und naschen noch ein bisschen von den Picknickresten. Dann drehen wir eine zweite Runde und reden weiter. Ich staune, an welche Anzahl von Leben ich mich noch so gut erinnere, dass ich Rhiannon davon erzählen kann, und sie wundert sich, dass ihr eines Leben ebenso viele Geschichten hergibt wie mein Sammelsurium unterschiedlicher Leben. Weil ihre stinknormale Existenz für mich so fremdartig und faszinierend ist, kommt sie ihr mit der Zeit auch ein Stückchen interessanter vor.

Ich könnte bis Mitternacht so weitermachen. Aber um Viertel nach fünf schaut Rhiannon auf ihr Handy und sagt: »Wir sollten besser mal los. Nicht, dass Justin auf uns warten muss.«

Irgendwie hatte ich es geschafft, das zu vergessen.

Es kann eigentlich nichts schiefgehen. Ich bin ein überaus attraktives Mädchen. Justin ist der klassische triebgesteuerte Jungbulle.

Ich hoffe, dass Rhiannons Theorie stimmt und Ashley sich nur an das erinnert, was ich oder ihr Hirn sie erinnern lassen wollen. Wobei ich es mit dem hier nicht allzu weit treiben will – ich brauche nur die Bestätigung, dass Justin bereit wäre, keine tatsächliche Tuchfühlung.

Rhiannon hat ein Austernrestaurant etwas abseits vom Highway ausgesucht. Ordnungsgemäß frage ich ab, ob Ashley gegen irgendwelche Schalentiere allergisch ist. Wie sich herausstellt, bildet sie sich »Allergien« gegen alles

Mögliche ein, um damit ihren Speiseplan einzuengen. Aber Schalentiere haben es bisher nicht auf diese spezielle rote Liste geschafft.

Als sie das Restaurant betritt, drehen sich buchstäblich Köpfe zu ihr hin. Die meisten gehören zu Männern, die gute dreißig Jahre älter sind als sie. Sie ist das sicher gewöhnt, aber ich kriege die Krise.

Rhiannons Sorge, Justin müsste am Ende auf uns warten, ist unbegründet – er kommt erst zehn Minuten nach uns. Sein erster Blick auf mich ist unbezahlbar – so jemanden wie Ashley hat er sich definitiv nicht vorgestellt, als Rhiannon ihm von einer Freundin auf Besuch erzählt hat. Er begrüßt Rhiannon, glotzt dabei aber unverhohlen zu mir hin.

Wir nehmen unsere Plätze ein. Anfangs bin ich so auf ihn fixiert, dass ich erst nach einer Weile bemerke, wie Rhiannon auf die Situation reagiert. Sie wirkt in sich gekehrt, ist plötzlich still und schüchtern. Ich weiß nicht, woran es liegt: an Justins Anwesenheit oder an seiner und meiner Anwesenheit zusammen.

Wir waren an diesem Tag so mit uns beschäftigt, dass wir uns für das Treffen hier nicht ordentlich vorbereitet haben. Als Justin nun die zu erwartenden Fragen stellt – woher Rhiannon und ich uns kennen, und wieso er noch nie etwas von mir gehört hat –, muss ich einspringen. Sich etwas zusammenzufabulieren, ist nicht Rhiannons Stärke. Für mich gehört Lügen notwendig zu meiner Natur.

Ich kläre ihn darüber auf, dass meine und Rhiannons Mutter an der Highschool beste Freundinnen waren. Ich wohne in Los Angeles (warum nicht?) und gehe zu Castings für Fernsehserien (weil ich das drauf habe). Meine Mutter und ich sind für eine Woche zu Besuch an der Ostküste, und sie wollte bei der Gelegenheit ihre alte Freundin wiedersehen. Rhiannon und ich sind uns über die Jahre immer wieder mal begegnet, das letzte Treffen ist aber schon eine ganze Weile her.

Justin scheint mir förmlich an den Lippen zu hängen, hört aber nicht die Spur zu. Ich streife unterm Tisch »versehentlich« sein Bein. Er tut, als bemerke er es nicht. Genauso wie Rhiannon.

Ich traue mich einiges, achte aber darauf, es nicht zu übertreiben. Ich lege ein paarmal meine Hand auf die von Rhiannon, wenn ich einen Satz unterstreichen will, da fällt es nicht so auf, als ich das Gleiche bei Justin tue. Ich erwähne einen Hollywoodstar, den ich mal auf einer Party geküsst habe, stelle aber klar, dass es keine große Sache war.

Ich will, dass Justin auf meine Flirtversuche eingeht, aber dazu ist er offenbar nicht fähig. Erst recht nicht, sobald Essen vor ihm steht. Ab da gilt seine Aufmerksamkeit 1) dem Essen, 2) mir und 3) Rhiannon. Ich tunke meine Krebsküchlein in Sauce Tartar und stelle mir vor, wie Ashley mich dafür zur Schnecke macht.

Nach dem Essen ist er wieder ganz Auge und Ohr für mich. Rhiannon wird ein bisschen lebhafter und versucht meine Gesten nachzuahmen; als Erstes nimmt sie seine Hand. Er zieht sie nicht weg, wirkt aber auch nicht gerade begeistert, sondern eher, als fände er es peinlich. Ich betrachte das als gutes Zeichen.

Schließlich erklärt Rhiannon, sie müsse kurz zur Damentoilette. Das ist meine Chance, ihn zu irgendwas zu verleiten, was sich nicht wiedergutmachen lässt – damit sie sieht, wer er wirklich ist.

Ich lasse mein Bein wieder zu ihm hin wandern. Diesmal, mit Rhiannon außer Sichtweite, rückt er seins nicht weg.

»Hallihallo«, sage ich.

»Hallo«, gibt er zurück. Und lächelt.

»Was machst du danach?«, frage ich.

»Nach dem Essen?«

»Ja, nach dem Essen.«

»Weiß nicht.«

»Vielleicht können wir ja noch was unternehmen«, schlage ich vor.

»Ja. Klar.«

»Vielleicht nur wir zwei.«

Klick. Endlich schnallt er es.

Ich rücke näher zu ihm hin. Lege meine Hand auf seine. Sage: »Das wäre doch bestimmt ganz witzig.«

Er soll sich zu mir hinbeugen. Seinem Drang nachgeben. Einen Schritt weitergehen. Ein Ja, weiter brauche ich nichts.

Er schaut sich um, ob Rhiannon in der Nähe ist und ob die anderen Typen im Restaurant mitkriegen, was da gerade abläuft.

»Holla«, sagt er.
»Ist schon okay«, sage ich. »Ich find dich echt nett.«
Er lehnt sich zurück. Schüttelt den Kopf. »Äh ... nein.«
Ich war zu forsch. Er hätte von selbst draufkommen müssen.
»Wieso nicht?«, frage ich.
Er sieht mich an, als wäre ich komplett bescheuert.
»Wieso nicht?«, fragt er. »Was ist mit Rhiannon? Mann, hey.«
Ich versuche, mir eine schlagfertige Antwort auszudenken, finde aber keine. Es spielt ohnehin keine Rolle, denn in dem Moment kommt Rhiannon wieder an den Tisch zurück.
»Ich will das nicht«, sagt sie. »Stopp.«
Blöd, wie er ist, denkt Justin, dass sie ihn meint.
»Ich mach doch gar nichts!«, protestiert er. Sein Bein ist wieder auf der sicheren Seite, ganz bei ihm. »Deine Freundin hier läuft irgendwie ein bisschen aus dem Ruder.«
»Ich will das nicht«, sagt sie noch einmal.
»Ist okay«, sage ich. »Tut mir leid.«
»Das sollte es auch!«, plärrt Justin los. »Ich weiß ja nicht, was in Kalifornien so abgeht, aber hier führt man sich nicht so auf.« Er kommt vom Stuhl hoch. Ich luge zu seinem Lendenbereich und vermerke, dass trotz seiner markigen Worte meine Flirtversuche zumindest in einem Punkt Wirkung gezeigt haben. Aber darauf kann ich Rhiannon nun schlecht hinweisen.
»Ich pack's dann mal«, sagt er und küsst – als wollte er et-

was beweisen – Rhiannon direkt vor meiner Nase. »Danke, Baby. Bis morgen.«

Den Abschiedsgruß an mich spart er sich.

Rhiannon und ich setzen uns wieder.

»Tut mir leid«, sage ich noch einmal.

»Nein, es ist meine Schuld. Ich hätte es wissen sollen.«

Ich warte auf das *Ich hab's dir doch gesagt* ..., und da kommt es auch schon.

»Ich hab's dir doch gesagt, dass du es nicht verstehst. Du verstehst das mit uns einfach nicht«, sagt sie.

Die Kellnerin kommt mit der Rechnung. Ich will bezahlen, aber Rhiannon winkt ab.

»Es ist ja nicht dein Geld«, sagt sie. Und das schmerzt genauso wie alles andere.

Sie will den Abend beenden. Will mich zu Hause absetzen, damit sie Justin anrufen, sich entschuldigen und alles wieder hinbiegen kann.

6008. Tag

Am nächsten Morgen setze ich mich gleich nach dem Aufwachen an den Computer. Keine E-Mail von Rhiannon. Ich schicke ihr eine weitere Entschuldigung. Ein weiteres Dankeschön für den Tag. Manchmal, wenn man auf *Senden* drückt, stellt man sich vor, dass die Nachricht den anderen direkt ins Herz trifft. In Momenten wie diesem hat man das Gefühl, dass die Worte in einem tiefen Brunnen versacken.

Auf der Suche nach mehr klicke ich mich durch die Websites der sozialen Netzwerke. Austin und Hugo sind laut ihrem Beziehungsstatus immer noch zusammen – ein gutes Zeichen. Kelseas Seite ist nur für Freunde zugänglich. Also habe ich das eine wohl retten können, und bei dem anderen ist Rettung nicht ausgeschlossen.

Insgesamt kein schlechtes Ergebnis, denke ich.

Dann ist da noch Nathan. Die Berichterstattung reißt nicht ab. Pastor Poole sammelt Tag für Tag weitere Berichte, und die Nachrichtenseiten stürzen sich darauf. Selbst das Satiremagazin *Onion* steigt mit einer Schlagzeile darauf ein:

JACK KEROUAC AN PASTOR POOLE: »DER TEUFEL HAT MICH AUF DEN ROADTRIP GESCHICKT.«

Wenn blitzgescheite Menschen Parodien dazu liefern, ist das ein sicheres Zeichen dafür, dass weniger gescheite Menschen den Mumpitz glauben.

Aber was kann ich tun?

Nathan will Beweise sehen, und ich bin mir nicht sicher, ob ich ihm welche zu bieten habe, außer meinem Ehrenwort, und was ist das schon für ein Beweis?

Heute bin ich ein Junge namens AJ. Er hat Diabetes, was mir zu allem anderen ein weiteres Problemfeld aufbürdet. Ich erinnere mich an mein erstes von diversen Malen als Diabetiker. Der pure Horror, und das nicht, weil man über Diabetes keine Macht hat, sondern weil ich auf das Langzeitgedächtnis des Körpers zurückgreifen musste, um zu wissen, worauf ich achten und wie ich damit umgehen sollte. Letztendlich habe ich dann immer einfach getan, als ginge es mir nicht gut, damit meine Mutter zu Hause blieb und zusammen mit mir alles im Auge behielt. Mittlerweile kann ich meinem Gefühl nach damit umgehen, passe aber immer noch auf wie ein Luchs – weit mehr als gewöhnlich –, was der Körper mir sagt.

AJ strotzt von Verschrobenheiten, die ihm wahrscheinlich schon gar nicht mehr verschroben vorkommen. Er lebt und stirbt für Sport – spielt Fußball im U-18-Team, aber seine wahre Leidenschaft gilt dem Baseball. Sein Kopf ist voll von Statistiken, Fakten und Zahlen, die er zu tausenderlei verschiedenen Kombinationen und Vergleichen zusammenstellt. Abgesehen davon ist sein Zimmer ein wahrer Beatles-Schrein, in dem George ganz eindeutig den meisten Platz einnimmt. Was AJ anziehen soll, ist auch nicht schwer zu erraten – seine Garderobe besteht ausschließlich aus Blue Jeans und durchgeknöpften Hemden in unterschiedlichen Varianten, plus mehr Baseballkappen, als ein Mensch meiner Meinung nach brauchen kann, aber die darf er wahrscheinlich alle nicht zur Schule anziehen.

In vielerlei Hinsicht ist es eine große Erleichterung, jemand zu sein, der kein Problem damit hat, mit dem Bus zu fahren, der darin schon von Freunden erwartet wird, der sich im Grunde nur damit herumschlagen muss, dass er ordentlich gefrühstückt und trotzdem immer noch Hunger hat.

Es ist ein ganz normaler Tag, und ich gebe mir alle Mühe, darin aufzugehen.

Aber zwischen der dritten und der vierten Stunde reißt es mich wieder voll raus. Denn da sehe ich im Flur – Nathan Daldry.

Erst denke ich, ich hätte mich verguckt. Nathan ist schließlich ein ziemlicher 08/15-Typ. Aber dann merke ich, wie die anderen auf ihn reagieren – als wäre er ein einziger Witz. Er tut, als perlten die Lacher, das höhnische Gekicher, die fiesen Bemerkungen an ihm ab. Aber es ist glasklar, wie unwohl er sich dabei fühlt.

Das hat er eins zu eins verdient, denke ich. *Er hätte ja nichts sagen müssen. Hätte es einfach dabei belassen können.*
Und denke gleichzeitig: *Ich bin schuld. Ich habe ihm das angetan.*
Ich rufe AJ ab und erfahre, dass er und Nathan in der Grundschule gut befreundet waren und sich bis heute daran nicht viel geändert hat. Also sage ich ganz normal Hallo, als er an mir vorbeigeht. Und er grüßt zurück.

Mittags sitze ich mit meinen Freunden zusammen. Ein paar von ihnen fragen mich nach dem Spiel von gestern Abend; ich mache Abfrage um Abfrage und antworte vage.
Aus dem Augenwinkel sehe ich Nathan, der sich allein an einen Tisch setzt.
Ich habe ihn nicht als jemanden ohne Freunde in Erinnerung, nur als Langweiler. Aber jetzt scheinen ihm die Freunde abhandengekommen zu sein.
»Ich quatsch mal eine Runde mit Nathan«, sage ich zu meinen Freunden.
Einer von ihnen stöhnt auf. »Echt? Ich kann den Typen nicht mehr sehen.«
»Angeblich tritt er jetzt in Talkshows auf«, gibt ein weiterer seinen Senf dazu.
»Man sollte meinen, der Teufel hätte Wichtigeres zu tun, als samstagabends mit einem Subaru eine Spritztour zu unternehmen.«
»Aber ehrlich.«

Ich nehme mein Tablett, bevor das Gespräch noch weiter ausufert, und verabschiede mich bis später.
Nathan sieht mich kommen, wirkt aber trotzdem überrascht, als ich mich zu ihm setze.
»Ist es okay?«, frage ich.
»Ja«, sagt er. »Voll okay.«
Was tue ich da bloß? Ich denke an seine letzte E-Mail – *beweis es* – und erwarte halb, die beiden Worte aus seinen Augen zucken zu sehen, eine Herausforderung, der ich mich stellen muss. Ich bin der Beweis. Ich sitze direkt vor ihm. Aber das weiß er natürlich nicht.
»Und, wie geht's so?«, frage ich, greife nach einer Pommes und versuche, es nach einem ganz normalen freundschaftlichen Gespräch in der Mittagspause aussehen zu lassen.
»Okay, würde ich sagen.« Meinem Gefühl nach ist er das in letzter Zeit nicht gerade oft gefragt worden, trotz der vielen Aufmerksamkeit, die ihm zuteil wird.
»Gibt's was Neues?«
Er schaut über meine Schulter. »Deine Freunde gucken her.«
Ich drehe mich um, worauf alle an meinem vorherigen Tisch schlagartig woandershin gucken.
»Egal«, sage ich. »Achte gar nicht auf sie. Auf keinen von denen.«
»Tue ich ja gar nicht. Sie verstehen null.«
»Verstehe. Ich meine, ich verstehe, dass sie nichts verstehen.«

»Ich weiß.«
»Es muss aber doch schon ein ziemlicher Hammer sein, wenn sich alle plötzlich so für einen interessieren. Und die ganzen Blogs und so weiter. Und dieser Pastor.«
Bin ich zu weit gegangen? Aber Nathan scheint froh über die Gelegenheit zum Reden zu sein. AJ ist ein netter Kerl.
»Ja, er blickt voll durch. Ihm war klar, dass ich hässliche Sachen zu hören kriegen würde. Aber er hat gemeint, ich müsste darüberstehen. Dass die Leute über einen lachen, ist schließlich nichts im Vergleich dazu, ein Besessensein überlebt zu haben.«
Ein Besessensein überlebt zu haben. So habe ich das, was ich tue, noch nie betrachtet. Ich habe mein Vorhandensein noch nie als etwas betrachtet, das jemand überleben müsste.
Nathan sieht meine nachdenkliche Miene. »Was ist?«, fragt er.
»Ich wüsste bloß gern – was hast du von dem Tag noch in Erinnerung?«
Jetzt macht sich Argwohn auf seinem Gesicht breit.
»Wieso fragst du?«
»Reine Neugier, denke ich. Ich hab keinen Zweifel an deiner Geschichte. Absolut nicht. Aber ich hab so viel darüber gelesen, und die Leute reden so viel, und eigentlich weiß ich überhaupt nicht, wie du das Ganze siehst. Bisher ging alles immer nur um zwei, drei Ecken herum, vermutlich sogar um sieben oder acht, deswegen habe ich mir gedacht, ich würde es gern mal direkt von dir hören.«

Ich bewege mich auf gefährlichem Territorium, das ist mir klar. Ich darf AJ nicht zu sehr zum Vertrauten werden lassen, denn womöglich erinnert er sich morgen an nichts mehr von dem, was heute gesprochen wurde, und das könnte Nathan misstrauisch machen. Andererseits will ich erfahren, woran Nathan sich erinnert.

Er möchte reden, das sehe ich ihm an. Er weiß, dass er sein gewohntes Fahrwasser verlassen hat. Das bereut er einerseits ein bisschen, aber ein Rückzieher kommt für ihn auch nicht in Frage. Sicher hat er nicht damit gerechnet, dass die Sache sein Leben so vereinnahmt.

»Es war eigentlich ein ziemlich normaler Tag«, sagt er. »Alles so wie sonst. Ich war mit meinen Eltern zu Hause, hab Haushaltspflichten erledigt, so was halt. Und dann – keine Ahnung. Irgendwas muss da passiert sein. Wieso hätte ich sonst diese Geschichte mit dem Schulmusical erfunden und gefragt, ob ich abends das Auto haben kann? An das mit dem Musical erinnere ich mich nicht, das haben sie mir später erzählt. Aber dann fuhr ich da durch die Gegend. Und es ... es drängte mich irgendwas. Als würde ich irgendwohin gezogen.«

Er hält inne.

»Wohin?«, frage ich.

Er schüttelt den Kopf. »Weiß ich nicht. Da wird es schräg. Ein paar Stunden sind bei mir total ausgelöscht. Es kommt mir vor, als hätte ich meinen Körper nicht unter Kontrolle gehabt, und das war's auch schon. Ich hab ein paar

Momentaufnahmen von einer Party im Kopf, aber ich weiß weder wo noch wer sonst mit dabei war. Und dann weckt mich auf einmal ein Polizist. Und ich habe keinen Tropfen getrunken. Keinerlei Drogen genommen. Das haben sie überprüft.«

»Und wenn du einen Anfall hattest?«

»Wieso sollte ich mir dafür von meinen Eltern das Auto ausleihen? Nein, da war etwas, das Herrschaft über mich hatte. Der Pastor sagt, ich muss mit dem Teufel gerungen haben. Wie Jakob. Ich muss gewusst haben, dass mein Körper für etwas Böses benutzt wurde, und habe mich dagegen gewehrt. Und als ich den Kampf gewonnen hatte, hat der Teufel mich am Straßenrand zurückgelassen.«

Das glaubt er. Das glaubt er allen Ernstes.

Und ich kann ihm nicht sagen, dass es nicht stimmt. Kann ihm nicht sagen, was tatsächlich passiert ist. Denn wenn ich das tue, ist AJ in Gefahr. Bin ich in Gefahr.

»Es muss doch nicht der Teufel gewesen sein«, sage ich.

Nathan geht in Abwehrstellung. »Ich weiß es einfach, okay? Und ich bin nicht der Einzige. Es gibt einen Haufen Leute, die das Gleiche erlebt haben. Mit ein paar davon habe ich gechattet. Echt gruselig, wie viele Gemeinsamkeiten wir gefunden haben.«

»Hast du Angst, dass es noch mal passieren könnte?«

»Nein. Jetzt bin ich vorbereitet. Falls der Teufel auch nur irgendwie in meine Nähe kommt, weiß ich, was zu tun ist.«

Ich sitze ihm direkt gegenüber und höre zu.
Er erkennt mich nicht.

Ich bin nicht der Teufel.
Der Gedanke hallt noch den ganzen restlichen Tag in mir nach.
Ich bin nicht der Teufel, aber ich könnte es sein.
Aus der Distanz gesehen, aus einer Perspektive wie der von Nathan, ist es schon verständlich, wie grauenerregend diese Vorstellung sein kann. Denn was soll mich schon davon abhalten, Böses zu tun? Welche Strafe würde mich erwarten, wenn ich dem Mädchen, das in Chemie neben mir sitzt, mit dem Bleistift das Auge aussteche? Oder noch Schlimmeres. Ich könnte mit jeder Art von Verbrechen locker ungeschoren davonkommen. Der Körper, der den Mord begangen hat, würde unweigerlich festgesetzt werden, aber der Mörder selbst bliebe auf freiem Fuß. Wieso habe ich daran nicht schon früher gedacht?
Ich habe das Zeug zum Teufel.
Doch dann denke ich: *Stopp*. Ich denke: *Nein*. Denn wäre ich dann letztlich nicht doch so wie alle anderen? Ja, ich käme ungeschoren davon, aber wir haben mit Sicherheit alle das Zeug dazu, Verbrechen zu begehen. Und entscheiden uns dagegen. Tag für Tag entscheiden wir uns dagegen. Ich genauso wie jeder andere.
Ich bin nicht der Teufel.

Immer noch kein Wort von Rhiannon. Ob ihr Schweigen bedeutet, dass sie verwirrt ist oder sie mich dringend loswerden will, kann ich nicht ergründen.
Ich schreibe ihr, schlicht und ergreifend:

Ich muss dich wiedersehen.

A

6009. Tag

Am anderen Morgen immer noch kein Wort von ihr.
Ich steige ins Auto und fahre los.

Das Auto gehört Adam Cassidy. Er sollte zur Schule. Aber ich rufe beim Sekretariat an, gebe mich als sein Vater aus und sage, er hätte einen Arzttermin.
Der den ganzen Tag dauern könnte.

Mit dem Auto braucht man zwei Stunden. Die Zeit sollte ich eigentlich nutzen, um mich mit Adam Cassidy bekannt zu machen, aber im Augenblick ist er für mich Nebensache. Auf die Art habe ich mich schon durch endlos viele Leben gemogelt – mit dem absoluten Minimum, das ich wissen musste, um den Tag anstandslos rumzubringen. Mit der Zeit wurde ich so gut darin, dass ich es ein paar Tage am Stück ohne eine einzige Abfrage geschafft habe. Das waren bestimmt ziemlich öde Tage für die Körper, in denen ich steckte, denn für mich waren sie extrem öde.
Hauptsächlich denke ich während der Fahrt an Rhiannon. Wie ich sie wiedergewinnen kann. Was ich anstellen muss, damit sie mich weiter mag. Wie das mit uns funktionieren kann.

Der letzte Teil ist der schwierigste.

Bei ihrer Schule angekommen, parke ich da, wo Amy Tran geparkt hat. Der Schultag ist schon voll im Gang, und als ich ins Gebäude gehe, bin ich sofort mitten im Getümmel zwischen zwei Unterrichtsstunden. Ich habe genau zwei Minuten, um Rhiannon zu finden.

Keine Ahnung, wo sie sein könnte. Ich weiß nicht mal, welche Stunde gleich anfängt. Ich stürme einfach durch die Gänge und halte Ausschau nach ihr. Remple irgendwelche Leute an, die mir nahelegen, aufzupassen, wo ich hinlatsche. Es kümmert mich nicht. Es gibt alle anderen, und es gibt sie. Für mich gibt es nur sie.

Ich lasse mir vom Universum sagen, wohin ich mich wenden soll. Verlasse mich ausschließlich auf den Instinkt, weil ich weiß, dass er von irgendwo außerhalb kommt, weder zu mir noch zu diesem Körper gehört.

Sie will gerade in ein Klassenzimmer gehen. Bleibt stehen. Schaut hoch. Sieht mich.

Ich weiß nicht, wie ich es erklären soll. Ich bin eine Insel im Flur, die anderen drängen sich um mich herum. Sie ist auch eine Insel. Ich sehe sie, und sie weiß genau, wer ich bin. Das ist unmöglich. Aber sie weiß es.

Sie geht weg vom Klassenzimmer, hin zu mir. Wieder läutet es, die letzten Schüler verschwinden vom Flur, lassen uns allein miteinander zurück.

»Hey«, sagt sie.

»Hey«, sage ich.

»Ich dachte mir, dass du vielleicht kommst.«
»Bist du sauer?«
»Nein, ich bin nicht sauer.« Sie wirft einen Blick zurück zum Klassenzimmer. »Obwohl du mir weiß Gott keine Punkte auf der Anwesenheitsliste bringst.«
»Ich bringe niemandem Punkte auf der Anwesenheitsliste.«
»Wie heißt du heute?«
»A. Für dich immer A.«

In der Stunde danach hat sie eine Prüfung, die sie nicht schwänzen darf, also bleiben wir auf dem Schulgelände. Als wir anderen Schülern begegnen, die eine Freistunde haben oder ebenfalls blaumachen, wird sie ein bisschen nervös.
»Ist Justin im Unterricht?«, frage ich, um ihrer Furcht einen Namen zu geben.
»Ja. Falls er hingegangen ist.«
Wir finden ein leeres Klassenzimmer. Nach den vielen Shakespeare-Requisiten an den Wänden zu schließen, wird hier Englisch unterrichtet. Oder Schultheater.
Wir setzen uns in die letzte Reihe, die man vom Fenster in der Tür nicht einsehen kann.
»Woher hast du gewusst, dass ich es bin?« Ich muss es einfach fragen.
»Wegen der Art, wie du mich angesehen hast«, sagt sie. »Es hätte niemand sonst sein können.«

Das macht die Liebe mit einem: Sie weckt den Wunsch, die Welt umzuschreiben. Die Figuren auszuwählen, die Kulisse zu bauen, die Handlung zu lenken. Die Person, die du liebst, sitzt dir gegenüber, und du willst alles tun, was in deiner Macht steht, um es möglich zu machen, auf ewig möglich. Und wenn es nur ihr zwei seid, allein in einem Raum, kannst du tun, als wäre es so, als würde es immer so sein.

Ich nehme ihre Hand, und sie zieht sie nicht weg. Liegt es daran, dass sich zwischen uns etwas verändert hat, oder bloß daran, dass mein Körper ein anderer ist? Fällt es ihr leichter, Adam Cassidys Hand zu halten?

Es knistert nur sehr gedämpft zwischen uns. Das hier führt nicht weiter als bis zu einem aufrichtigen Gespräch.

»Es tut mir leid wegen vorgestern Abend«, sage ich noch mal.

»Ich bin mit schuld. Ich hätte ihn gar nicht erst anrufen sollen.«

»Was hat er noch gesagt? Später?«

»Er hat dich immer ›diese schwarze Schlampe‹ genannt.«

»Reizend.«

»Er hat wohl gespürt, dass es eine Falle war. Keine Ahnung. Er wusste einfach, dass irgendwas nicht stimmte.«

»Und vermutlich hat er deswegen den Test bestanden.«

Rhiannon zieht ihre Hand weg. »Das ist nicht fair.«

»Entschuldige.«

Wieso kann sie mich in die Schranken weisen, ihn aber nicht?

»Was willst du weiter tun?«, frage ich.

Sie hält meinem Blick einwandfrei stand. »Was soll ich denn deiner Meinung nach tun?«

»Das, was deinem Gefühl nach das Beste für dich ist.«

»Das ist die falsche Antwort«, sagt sie.

»Wieso?«

»Weil es eine Lüge ist.«

Du bist so nahe, denke ich. *Du bist so nahe, und ich kann dich nicht erreichen.*

»Zurück zu meiner ursprünglichen Frage«, sage ich. »Was willst du weiter tun?«

»Ich will nicht alles wegwerfen, für so etwas Unsicheres.«

»Was an mir ist unsicher?«

Sie lacht. »Im Ernst? Muss ich dir das etwa noch erklären?«

»Abgesehen von dem einen. Du bist der wichtigste Mensch, dem ich je in meinem Leben begegnet bin. Das ist sicher.«

»Nach gerade mal zwei Wochen. Das ist alles andere als sicher.«

»Du weißt mehr über mich als irgendjemand sonst.«

»Aber das kann ich umgekehrt von dir nicht behaupten. Noch nicht.«

»Du kannst doch nicht abstreiten, dass da etwas zwischen uns ist.«

»Nein. Das stimmt. Als ich dich vorhin gesehen habe – mir war nicht klar, dass ich auf dich gewartet habe, bis du dann dastandst. Und dann ist das ganze Warten mit einem Mal auf mich eingeströmt. Das ist etwas ... aber ich weiß nicht, ob es so etwas wie eine Sicherheit ist.«

Ich weiß, was ich von dir verlange, möchte ich sagen. Aber ich halte mich zurück. Weil mir klar wird, dass auch das eine Lüge wäre. Die sie durchschauen würde.

Sie sieht auf die Uhr. »Ich muss mich für die Prüfung vorbereiten. Und du musst zu deinem anderen Leben zurück.«

Ich kann nicht anders. Frage: »Willst du mich nicht mehr sehen?«

Sie zögert einen Moment. »Doch, ja. Und nein. Man sollte denken, es würde alles leichter machen, aber in Wirklichkeit wird es damit nur schwieriger.«

»Ich soll also nicht einfach hier aufkreuzen?«

»Belassen wir es fürs Erste bei E-Mails. Okay?«

Und mir nichts, dir nichts ist das Universum aus den Fugen. Mir nichts, dir nichts schrumpft das Ungeheuerliche zu einer Kugel und rollt davon, außerhalb meiner Reichweite.

Ich spüre es und sie nicht.

Oder sie will es nicht spüren.

6010. Tag

Ich bin vier Stunden von ihr entfernt.

Ich bin ein Mädchen namens Chevelle, und die Vorstellung, heute zur Schule zu gehen, ist unerträglich. Also stelle ich mich krank und darf zu Hause bleiben. Ich versuche es mit Lesen, Videospielen, Surfen im Internet, mit allem, was mir sonst immer die Zeit gefüllt hat.

Nichts davon funktioniert. Die Zeit fühlt sich immer noch leer an.

Ich checke meine E-Mails. Wieder und wieder.

Nichts von ihr.

Nichts.

Nichts.

6011. Tag

Ich bin nur eine halbe Stunde von ihr entfernt.

Im Morgengrauen weckt mich meine Schwester, schreit meinen Namen, Valeria.

Erst denke ich, ich wäre zu spät dran für die Schule.

Aber nein, falsch gedacht. Ich bin zu spät dran für die Arbeit.

Ich bin ein Hausmädchen. Ein minderjähriges, illegales Hausmädchen.

Valeria spricht kein Englisch, das heißt, alles, was ich abfragen muss, ist auf Spanisch. Ich komme kaum mit. Muss mir mühsam übersetzen, was hier läuft.

Wir sind zu viert in der Wohnung. Wir ziehen unsere Uniformen an, dann kommt ein Kleinbus und holt uns ab. Ich bin die Jüngste und gelte am wenigsten. Meine Schwester sagt etwas zu mir, und ich nicke. Ich habe das Gefühl, dass es mir die Eingeweide umdreht. Erst denke ich, es ist bloß der Schock angesichts der Situation, aber dann merke ich, was es ist. Krämpfe.

Ich suche nach den richtigen Worten und sage es meiner Schwester. Sie hat Verständnis, aber ich muss trotzdem zur Arbeit.

Es steigen noch mehr Frauen in den Bus zu. Und ein weiteres

Mädchen in meinem Alter. Hier und da wird geschwatzt, aber meine Schwester und ich reden mit niemandem ein Wort.
Der Bus setzt uns nacheinander bei verschiedenen Häusern ab. Immer mindestens zwei pro Haus, manchmal auch drei oder vier. Ich werde mit meiner Schwester zusammengesteckt.
Ich bin für die Bäder zuständig. Muss Toiletten schrubben. Haare aus der Dusche entfernen. Spiegel blitzblank polieren.
Wir arbeiten in verschiedenen Zimmern. Reden nicht. Lassen keine Musik laufen. Arbeiten einfach nur.
Ich schwitze in meiner Uniform. Die Krämpfe lassen nicht nach. Die Arzneischränkchen sind gut gefüllt, aber ich bin hier zum Putzen, nicht zum Stibitzen. Niemand würde zwei Tabletten gegen Menstruationsbeschwerden vermissen, doch das Risiko ist es nicht wert.
Als ich mich an das große Bad mache, höre ich nebenan im Schlafzimmer die Dame des Hauses telefonieren. Sie glaubt natürlich, ich verstünde kein Wort von dem, was sie redet. Sie würde nicht schlecht staunen, wenn Valeria plötzlich hereingestampft käme und ihr Vorträge über die Gesetze der Thermodynamik oder das Leben von Thomas Jefferson hielte, in tadellosem Englisch.
Nach zwei Stunden sind wir mit dem Haus fertig. Ich denke, das war's für heute, aber danach kommen noch vier weitere Häuser. Zum Schluss kann ich mich fast nicht mehr rühren;

meine Schwester merkt es und hilft mir bei den Bädern. Wir sind ein Team, und diese innige Verbundenheit ist das Einzige, was den Tag erinnernswert macht.
Als wir abends wieder zu Hause sind, bringe ich kaum noch einen Ton heraus. Ich zwinge mich, etwas zu essen, aber es ist ein schweigsames Mahl. Dann gehe ich zu Bett und lasse neben mir Platz für meine Schwester.
An E-Mails ist nicht einmal zu denken.

6012. Tag

Ich bin eine Stunde von ihr entfernt.

Ich schlage Sallie Swains Augen auf und suche ihr Zimmer nach einem Computer ab. Lade, noch nicht ganz richtig wach, meine E-Mails herunter.

A,

es tut mir leid, dass ich gestern nicht dazu gekommen bin, dir zu schreiben. Ich hatte es eigentlich vor, aber dann kam ein Haufen anderes Zeugs dazwischen (nichts Wichtiges, nur zeitraubend). Es war hart, dich zu sehen, aber auch gut. Das meine ich ganz im Ernst. Trotzdem ist es das Richtige, eine Pause einzulegen und alles zu durchdenken.

Wie war dein Tag? Was hast du so gemacht?

R

Will sie es wirklich wissen, oder ist sie bloß höflich? Die E-Mail könnte an jeden X-Beliebigen gerichtet sein. Und obwohl ich mal gedacht habe, ich würde mir von ihr genau

diesen normalen, alltäglichen Ton wünschen – jetzt, wo er da ist, wirkt die Normalität enttäuschend.
Ich schreibe ihr zurück und erzähle ihr von den letzten beiden Tagen. Dann muss ich los – heute kann ich nicht die Schule schwänzen, denn Sallie Swain macht bei einem großen Querfeldeinlauf mit, und es wäre nicht fair, sie das verpassen zu lassen.

Ich laufe. Ich bin wie geschaffen fürs Laufen. Denn wenn du läufst, könntest du irgendwer sein. Du fügst dich in einen Körper ein, in nichts mehr und nichts weniger als einen Körper. Reagierst als Körper auf den Körper. Wenn du den Lauf gewinnen willst, diktiert der Körper dir alle deine Gedanken, alle deine Ziele. Du lässt nichts von dir übrig, im Namen der Schnelligkeit. Du löschst dich aus, um es über die Ziellinie zu schaffen.

6013. Tag

Ich bin eineinhalb Stunden von ihr entfernt und Mitglied einer glücklichen Familie.

Die Stevens' verplempern ihre Samstage nicht. Nein, Mrs Stevens weckt Daniel um Punkt neun und sagt, er soll sich für einen Ausflug fertigmachen. Bis er aus der Dusche wieder draußen ist, hat Mr Stevens das Auto beladen, und Daniels zwei Schwestern scharren schon mit den Hufen.

Der erste Halt in Baltimore ist eine Ausstellung mit Gemälden von Winslow Homer im Kunstmuseum. Nach dem Mittagessen am Binnenhafen folgt ein ausgiebiger Besuch im Aquarium. Dann, für die Mädchen, ein Disneyfilm im IMAX-Format, und schließlich Abendessen in einem Fischrestaurant, das so berühmt ist, dass sie es nicht eigens in ihrem Namen erwähnen müssen.

Hin und wieder gibt es kleine Spannungen – eine der Schwestern findet die Delphine langweilig, einmal reagiert der Vater leicht genervt, weil er keinen Parkplatz findet –, aber im Großen und Ganzen sind alle glücklich und zufrieden. In ihrem allumfassenden Glück fällt ihnen gar nicht auf, dass ich nicht richtig mit dabei bin, eine Randfigur bleibe. Wie die Menschen in den Gemälden von Winslow Homer – im selben Zimmer, aber nicht wirklich anwesend.

Wie die Fische im Aquarium denke ich in einer anderen Sprache, passe mich Gegebenheiten an, die nicht meinem natürlichen Lebensraum entsprechen. Ich bin die Menschen in den anderen Autos, die alle ihre eigene Geschichte haben, aber zu schnell vorbeifahren, um bemerkt oder verstanden zu werden.

Es ist ein guter Tag, und das hilft mir mit Sicherheit mehr als ein schlechter Tag. Zeitweise denke ich nicht über sie nach und nicht mal über mich selbst. Zeitweise sitze ich einfach da wie gerahmt, lasse mich im Wasserbecken treiben, vom Auto durch die Gegend fahren und sage und denke nichts, das irgendeine Verbindung schaffen würde.

6014. Tag

Ich bin vierzig Minuten von ihr entfernt.

Es ist Sonntag, und ich beschließe nachzuschauen, was Pastor Poole so treibt.

Orlando, der Junge, in dessen Körper ich stecke, wird sonntags selten vor zwölf wach; wenn ich leise tippe, werden seine Eltern mich wohl in Ruhe lassen.

Pastor Poole hat eine Website eingerichtet, auf der Leute über ihr Besessensein berichten können. Schon jetzt sind da Hunderte von Einträgen und Videos versammelt.

Nathans Beitrag ist Dutzendware, offenbar eine Zusammenfassung seiner bisherigen Äußerungen. Er hat kein Video gedreht, und ich erfahre nichts Neues.

Andere Geschichten sind aufschlussreicher. Manche davon eindeutig kranken Hirnen entsprungen – den Hirnen von klinischen Paranoikern, die professionelle Hilfe bräuchten statt solcher Foren, in denen sie ihre ausufernden Verschwörungstheorien auf die Menschheit loslassen. Manche Zeugnisse jedoch gehen fast schon schmerzhaft zu Herzen. Eine Frau ist felsenfest davon überzeugt, dass Satan in der Schlange vor der Supermarktkasse in sie gefahren ist und in ihr den brennenden Wunsch geweckt

hat, etwas zu klauen. Ein Mann, dessen Sohn sich umgebracht hat, ist der Meinung, der Sohn müsse von echten Dämonen besessen gewesen sein und habe nicht etwa mit den eher metaphorischen Dämonen in seinem Innern zu kämpfen gehabt.
Da ich immer nur in etwa Gleichaltrigen stecke, suche ich nach Berichten von Teenagern. Offenbar überprüft Poole alles und jedes, was auf der Website erscheint, denn es findet sich absolut nichts Parodistisches oder Sarkastisches und demnach kaum etwas von Jugendlichen. Einen allerdings gibt es, einen Jungen aus Montana, dessen Geschichte mir Schauer über den Rücken jagt. Er war besessen, schreibt er, und zwar nur einen Tag lang. Es ist nichts weiter passiert, aber er weiß ganz bestimmt, dass er keine Kontrolle über seinen Körper hatte.
Ich war noch nie in Montana. Dessen bin ich mir sicher.
Doch was er da beschreibt, gleicht sehr dem, was ich tue.

Auf Pooles Website findet sich ein Link:

WENN DU GLAUBST, DASS IN DIR DER TEUFEL STECKT, DANN KLICK HIER ODER WÄHLE DIESE NUMMER.

Aber wenn tatsächlich der Teufel in dir steckt, wieso sollte er dann das da anklicken oder diese Nummer wählen?

Ich gehe auf mein altes E-Mail-Konto. Nathan hat erneut versucht, mit mir Kontakt aufzunehmen.

Also kein Beweis?

Such dir Hilfe.

Er hat sogar den Link zu Pooles Website eingefügt. Ich würde ihm gern zurückschreiben und ihn darauf hinweisen, dass er und ich uns neulich erst unterhalten haben. Ihn bitten, seinen Freund AJ zu fragen, wie sein Montag so war. Ihn fürchten lassen, dass ich jeden Moment in jeder Person erscheinen könnte.

Nein, denke ich. *Das steht dir nicht zu.*

Es war so viel einfacher, als ich noch keine Wünsche hatte.

Nicht zu bekommen, was man sich wünscht, kann einen grausam machen.

Ich checke meine andere E-Mail-Adresse und finde eine neue Nachricht von Rhiannon. Sie erzählt mir vage von ihrem Wochenende und erkundigt sich vage nach meinem.

Den Rest des Tages versuche ich zu verschlafen.

6015. Tag

Ich werde wach und bin nicht vier Stunden von ihr entfernt, nicht eine Stunde, nicht mal fünfzehn Minuten.
Ich werde wach und bin in ihrem Haus.
In ihrem Zimmer.
In ihrem Körper.

Erst denke ich, ich schlafe noch, ich träume. Ich mache die Augen auf, und was ich sehe, könnte das Zimmer von jedem beliebigen Mädchen sein – ein Zimmer, das schon lange ihres ist, mit Puppen neben Kajalstiften und Modezeitschriften. Bestimmt ist das nur ein Trick der Traumwelt, denke ich, als ich meine Identität abfrage und die von Rhiannon erscheint. Habe ich das schon mal geträumt? Ich glaube nicht. Aber irgendwie ist es einleuchtend. Wenn ich in jedem wachen Moment an sie denke, auf sie hoffe, mich um sie sorge, warum sollte sie dann nicht auch Eingang in meinen Schlaf finden?
Aber ich träume nicht. Ich spüre den Druck des Kissens an meinem Gesicht. Ich spüre die Laken um meine Beine. Ich atme. In Träumen geben wir uns nie mit Atmen ab.
Mit einem Mal habe ich das Gefühl, als wäre die Welt aus Glas. Jeder Moment ist hauchzart. Jede Bewegung ist ein

Risiko. Rhiannon würde mich nicht hier haben wollen. Ich weiß, welcher Horror das jetzt in diesem Moment für sie wäre. Der totale Kontrollverlust.

Was immer ich tue, es könnte etwas kaputtmachen. Jedes Wort, das ich sage. Jede kleinste Handlung.

Ich sehe mich ein bisschen weiter um. Wenn sie älter werden, merzen manche Mädchen und Jungen die Spuren von früher in ihrem Zimmer aus, weil sie meinen, sie müssten alle ihre jüngeren Erscheinungsformen verbannen, um überzeugend in eine neue zu schlüpfen. Aber Rhiannon lässt sich von ihrer Vergangenheit nicht verunsichern. Ich sehe Fotos von ihr und ihrer Familie, auf denen sie drei ist, acht, zehn, vierzehn. Ein Plüschhase bewacht weiterhin ihr Bett. Auf ihrem Bücherregal steht J. D. Salinger neben einem Kinderbuch von Dr. Seuss.

Ich nehme eins der gerahmten Fotos zur Hand. Wenn ich wollte, könnte ich versuchen, den Tag abzufragen, an dem es aufgenommen wurde. Offenbar sind sie und ihre Schwester auf einer Art Jahrmarkt. Ihre Schwester trägt so etwas wie eine Siegerschleife. Es wäre kinderleicht für mich, das herauszufinden. Aber dann wäre es nicht Rhiannon, die mir davon erzählt.

Ich möchte sie bei mir haben, mir von ihr alles zeigen lassen. Jetzt komme ich mir vor wie ein Einbrecher.

Mir bleibt nur eine Möglichkeit: den Tag so zu leben, wie Rhiannon es wollen würde. Wenn sie mitkriegt, dass ich hier war – und das wird sie, meinem Gefühl nach –, dann

soll sie ganz sicher sein können, dass ich die Situation nicht ausgenutzt habe. Mein Instinkt sagt mir: Ich will nicht auf diese Art irgendwas in Erfahrung bringen. Nicht auf diese Art irgendwas erreichen.
Und das heißt, ich kann eigentlich nur verlieren.

So fühlt es sich an, ihren Arm zu heben.
So fühlt es sich an, mit ihren Augen zu zwinkern.
So fühlt es sich an, ihren Kopf zu drehen.
So fühlt es sich an, mit der Zunge über ihre Lippen zu fahren, ihre Füße auf den Boden zu stellen.
Das ist ihr Gewicht. Ihre Größe. Der Blickwinkel, aus dem sie die Welt sieht.

Ich könnte alle Erinnerungen abrufen, die sie an mich hat. Alle Erinnerungen, die sie an Justin hat. Ich könnte hören, was sie gesagt hat, wenn ich nicht in der Nähe war.

»Hallo.«
So klingt ihre Stimme von innen.
So klingt ihre Stimme, wenn sie für sich ist.

Ihre Mutter schlurft auf dem Flur an mir vorbei, wach, aber nicht aus freien Stücken. Es war eine lange Nacht für sie, nach der es zu schnell Morgen geworden ist. Sie will versuchen, noch ein bisschen weiterzuschlafen, sagt sie, aber sie bezweifelt, ob das klappt.

Rhiannons Vater ist in der Küche und schon auf dem Sprung zur Arbeit. Sein »Guten Morgen« klingt weniger klagend. Aber er hat es eilig, und viel mehr als diese zwei Wörter wird Rhiannon von ihm wohl nicht zu hören kriegen. Ich esse eine Portion Cornflakes, während er nach dem Autoschlüssel sucht, und schicke seinem schnellen »Tschüs« mein eigenes »Tschüs« hinterher.

Ich beschließe, nicht zu duschen und sogar die Unterwäsche anzubehalten, die ich im Bett getragen habe. Wenn ich ins Bad gehe, werde ich die Augen geschlossen lassen. Ich fühle mich schon nackt genug, wenn ich in den Spiegel schaue und Rhiannons Gesicht sehe. Weiter kann ich unmöglich gehen. Allein ihr Haar zu bürsten, ist zu intim. Make-up aufzulegen. Sogar ihre Schuhe anzuziehen. Zu erleben, wie ihr Körper sich in der Welt gerade hält, wie ihre Haut sich von innen anfühlt; ihr Gesicht zu berühren und die Berührung von beiden Seiten zu spüren – es lässt sich nicht vermeiden und ist unfassbar intensiv. Ich versuche, nur als ich zu denken, und werde doch das Gefühl nicht los, dass ich sie bin.

Ich muss abfragen, wo mein Autoschlüssel ist und wie ich zur Schule komme. Vielleicht sollte ich besser zu Hause bleiben, aber ich weiß nicht, ob ich es ertragen kann, ohne irgendwelche Ablenkungsmöglichkeiten so lange in ihrem Körper allein zu sein. Das Radio ist auf einen Nachrichtensender eingestellt, was mich etwas verwundert. Am Rückspiegel baumelt die Quaste von der Schulabschlussfeier ihrer Schwester.

Ich schaue zum Beifahrersitz, in der Erwartung, dass Rhiannon da sitzt, mich anschaut, mir sagt, wo ich hinfahren soll.

Ich nehme mir vor, Justin möglichst aus dem Weg zu gehen. Ich bin früh da, hole die Bücher aus meinem Spind und begebe mich direkt in meine erste Unterrichtsstunde. Nach und nach trudeln Freundinnen im Klassenzimmer ein, und ich unterhalte mich mit ihnen, so gut ich kann. Niemand merkt einen Unterschied – nicht, weil ich ihnen egal bin, sondern weil so früh am Morgen von keinem erwartet wird, dass er schon voll da ist. Vor lauter Fixierung auf Justin ist mir gar nicht bewusst geworden, wie sehr Rhiannons Freunde zu ihrem Leben gehören. Den besten Blick auf ihr eigentliches Leben hatte ich bisher wohl, als ich Amy Tran war und einen Tag an dieser Schule verbracht habe. Denn Rhiannon bringt ihre Tage nicht allein zu. Wenn sie ans Ausbrechen und Weglaufen denkt, dann sind es nicht diese Freunde hier, vor denen sie weglaufen will.

»Hast du alles für Bio?«, fragt ihre Freundin Rebecca. Erst denke ich, dass sie die Hausaufgaben von mir abschreiben will, dann kapiere ich, dass sie mir ihre anbietet. Und richtig, Rhiannon hat noch ein paar ungelöste Problemfälle. Ich danke Rebecca und mache mich an die Arbeit.

Als der Unterricht beginnt und der Lehrer mit seinem Vortrag anfängt, muss ich nur noch zuhören und mir Notizen machen.

Behalt das in Erinnerung, sage ich zu Rhiannon. *Behalt in Erinnerung, wie stinknormal das ist.*

Ob ich will oder nicht, immer wieder erspähe ich etwas, was ich bisher noch nie gesehen habe. Kritzelzeichnungen von Bäumen und Bergen in ihrem Notizheft. Der leichte Abdruck von ihren Socken an den Knöcheln. Ein kleines rotes Muttermal am Ansatz ihres linken Daumens. Dinge, die sie vermutlich nie bemerkt. Aber weil sie neu für mich sind, sehe ich alles.

So fühlt es sich an, einen Bleistift mit ihrer Hand zu halten.

So fühlt es sich an, ihre Lunge mit Luft zu füllen.

So fühlt es sich an, ihren Rücken an den Stuhl zu pressen.

So fühlt es sich an, ihr Ohr zu berühren.

So klingt die Welt für sie. Das hier hört sie jeden Tag.

Ich gestehe mir eine Erinnerung zu. Es ist keine bewusste Entscheidung. Sie kommt einfach hoch, und ich würge sie nicht ab.

Rebecca sitzt neben mir und kaut Kaugummi. Irgendwann ödet der Unterricht sie so an, dass sie ihn aus dem Mund nimmt und zwischen den Fingern hin und her rollt. Und da erinnere ich mich an das eine Mal in der sechsten Klasse, als sie das Gleiche gemacht hat. Die Lehrerin hat sie erwischt, und Rebecca ist vor lauter Überraschung so zusammengezuckt, dass ihr der Kaugummi aus der Hand flutschte und

Hannah Walker ins Haar. Hannah kriegte erst gar nicht mit, was passiert war, und die anderen Kinder prusteten alle los, was die Lehrerin nur noch wütender machte. Schließlich war ich diejenige, die sich zu ihr hinbeugte und ihr sagte, dass sie Kaugummi im Haar hätte. Ich war diejenige, die es ihr wieder herauspulte, ganz vorsichtig, damit es nicht noch mehr Knoten im Haar machte. Ich habe es komplett herausgekriegt. Daran erinnere ich mich.

Ich versuche, auch in der Mittagspause um Justin herumzukommen, aber das gelingt mir nicht.

Ich bin in einem Flur weitab von meinem und seinem Spind, weitab von der Cafeteria, und wer ist auch da? Er. Er wirkt weder glücklich noch unglücklich bei meinem Anblick; meine Anwesenheit nimmt er als Tatsache hin, genauso wie das Klingeln zwischen den Unterrichtsstunden.

»Sollen wir raus?«, fragt er.

»Klar«, sage ich, ohne recht zu wissen, worauf ich mich einlasse.

In diesem Fall heißt »raus« eine Pizzeria zwei Querstraßen weiter. Wir nehmen jeder ein Stück Pizza und Cola dazu. Er zahlt seinen Teil, macht aber keine Anstalten, für mich mitzuzahlen. Was okay ist.

Er ist in Redelaune und schießt sich auf das ein, was vermutlich sein Lieblingsthema ist: wie unfair und ungerecht er ständig von allen behandelt wird. Es ist quasi eine Weltverschwörung, angefangen bei der unzuverlässigen Zündung seines Autos bis hin zu seinem Vater, der ihn wegen dem College nervt, und seinem Englischlehrer, der so »endschwul daherredet«. Ich kann seinem Redefluss kaum folgen, und *folgen* ist auch so ziemlich das passende Wort, weil dieses »Gespräch« darauf angelegt ist, dass ich mindestens fünf Schritte hinterherhinke. Meine Meinung interessiert ihn nicht. Wenn ich etwas beisteuere, lässt er es einfach auf dem Tisch zwischen uns liegen, greift es nicht auf.

Während er sich darüber verbreitet, wie zickig Stephanie zu Steve ist, sich dabei einen Bissen Pizza nach dem anderen reinstopft und deutlich mehr auf den Tisch guckt als zu mir, muss ich mich schwer am Riemen reißen, um nicht irgendwas Drastisches zu unternehmen. Auch wenn ihm das nicht klar ist – ich habe die volle Macht. Es würde keine Minute dauern, mit ihm Schluss zu machen. Ein paar passende Worte, und das Band wäre durchschnitten. Er könnte sich mit Tränen oder einem Wutanfall oder Versprechungen zur Wehr setzen – und ich mich von nichts rühren lassen.

Wie gerne hätte ich es so, aber ich mache den Mund nicht auf. Mache keinen Gebrauch von dieser Macht. Weil ich weiß, dass so ein Ende niemals zu dem Anfang führen würde, den ich mir wünsche. Wenn ich die Beziehung so beende, wird Rhiannon mir das nie verzeihen. Erstens könnte sie morgen alles rückgängig machen, und zweitens würde dieser Vertrauensbruch ihr Bild von mir bestimmen, solange ich noch in ihrem Leben vorkäme, was dann vermutlich nicht mehr lange wäre.

Ich muss in der Spur bleiben. Kann das Lenkrad nicht einfach herumreißen und einen Frontalcrash hinlegen, so befriedigend der Knall auch wäre.
Eins wird ihr hoffentlich klar: Die ganze Zeit merkt Justin nicht das Geringste. Sie erkennt mich, egal in welchem Körper ich bin, aber er erkennt nicht, dass sie fehlt. Dazu sieht er nicht genau genug hin.

Und dann sagt er *Silver* zu ihr. Einfach so, »Na, dann komm, Silver«, als wir fertig sind. Vielleicht habe ich mich ja verhört. Ich mache eine Abfrage, und da ist es. Ein Moment der Zweisamkeit. Sie lesen für Englisch *Die Outsider*, liegen nebeneinander bei ihm auf dem Bett, beide das gleiche Buch vor sich, sie ist ein bisschen weiter als er. Sie findet, das Buch ist ein Relikt aus Zeiten, in denen Jungs aus Straßengangs sich von *Vom Winde verweht* zu Tränen rühren ließen, behält das aber für sich, als sie merkt, wie sehr es ihm an die Nieren geht. Sie bleibt liegen, als sie mit der Lektüre fertig ist, und fängt noch mal von vorne an, bis er auch durch ist. Er macht das Buch zu und sagt: »Wow. *Nichts Goldenes hat Bestand.* Wie wahr ist das denn?« Sie will den Augenblick nicht kaputtmachen, will nicht nachfragen, was das für ihn heißt. Und bekommt die Belohnung dafür, als er lächelt und sagt: »Das heißt dann wohl, dass wir Silber sein müssen.« Beim Abschied an dem Abend ruft er ihr hinterher: »Bis dann, Silver!« Und der Name hält sich.

Auf dem Rückweg zur Schule gehen wir nicht Hand in Hand, reden nicht mal miteinander. Als wir uns trennen, wünscht er mir keinen schönen Nachmittag, bedankt sich nicht dafür, dass ich ihm meine Mittagspause geschenkt habe. Er sagt nicht mal *Bis später*. Dass wir uns später noch sehen, davon geht er aus.

Ohne ihn, von lauter Fremden umgeben, wird mir geradezu schmerzhaft bewusst, wie riskant das ist, was ich da versuche. Ich denke an den Schmetterlingseffekt, an den bedrohlichen einen Flügelschlag, den jede Interaktion auslösen kann. Wenn man lange genug darüber nachgrübelt, möglichen Auswirkungen lange genug nachspürt, kann jeder kleinste Schritt falsch sein, kann jede Handlung unerwünschte Folgen nach sich ziehen.
Übersehe ich jemanden, den ich nicht übersehen sollte? Sage ich irgendwas nicht, das ich sagen sollte? Bemerke ich etwas nicht, das sie auf jeden Fall bemerken würde? Welche privaten Verständigungen entgehen mir, wenn ich mich auf den Fluren in der Öffentlichkeit bewege?
In einer Menge richten sich unsere Blicke ganz von selbst auf bestimmte Menschen, ob wir sie kennen oder nicht. Aber jetzt und hier ist mein Blick leer. Ich weiß, was ich sehe, aber nicht, was sie sehen würde.
Die Welt ist immer noch aus Glas.

So fühlt es sich an, Worte mit ihren Augen zu lesen.
So fühlt es sich an, eine Seite mit ihrer Hand umzublättern.
So fühlt es sich an, wenn sie die Füße kreuzt.
So fühlt es sich an, ihren Kopf zu senken, bis ihre Augen hinter den Haaren nicht mehr zu sehen sind.
So sieht die Handschrift aus. So entsteht sie. So unterschreibt sie mit ihrem Namen.

In Englisch wird abgefragt. Es geht um *Tess von den d'Urbervilles,* das ich schon gelesen habe. Ich glaube, Rhiannon schlägt sich ganz wacker.
Ich mache eine kurze Abfrage, um herauszufinden, was sie nach Schulschluss für Pläne hat. Keine. Justin spürt sie vor der letzten Stunde auf und fragt, ob sie noch etwas unternehmen will. Mir ist klar, was dieses »etwas« wäre, und ich kann ihm nicht viel abgewinnen.
»Worauf hättest du denn Lust?«, frage ich.
Er sieht mich an, als wäre ich extrem unterbelichtet.
»Was denkst du wohl?«
»Hausaufgaben?«
Er schnaubt. »Ja klar, wir können's gern so nennen, wenn du willst.«
Ich brauche eine Ausrede. Ehrlich gestanden würde ich am liebsten ja sagen und ihn dann versetzen. Aber das könnte morgen ein hässliches Nachspiel haben. Also erzähle ich ihm stattdessen, dass ich mit meiner Mom zum Arzt fahren

muss, wegen ihrer Schlafstörungen. Es ist echt nervig, aber sie werden sie da mit Medikamenten vollstopfen, so dass sie danach wahrscheinlich nicht Auto fahren darf.

»Na, Hauptsache, sie verschreiben ihr jede Menge Pillen«, sagt er. »Die Pillen von deiner Mom sind super.«

Er will einen Kuss, und mir bleibt nichts anderes übrig. Verrückt – es sind dieselben beiden Körper wie vor drei Wochen, aber die Küsse könnten nicht unterschiedlicher sein. Damals, als unsere Zungen sich berührten, mit mir auf der anderen Seite, fühlte es sich an wie die Fortführung eines intimen Gesprächs. Jetzt rammt er mir etwas in den Mund, das sich fremd und eklig anfühlt.

»Staub ein paar Pillen ab«, sagt er zum Abschied.

Ich hoffe, meine Mom hat noch eine Extrapackung Antibabypillen, die ich ihm andrehen kann.

Wir sind zusammen am Meer gewesen, und in einem Wald. Darum beschließe ich, dass unser heutiges Ziel ein Berg sein soll.

Ich suche schnell noch am Schulcomputer nach dem nächstgelegenen Gipfel zum Besteigen. Keine Ahnung, ob Rhiannon da schon mal gewesen ist, aber das spielt wohl auch keine Rolle.

Eigentlich ist sie zum Wandern nicht besonders gut gerüstet – ihre Chucks haben nicht mehr allzu viel Profil. Doch davon lasse ich mich nicht aufhalten. Eine Wasserflasche und das Handy nehme ich mit, alles Übrige bleibt im Auto.

Wieder ist es ein Montag, und die Pfade sind weitgehend menschenleer. Ganz vereinzelt kommen mir Wanderer auf dem Weg nach unten entgegen, dann nicken wir einander zu oder sagen Hallo, wie Menschen es umgeben von unendlicher Stille eben tun. Die Pfade sind ziemlich planlos markiert, oder vielleicht gebe ich auch nicht gut genug Acht. Ich spüre die Steigung, Schritt um Schritt bemessen von Rhiannons Beinmuskeln, spüre ihren Atem, der sich auf die neuen Anforderungen einstellt. Bleibe in Gang.
An diesem unserem Nachmittag will ich versuchen, Rhiannon die Erfüllung spüren zu lassen, die man ganz mit sich allein haben kann. Kein träges Rumfaulenzen auf der Couch, kein Wegdösen in ewig gleichen, öden Mathestunden. Kein Herumgeistern in einem schlafenden Haus um Mitternacht, kein trauriges Zurückbleiben in einem Zimmer, dessen Tür krachend ins Schloss gefallen ist. Dieses Alleinsein hat mit all jenen Formen nichts zu tun. Dieses Alleinsein besteht um seiner selbst willen. Du spürst den Körper, benutzt ihn aber nicht, um dein Hirn auszuschalten. Deine Bewegungen haben ein Ziel, aber keine Eile. Du sprichst nicht mit deinem Nebenmann, sondern mit allen Elementen. Schwitzt und plagst dich und kletterst und siehst zu, dass du nicht ausrutschst, nicht fällst, dich nicht verirrst und dich doch ein gutes Stück verlierst.
Und am Ende das Innehalten. Auf dem Gipfel, der Ausblick. Das Ringen mit der letzten, steilen Steigung, den letzten Windungen des Pfads, und dann ist man auf einmal über al-

les erhaben. Nicht, dass der Ausblick besonders spektakulär wäre. Wir stehen schließlich nicht auf dem Mount Everest. Aber trotzdem, da sind wir nun, auf dem höchsten Punkt weit und breit, abgesehen von den Wolken, dem Himmel, der trägen Sonne. Ich bin wieder elf, wir sind auf dem Baum von damals. Die Luft wirkt reiner, denn wenn wir die Welt unter uns zurücklassen, gestatten wir uns, richtig durchzuschnaufen. Wenn niemand sonst in unserer Nähe ist, öffnen wir uns den stilleren Wundern, die das Ungeheuerliche zu bieten hat.

Behalt das in Erinnerung, flehe ich Rhiannon an, als ich den Blick über die Bäume schweifen und sie wieder zu Atem kommen lasse. *Behalt das Gefühl in Erinnerung. Erinnere dich daran, dass wir hier waren.*

Ich setze mich auf einen Felsblock und trinke ein paar Schlucke Wasser. Ich weiß, dass ich in ihrem Körper bin, aber es fühlt sich ganz stark so an, als wäre sie hier bei mir. Als wären wir zwei verschiedene Menschen, die gemeinsam das hier erleben.

Beim Abendessen fragen ihre Eltern, was ich nach der Schule gemacht habe, und ich erzähle es ihnen – mit ziemlicher Sicherheit ausführlicher, als Rhiannon es täte und die Zeit es normalerweise zulässt.

»Das klingt wunderbar«, sagt ihre Mutter.

»Sieh dich nur vor da draußen«, steuert ihr Vater bei und fängt dann von irgendwas an, was in der Arbeit los war.

Mein kurz zur Kenntnis genommener Tag gehört wieder ganz und gar mir allein.

Ich mache ihre Hausaufgaben, so gut ich kann. Ich gehe nicht auf ihr E-Mail-Konto, aus Sorge, dass da was sein könnte, das ich nicht sehen soll. Ich gehe auch nicht auf mein E-Mail-Konto, weil sie der einzige Mensch ist, von dem ich etwas hören möchte. Auf ihrem Nachttisch liegt ein Buch, aber ich lese nichts daraus, weil ich fürchte, dass sie sich nicht erinnert, was ich gelesen habe, und es sowieso noch mal lesen muss. Stattdessen blättere ich ein paar Zeitschriften durch.

Zu guter Letzt beschließe ich, ihr eine Nachricht zu hinterlassen. Nur so kann sie mit Sicherheit wissen, dass ich hier war. Wieder muss ich mich am Riemen reißen, um der Versuchung zu widerstehen, so zu tun, als wäre nichts von all dem heute passiert, und sämtliche Anschuldigungen von mir zu weisen, die sie möglicherweise aufgrund irgendwelcher bruchstückhaften Erinnerungen erhebt. Aber ich will aufrichtig sein. Das mit uns kann nur funktionieren, wenn wir ganz und gar aufrichtig sind.

Also sage ich es ihr. Gleich zu Beginn des Briefes fordere ich sie auf, sich so gut wie möglich an den Tag zu erinnern, bevor sie weiterliest, damit das, was ich schreibe, keinen Einfluss auf das hat, was ihr tatsächlich im Gedächtnis geblieben ist. Ich erkläre ihr, dass ich nicht aus eigenem Entschluss in ihrem Körper gesteckt habe, weil ich darüber keine Kontrolle habe. Ich schreibe ihr, dass ich versucht habe, ihren Tag nach bestem Wissen und Gewissen unangetastet zu lassen, und dass ich hoffe, keine Unordnung in ihrem Leben angerichtet zu haben. Und dann zeichne ich, in ihrer Handschrift, unseren Tag für sie nach. Zum ersten Mal überhaupt schreibe ich der Person, deren Leben ich mit Beschlag belegt habe – ein merkwürdiges und zugleich auch angenehmes Gefühl, weil ich weiß, dass es Rhiannon ist, die diese Worte lesen wird. Damit kann ich mir so unendlich viele Erklärungen sparen. Dass ich den Brief überhaupt schreibe, ist schon ein Ausdruck meines Glaubens – an sie und daran, dass Vertrauen und Aufrichtigkeit sich auszahlen.

So fühlt es sich an, wenn sich ihre Lider schließen.
So schmeckt sie den Schlaf.
So legt sich die Nacht auf ihre Haut.
So singt das Haus mit seinen Geräuschen sie zu Bett.
So verabschiedet sie sich jeden Abend vom Tag. So geht ihr Tag zu Ende.

Ich rolle mich im Bett zusammen, immer noch voll bekleidet. Nun, da der Tag so gut wie vorbei ist, zieht die Welt aus Glas sich zurück, schwindet die Schmetterlingsdrohung. Ich stelle mir vor, wie wir beide in dem Bett hier liegen, mein unsichtbarer Körper an ihren geschmiegt. Wir atmen im gleichen Tempo, unser Brustkorb hebt und senkt sich im Einklang. Wir müssen nicht flüstern, denn so nah beieinander genügen uns Gedanken. Unsere Augen schließen sich im selben Moment. Wir spüren dieselben Laken um uns herum, in derselben Nacht. Unsere Atemzüge werden gemeinsam tiefer, langsamer. Wir wandern in unterschiedliche Versionen des gleichen Traums ab. Der Schlaf überkommt uns exakt zum selben Zeitpunkt.

6016. Tag

A,

ich glaube, ich erinnere mich an alles. Wo bist du heute? Ich will keine lange E-Mail schreiben, sondern lieber reden.

R

Ich bin grob geschätzt zwei Stunden von ihr entfernt, als ich diese E-Mail lese, und stecke im Körper eines Jungen namens Dylan Cooper. Er ist ein Hardcore-Designfreak, sein Zimmer ein Schrein voller Apple-Produkte. Meine Kurzabfrage ergibt, dass er, wenn er ein Mädchen wirklich sehr, sehr mag, eine Schrifttype entwirft und sie nach derjenigen benennt.

Ich schreibe Rhiannon, wo ich bin. Sie antwortet sofort – offenbar wartet sie an ihrem Computer – und fragt, ob wir uns nach der Schule treffen können. Wir einigen uns auf die Buchhandlung Clover.

Dylan ist ein Sonnyboy. Und soweit ich das feststellen kann, hat er momentan auf drei Mädchen gleichzeitig ein Auge geworfen. Ich bemühe mich den Schultag über, ihn nicht weiter auf eine von ihnen festzulegen. Er muss schon selbst herausfinden, welche Schrifttype ihm am besten gefällt.

Ich bin eine halbe Stunde zu früh im Buchladen und zu nervös, um irgendwas zu lesen; stattdessen studiere ich die Gesichter um mich herum.

Sie kommt zur Tür herein, ebenfalls zu früh. Ich muss nicht aufstehen oder winken. Sie sieht sich um, sieht mich und wie ich sie anschaue, und weiß Bescheid.

»Hey«, sagt sie.

»Hey«, sage ich.

»Es fühlt sich an wie der Morgen danach«, sagt sie.

»Geht mir genauso«, sage ich.

Sie hat uns Kaffee geholt, und jetzt sitzen wir am Tisch, die Hände um die Becher gelegt.

Ich sehe manches von dem, was mir gestern aufgefallen ist – das Muttermal, die über die Stirn verstreuten Pickelchen. Aber viel wichtiger als diese Einzelheiten ist mir das Gesamtbild.

Sie wirkt nicht außer sich. Wirkt nicht wütend. Wenn überhaupt, scheint sie mit dem, was gestern war, im Reinen zu sein. Wenn der Schock nachlässt, hofft man immer, darunter auf Verständnis zu stoßen. Und bei Rhiannon hat sich das Verständnis offenbar schon eingestellt. Keine Spur mehr von irgendwelchen Zweifeln.

»Als ich heute aufgewacht bin, wusste ich, dass irgendwas anders war«, sagt sie. »Schon bevor ich deinen Brief gesehen habe. Es war nicht so wie sonst – dass man erst mal zu sich kommen muss. Aber ich hatte auch nicht das Gefühl, einen Tag verpasst zu haben. Es war mehr so, dass ich wach wurde und etwas … dazugekommen war. Dann habe ich deinen Brief gesehen und angefangen, ihn zu lesen, und ich wusste sofort, dass es stimmt. Es war tatsächlich passiert. Ich hab da aufgehört, wo du geschrieben hast, dass ich aufhören soll, und hab versucht, mich ganz genau an gestern zu erinnern. Und es war alles da. Nicht die Sachen, die man immer gleich wieder vergisst, Aufwachen, Zähneputzen und so. Aber dass ich auf den Berg gestiegen bin. Das Mittagessen mit Justin. Das Abendessen mit meinen Eltern. Ich konnte mich sogar erinnern, dass ich den Brief geschrieben habe. Das wäre ja eigentlich totaler Schwachsinn – wieso sollte ich mir selber für den nächsten Morgen einen Brief schreiben? Aber für mein Gefühl ist es kein Schwachsinn.«
»Spürst du mich da? In deinen Erinnerungen?«
Sie schüttelt den Kopf. »Nicht so, wie man meinen würde. Nicht so, als hättest du die Kontrolle über alles oder wärst in meinem Körper oder irgendwas in der Art. Eher so, als wärst du bei mir gewesen. Ich spüre, dass du da warst, aber außerhalb von mir.«
Sie verstummt. Setzt wieder an. »Es ist völlig irre, über was wir da reden.«
Aber ich will noch mehr wissen.

»Ich wollte, dass du dich an alles erinnerst«, sage ich. »Und es klingt so, als hätte dein Gehirn mitgespielt. Oder vielleicht wollte es auch, dass du dich an alles erinnerst.«

»Keine Ahnung. Ich bin bloß froh, dass es so ist.«

Wir reden noch weiter über den Tag und wie merkwürdig das alles ist. Schließlich sagt sie: »Danke, dass du keinen Scheiß mit meinem Leben angestellt hast. Und meine Klamotten anbehalten hast. Außer natürlich, du hast doch heimlich einen Blick riskiert und willst nicht, dass ich mich daran erinnere.«

»Es wurden keinerlei Blicke riskiert.«

»Ich glaub's dir. Erstaunlicherweise glaube ich dir so ziemlich alles.«

Ich merke, dass sie noch etwas auf dem Herzen hat.

»Was ist?«, frage ich.

»Es ist bloß – hast du das Gefühl, dass du mich jetzt besser kennst? Weil, das Komische ist ... mir geht es mit dir so. Wegen dem, was du gemacht und was du nicht gemacht hast. Ist das nicht seltsam? Ich hätte gedacht, du würdest mehr über mich herausfinden wollen ... aber vielleicht war das ja falsch gedacht.«

»Ich hab deine Eltern kennengelernt«, sage ich.

»Und, was hast du für einen Eindruck?«

»Ich glaube, sie haben dich beide gern, auf ihre Art.«

Sie lacht. »Schön gesagt.«

»Na ja, es war nett, sie kennenzulernen.«

»Daran muss ich unbedingt denken, wenn du sie mal in echt

kennenlernst. Mom, Dad, das ist A. Ihr wisst es nicht, aber ihr seid euch schon einmal begegnet, da hat er in meinem Körper gesteckt.«

»Das kommt bestimmt gut an.«

Natürlich wissen wir beide, dass es überhaupt nicht ankommen wird. Ich kann ihre Eltern niemals kennenlernen. Nicht als ich selbst.

Ich spreche es nicht aus, sie auch nicht. Ich weiß auch nicht, ob sie es denkt. Ich jedenfalls schon.

»Es kann nie wieder passieren, oder?«, fragt sie schließlich. »Du bist nie zweimal dieselbe Person.«

»Korrekt. Es wird nie wieder passieren.«

»Nichts für ungut, aber es erleichtert mich schon, dass ich mich beim Schlafengehen nicht fragen muss, ob du mich am nächsten Morgen in der Hand hast. Einmal werde ich damit schon fertig. Aber mach es nicht zur Gewohnheit.«

»Ich verspreche es – ich möchte es gern zur Gewohnheit machen, bei dir zu sein, aber nicht auf die Art.«

Da haben wir's: Musste ich denn unbedingt darauf zu sprechen kommen, wie es weitergehen soll? Wir haben die Vergangenheit gemeistert, freuen uns an der Gegenwart, aber jetzt fange ich an zu drängeln, und wir straucheln über die Zukunft.

»Du kennst mein Leben«, sagt sie. »Erzähl mir mal, wie das funktionieren soll.«

»Wir finden schon einen Weg.«

»Das ist keine Antwort. Es ist eine Hoffnung.«

»Mit Hoffnung sind wir immerhin bis hierher gekommen. Nicht mit Antworten.«

Sie grinst andeutungsweise. »Stimmt.« Sie trinkt einen Schluck Kaffee und hat offensichtlich noch eine weitere Frage auf Lager. »Ich weiß, es klingt komisch, aber ... ich denke immer wieder darüber nach. Bist du wirklich weder Junge noch Mädchen? Ich meine, als du in meinem Körper warst, hast du dich da mehr ... zu Hause gefühlt, als wenn es ein Junge gewesen wäre?«

Interessant, denke ich, dass sie sich so daran aufhängt.

»Ich bin einfach ich«, sage ich. »Ich fühle mich immer zu Hause und nie zu Hause. So ist es eben.«

»Und wenn du jemanden küsst?«

»Genau das Gleiche.«

»Und beim Sex?«

»Wird Dylan rot?«, frage ich. »Wird er gerade rot?«

»Ja«, sagt Rhiannon.

»Gut. Ich nämlich auch.«

»Du hast noch nie –?«

»Es wäre nicht fair von mir –«

»Noch nie!«

»Freut mich sehr, dass du das komisch findest.«

»Entschuldige.«

»Obwohl, da war dieses eine Mädchen.«

»Echt?«

»Ja. Gestern. Als ich in deinem Körper war. Erinnerst du dich nicht? Kann sein, dass du sie geschwängert hast.«

»Das ist nicht komisch!«, sagt sie. Aber sie lacht.
»Ich habe nur Augen für dich«, sage ich.
Sechs kleine Wörter, und schon ist das Gespräch wieder ernst. Ich spüre es, wie eine Luftveränderung, wie wenn eine Wolke vor der Sonne vorbeizieht. Das Lachen erstirbt, und wir sitzen da, in seinem verklungenen Nachhall.
»A –«, sagt sie. Aber ich will es nicht hören. Ich will nichts hören von Justin oder irgendwelchen Unmöglichkeiten oder sonstigen Gründen, warum wir nicht zusammen sein können.
»Nicht jetzt«, sage ich. »Lassen wir es schön ausklingen.«
»Okay«, sagt sie. »Das kriege ich hin.«
Sie fragt, was mir noch alles aufgefallen ist, als ich in ihrem Körper war, und ich erzähle ihr von dem Muttermal, von verschiedenen Mitschülern, von der Anteilnahme ihrer Eltern. Ich berichte ihr von der Erinnerung an Rebecca und schwöre, dass es die Einzige ist, die ich richtig vor mir gesehen habe. Meine Beobachtungen in puncto Justin behalte ich für mich, denn da weiß sie ohnehin Bescheid, ob sie es vor mir oder sich selbst nun zugibt oder nicht. Und ich erwähne weder die feine Denkfalte auf ihrer Stirn noch die Pickel, weil sie das bloß unnötig beschäftigen würde, auch wenn es ihre Schönheit nur noch realer macht.
Wir müssen beide zum Abendessen zu Hause sein, aber ich lasse sie nicht gehen, ohne ihr das Versprechen abzuringen, dass wir uns bald wiedersehen. Morgen. Oder wenn nicht morgen, dann übermorgen.

»Wie könnte ich dazu nein sagen?«, witzelt sie. »Ich sterbe vor Neugier, wer du als Nächstes bist.«

Ein Scherz, schon klar, trotzdem muss ich es sagen. »Ich bin immer A.«

Sie steht auf und küsst mich auf die Stirn.

»Ich weiß«, sagt sie. »Deswegen will ich dich ja sehen.«

Ein schöner Ausklang.

6017. Tag

Nach zwei Tagen denke ich zum ersten Mal wieder an Nathan. Er hat in der Zeit offensichtlich mehr als einmal an mich gedacht.

19:30, MONTAG
Ich will immer noch Beweise.

20:14, MONTAG
Warum redest du nicht mit mir?

23:43, MONTAG
DU HAST MIR DAS ANGETAN. MIR STEHT EINE ERKLÄRUNG ZU.

06:13, DIENSTAG
Ich kann nicht mehr schlafen. Ich frage mich, ob du am Ende wiederkommst. Und was du dann mit mir machst. Bist du ein Wahnsinniger?

14:30, DIENSTAG
Du musst der Teufel sein. Nur der Teufel würde mich so schmoren lassen.

02:12, MITTWOCH

Hast du eine Vorstellung, wie ich mich jetzt fühle?

Etwas lastet auf mir: die Bürde der Verantwortung. Es ist nicht leicht, mit ihr umzugehen. Sie macht mich langsamer, schwerfälliger. Aber zugleich lässt sie mich nicht in die Bedeutungslosigkeit abdriften.

Es ist sechs Uhr morgens; Vanessa Martinez ist früh auf den Beinen. Nachdem ich Nathans E-Mails gelesen habe, denke ich an Rhiannon, die mir gesagt hat, wovor sie Angst hatte. Nathan hat ebenso das Recht auf eine Antwort.

Es wird nie wieder passieren. Das steht absolut fest. Weiter kann ich dazu nichts erklären, aber so viel weiß ich: Es passiert nur einmal. Dann geht es für dich ganz normal weiter.

Zwei Minuten später antwortet er:

Wer bist du? Warum soll ich dir glauben?

Egal, was ich darauf antworte, es könnte binnen Sekunden auf Pastor Pooles Website landen. Meinen richtigen Namen will ich ihm nicht nennen. Aber wenigstens irgendeinen, damit er in mir weniger den Teufel sieht als vielmehr das, was ich bin: ein Mensch, so wie er.

Ich heiße Andrew. Du musst mir glauben, weil ich der Einzige bin, der voll und ganz versteht, was mit dir geschehen ist.

Seine Antwort lautet, wenig überraschend:

Beweis es.

Ich schreibe:

Du warst auf einer Party. Du hast nichts getrunken. Du hast dich dort mit einem Mädchen unterhalten. Irgendwann hat sie dich gefragt, ob du mit in den Keller kommst, zum Tanzen. Du hast ja gesagt. Und dann hast du ungefähr eine Stunde lang getanzt. Du hast die Zeit vergessen. Du hast dich vergessen. Und es war einer der tollsten Momente deines Lebens. Ich weiß nicht, ob du dich daran erinnerst, aber irgendwann wirst du vielleicht wieder so tanzen, und es wird sich vertraut anfühlen, du wirst wissen, dass du das schon einmal erlebt hast. Nämlich an dem Tag, den du vergessen hast. So bekommst du diesen Teil davon zurück.

Das reicht ihm nicht.

Aber wieso war ich überhaupt da?

Ich versuche, es nicht zu kompliziert zu machen.

Du warst da, um mit dem Mädchen zu reden. An diesem einen Tag wolltest du mit diesem Mädchen reden.

Er fragt:

Wie heißt sie?

Ich kann sie da nicht mit hineinziehen. Ich kann die Geschichte nicht von A–Z erklären. Also weiche ich aus.

Das ist unwichtig. Wichtig ist, dass es für diese kurze Zeitspanne die Sache wert war. Dir ging es so super, dass du die Zeit vergessen hast. Deswegen warst du zum Schluss da am Straßenrand. Du hast nichts getrunken. Du hast keinen Unfall gebaut. Dir ist bloß die Zeit ausgegangen.

Das war bestimmt gruselig. Und es ist mit Sicherheit schwer zu begreifen. Aber es wird nie wieder passieren.

Fragen, auf die es keine Antworten gibt, können dich zerfressen. Lass es gut sein.

Das ist die Wahrheit, aber sie reicht ihm wieder nicht.

Das käme dir gerade recht, oder? Wenn ich es gut sein ließe.

Jede Chance, die ich ihm gebe, jedes wahre Wort, das ich ihm schreibe, nimmt die Bürde der Verantwortung ein Stückchen mehr von meinen Schultern. Ich habe volles Verständnis für seine Verwirrung, aber die Gehässigkeiten kann er sich an den Hut stecken.

Nathan, was du tust oder nicht tust, ist deine Sache. Ich wollte dir nur helfen. Du bist ein netter Kerl. Ich bin nicht dein Feind und war es auch nie. Unsere Wege haben sich lediglich zufällig gekreuzt. Nun laufen sie wieder auseinander.

Ich mache jetzt Schluss.

Ich schließe das Fenster und halte in einem neuen Ausschau nach Rhiannon. Mir wird klar, dass ich noch gar nicht überprüft habe, wie weit ich von ihr entfernt bin. Zu meiner Enttäuschung sind es fast vier Stunden. Das teile ich ihr in einer E-Mail mit, auf die sie eine Stunde später antwortet, heute würde es ohnehin schwierig mit einem Treffen. Also peilen wir morgen an.
Bis dahin habe ich es mit Vanessa Martinez zu tun. Sie joggt jeden Morgen mindestens drei Kilometer, und für dieses Ritual bin ich bereits zu spät dran. Sie muss sich für heute

mit der Hälfte zufriedengeben, und ich höre beinahe, wie sie mich dafür zur Minna macht. Allerdings verliert beim Frühstück niemand sonst darüber eine Bemerkung – Vanessas Eltern und ihre Schwester scheinen eine Heidenangst vor ihr zu haben.

Das ist der erste warnende Hinweis auf etwas, was sich mir den ganzen Tag immer wieder bestätigt: Vanessa Martinez ist kein netter Mensch.

Als Nächstes zeigt es sich vor der Schule, beim Zusammentreffen mit ihren Freundinnen. Sie fürchten sich ebenfalls vor ihr. Sie haben nicht genau das Gleiche an wie sie, kleiden sich aber alle eindeutig nach den gleichen Vorschriften, aufgestellt von drei-mal-darf-man-raten-wem.

Sie ist eine echte Giftspritze, und selbst ich bin nicht ganz immun dagegen. Wann immer sich eine Gemeinheit anbringen ließe, warten alle auf einen Kommentar von ihr. Sogar die Lehrer. Und ich stecke fest in diesen Momenten des Schweigens, habe die Worte auf meiner giftgetränkten Zungenspitze. Sehe die vielen Mädchen, die nicht den Bekleidungsvorschriften entsprechen, und könnte sie mit Leichtigkeit in der Luft zerreißen.

Ist das etwa ein Schulranzen, was Lauren da mit sich rumschleppt? Solange die nichts in der Bluse hat, führt sie sich doch echt auf, als wäre sie noch in der dritten Klasse ... Und, großer Gott, was will Felicity denn mit solchen Socken? Sind da Kätzchen drauf? Ich dachte, so was dürften nur überführte Kinderschänder tragen. Und Kendalls Top? Gibt es was Traurigeres als ein Mädchen, das versucht, sich sexy

anzuziehen und dabei total unsexy ist? Das ist echt dermaßen traurig, wir sollten Spenden für sie sammeln. Da würden sogar Opfer von Wirbelstürmen sagen: »Nein, ganz im Ernst, wir brauchen das Geld nicht so dringend – gebt es dem bedauernswerten Mädchen da!«
Ich will so was nicht mal entfernt denken. Das Komische ist – wenn ich diese Gedanken für mich behalte, sie Vanessa nicht aussprechen lasse, ist bei den Leuten um mich herum keine Erleichterung zu bemerken. Sondern Enttäuschung. Ihnen ist langweilig. Und von dieser Langeweile leben die Gemeinheiten.
Vanessas Freund, ein Supersportler namens Jeff, nimmt an, dass sie ihre Tage hat. Ihre beste Freundin und treueste Anhängerin Cynthia fragt sie, ob jemand gestorben ist. Sie wissen, dass irgendwas nicht stimmt, werden den wahren Grund aber niemals erraten. Sie kämen bestimmt nicht auf den Gedanken, dass sie vom Teufel besessen ist. Eher noch, dass der Teufel sich einen Tag freigenommen hat.
Ich könnte versuchen, sie zu ändern, aber das wäre einfach nur blöd. Wenn ich sie heute Nachmittag als freiwillige Helferin bei einer Suppenküche anmelde, würde sie, falls sie morgen da überhaupt aufkreuzt, sich bloß über die Klamotten der Obdachlosen und die Qualität der Suppe lustig machen. Das Beste wäre noch, Vanessa irgendwas Peinliches tun zu lassen, womit sie erpressbar wäre. *(Habt ihr alle schon das Video gesehen, in dem Vanessa Martinez im Tanga durch den Schulflur geht und Lieder aus der* Sesamstraße *singt? Und wie sie dann in die Mädchentoilette rennt und den Kopf unter die Klospü-*

lung hält?) Aber damit würde ich mich auf ihr Niveau herabbegeben, und wenn ich sie mit ihren eigenen ätzenden Waffen schlage, bliebe davon mit Sicherheit zumindest ein bisschen was auch an mir kleben.
Also mache ich keine Änderungsversuche. Ich lasse sie nur einen Tag lang weder Gift noch Galle spucken.
Es ist mordsanstrengend, einen Fiesling im Zaum zu halten. Da versteht man, wieso solche Leute sich viel leichter damit tun, fies zu sein.

Ich möchte Rhiannon das Ganze erzählen. Was auch immer geschieht, sie ist diejenige, der ich davon erzählen möchte. Das elementarste Anzeichen dafür, dass es sich um Liebe handelt.
Ich muss auf E-Mail zurückgreifen, und E-Mail ist nicht genug. Ich bin es allmählich leid, auf geschriebene Worte angewiesen zu sein. Sie sind durchaus bedeutungsvoll, ja, aber es fehlt der Sinneseindruck. Ihr zu schreiben ist nicht das Gleiche, wie ihr Gesicht zu sehen, wenn sie zuhört. Ihre Antwort zu lesen ist nicht das Gleiche, wie ihre Stimme zu hören. Ich bin nach wie vor dankbar für die moderne Technik, aber langsam kommt es mir vor, als steckte in jeder digitalen Interaktion ein kleiner, trennender Haken. Ich will vor Ort sein, und das macht mir Angst. All meine gewohnten, unverbindlichen Freuden werden schal und nichtig angesichts der größeren Freude über das Hier und Jetzt.

Auch von Nathan kommt eine E-Mail, wie nicht anders zu erwarten.

> Du kannst dich jetzt nicht einfach davonmachen. Ich habe noch mehr Fragen.

Ich bringe es nicht über mich, ihm zu schreiben, dass das der falsche Denkansatz ist. Die Fragen werden nie ein Ende nehmen. Jede Antwort führt zu neuen Fragen.
Und wenn man in der Welt überleben will, muss man die eine oder andere davon stehen lassen.

6018. Tag

Heute bin ich ein Junge namens George und nur eine Dreiviertelstunde von Rhiannon entfernt. Sie mailt mir, dass sie schon mittags von der Schule weg kann.
Bei mir liegt die Sache allerdings nicht ganz so einfach, denn ich werde zu Hause unterrichtet.

Georges Eltern sind so was wie Heimarbeiter, und George und seine beiden Brüder bleiben tagaus, tagein bei ihnen in ihrem trauten Heim. Was in den meisten Häusern als Hobbyraum bezeichnet würde, heißt bei Georges Familie »das Schulhaus«. Die Eltern haben ihnen sogar drei waschechte Pulte hineingestellt, die aussehen, als wären sie von einer Dorfschule aus dem späten 19. Jahrhundert übriggeblieben.
Verschlafen ist hier ein Fremdwort. Wir werden alle um sieben geweckt und duschen nach einer festgelegten Reihenfolge. In einem unbeobachteten Moment schaffe ich es gerade mal, Rhiannons Nachricht am Computer zu lesen und ihr zurückzuschreiben, dass ich noch nicht weiß, wie der Tag sich hier gestaltet. Um Punkt acht sitzen wir an unseren Pulten, mit unserer Mutter als Lehrerin, während unser Vater am anderen Ende des Hauses seiner Arbeit nachgeht.

Meine Abfrage ergibt, dass George kein anderes Klassenzimmer als das hier kennt, weil seine Eltern mit den Methoden der Vorschullehrerin seines älteren Bruders nicht einverstanden waren. Ich habe keinen Schimmer, was man in der Vorschule methodisch so falsch machen kann, dass eine komplette Familie auf Dauer den Schulbesuch verweigert, aber da geht es George nicht anders, er weiß es ebenfalls nicht. Er muss nur mit den Folgen fertigwerden.

Ich bin schon das eine oder andere Mal zu Hause unterrichtet worden – von Eltern, die mit Interesse bei der Sache waren und Interesse wecken konnten, denen es wichtig war, einen kreativen Freiraum für ihre Kinder zu schaffen. Das ist hier nicht der Fall. Georges Mutter ist so streng wie starr und zieht die Sätze zudem derart in die Länge, wie ich es noch nie gehört habe.

»Jungs ... wir sprechen heute ... über ... die Ereignisse, ... die ... zum ... Bürgerkrieg ... geführt haben.«

Die Brüder haben sich allesamt längst damit abgefunden, starren stur geradeaus, mimen untadelige Aufmerksamkeit.

»Der Präsident ... des ... Südens ... war ... ein Mann ... namens ... Jefferson ... Davis.«

Kommt nicht in Frage, dass ich hier auf die Art in Geiselhaft gehalten werde. Nicht, wenn Rhiannon in absehbarer Zeit auf mich wartet. Nach einer Stunde beschließe ich, mir von Nathan eine Scheibe abzuschneiden.

Und fange an, Fragen zu stellen.

Wie hieß die Frau von Jefferson Davis?
Welche Staaten gehörten der Union an?
Wie viele Soldaten genau sind in der Schlacht von Gettysburg gefallen?
Hat Lincoln seine berühmte Rede, die Gettysburg Address, ganz allein geschrieben?
Und noch ungefähr drei Dutzend mehr.
Die Blicke meiner Brüder fragen, ob ich auf Kokain bin, und meine Mutter gerät von Frage zu Frage mehr in Bedrängnis, weil sie jede einzelne Antwort nachschlagen muss.
»Jefferson Davis ... war ... zweimal verheiratet. Seine erste Frau ... Sarah ... war die Tochter von ... Präsident ... Zachary Taylor. Doch Sarah ... starb ... drei Monate ... nach ... ihrer Heirat ... an Malaria. In zweiter Ehe ... heiratete er ...«
So geht es noch eine Stunde weiter. Dann frage ich sie, ob ich zur Bibliothek fahren und mir ein paar Bücher zu dem Thema ausleihen kann.
Sie sagt ja und bietet sogar an, mich dort abzusetzen.

Der Schultag ist noch voll im Gang und die Bibliothek deshalb frei von anderen Kindern oder Jugendlichen. Doch die Bibliothekarin kennt mich und weiß, wo sie mich einzuordnen hat. Sie ist freundlich zu mir, aber ziemlich schroff zu meiner Mutter, was mich denken lässt, dass die Vorschullehrerin offenbar nicht die Einzige am Ort ist, die nach Meinung meiner Mutter ihren Beruf verfehlt hat.
Ich spüre einen Computer auf und maile Rhiannon, wo ich

zu finden bin. Dann nehme ich ein Exemplar von *Viruszone* aus dem Regal und versuche mich zu erinnern, bis wohin ich etliche Körper zuvor gekommen bin. Ich setze mich in eine Leseecke am Fenster und schaue immer wieder auf den Verkehr, obwohl ich weiß, dass es noch eine ganze Weile dauern kann, bis Rhiannon auftaucht.

Eine Stunde lang streife ich mein geborgtes Leben ab und tausche es gegen das geborgte Leben aus dem Buch. So findet mich Rhiannon, selbstvergessen im Land des Lesens. Ich merke erst gar nicht, dass sie neben mir steht.

»Ähm«, sagt sie. »Nachdem du hier weit und breit der einzige Jugendliche bist, musst du es wohl sein.«

Das ist echt eine Steilvorlage – absolut unwiderstehlich.

»Verzeihung?«, frage ich einigermaßen befremdet.

»Du bist es doch, oder?«

Ich lasse George so verwirrt wie nur möglich blicken. »Kennen wir uns?«

Jetzt kommen ihr selber Zweifel. »Oh, tut mir leid. Ich, äh, ich sollte mich hier mit jemandem treffen.«

»Wie sieht er denn aus?«

»Äh, weiß ich nicht so genau. Das ist bisher eher online gelaufen.«

Ich grunze missbilligend. »Solltest du nicht in der Schule sein?«

»Solltest du nicht auch in der Schule sein?«

»Geht nicht. Ich habe ein Date mit einem absolut umwerfenden Mädchen.«

Ihr Blick geht mir durch und durch. »Du Arsch.«
»Entschuldige, es war bloß –«
»Du mieser … mieser Arsch.«
Sie ist megasauer. Ich habe Megascheiße gebaut.
Ich komme aus meiner Leseecke hoch.
»Rhiannon, es tut mir leid.«
»Das kannst du nicht bringen. Das ist so was von unfair.« Sie weicht buchstäblich Zentimeter um Zentimeter von mir zurück.
»Ich tu's nie wieder. Versprochen.«
»Ich fasse es einfach nicht. Sieh mir in die Augen und sag es noch mal. Dass du es versprichst.«
Ich sehe ihr in die Augen. »Ich verspreche es.«
Fürs Erste ist es genug, aber nur fürs Erste. »Ich glaube dir«, sagt sie. »Aber dass du kein mieser Arsch bist, musst du mir trotzdem erst noch beweisen.«

Wir warten, bis die Bibliothekarin anderweitig beschäftigt ist, und stehlen uns dann hinaus. Vielleicht gibt es ja ein Gesetz, nach dem man Meldung machen muss, wenn Schüler sich unerlaubt vom Heimunterricht entfernen, wer weiß. So oder so kommt Georges Mutter ihn in zwei Stunden wieder abholen, damit bleibt uns nicht viel Zeit.
Wir fahren zu einem China-Restaurant im Ort. Falls sie dort der Ansicht sind, dass wir um diese Zeit in der Schule sein sollten, lassen sie es sich nicht anmerken. Rhiannon erzählt mir von ihrem nicht gerade aufregenden Vormittag – Steve

und Stephanie haben sich wieder mal gezofft, aber in der ersten Pause war schon wieder alles paletti –, und ich erzähle ihr von meinem Tag in Vanessas Körper.

»Von der Sorte kenne ich viele«, sagt Rhiannon, als ich fertig bin. »Gefährlich sind nur die, die richtig gut darin sind.«

»Ich nehme mal an, sie ist richtig, richtig gut darin.«

»Ein Glück, dass ich mir die nicht antun musste.«

Aber damit hast du auch auf mich verzichtet, denke ich. Behalte es für mich.

Wir lassen unter dem Tisch unsere Knie und Hände zueinander wandern. Und reden, als täten wir nichts von alledem, als spürten wir nicht, wie das Leben durch jeden einzelnen unserer Berührungspunkte pulst.

»Tut mir leid, dass ich ›Arsch‹ zu dir gesagt habe«, sagt sie. »Es ist bloß ... so schon schwer genug. Und ich war mir so sicher.«

»Ich *war* ja auch ein Arsch. Offenbar finde ich es schon zu selbstverständlich, wie normal sich das alles anfühlt.«

»Das macht Justin auch manchmal. Tut so, als hätte er nicht gehört, was ich ihm gerade eben gesagt habe. Oder phantasiert sich irgendeinen Scheiß zusammen und lacht sich dann einen Ast ab, wenn ich drauf reinfalle. Ich hasse das.«

»Bitte entschuldige –«

»Nein, ist schon okay. Er war ja schließlich nicht der Erste. Ich hab wohl irgendwas an mir, dass die Leute mich so gern auf den Arm nehmen. Und ich würd's vermutlich auch tun –

andere auf den Arm nehmen –, wenn es mir je in den Sinn käme.«

Ich nehme sämtliche Essstäbchen aus dem Behälter und lege sie auf den Tisch.

»Was soll das denn werden, wenn's fertig ist?«, fragt Rhiannon.

Ich hole aus den Essstäbchen das Äußerste heraus, was sie in puncto Herzform zu bieten haben. Dann fülle ich das Ganze mit Süßstoffpäckchen, hole mir Nachschub von zwei anderen Tischen, als klar ist, dass unser Vorrat nicht ausreicht.

Nach getaner Arbeit zeige ich auf das Herz auf dem Tisch.

»Das«, sage ich, »ist allerhöchstens ein Neunzig-Millionstel von dem, was ich für dich empfinde.«

Sie lacht.

»Ich gebe mir Mühe, es nicht persönlich zu nehmen«, sagt sie.

»Was nicht persönlich zu nehmen?«, frage ich. »Du solltest das ganz höchstpersönlich nehmen.«

»Dass du künstlichen Süßstoff verwendet hast?«

Ich bepfeffere sie mit einem Süßstoffpäckchen.

»Es ist nicht alles ein Symbol!«, brülle ich.

Sie schnappt sich ein Essstäbchen und schwingt es wie ein Schwert. Ich stelle mich zum Duell.

Wir liefern uns ein Gefecht von Stäbchen zu Stäbchen, bis der Kellner mit dem Essen kommt und mich ablenkt. *Zack*, kriege ich einen Treffer ab.

»Ich sterbe!«, verkünde ich.
»Wer bekommt das *Moo Shu Chicken*?«, fragt der Kellner.

Er verwöhnt uns weiter nach Strich und Faden, uns zwei halbwüchsige Streuner, die vor lauter Lachen und Reden kaum zum Essen kommen. Er ist ein echter Profi – die Sorte Kellner, die einem Wasser nachschenken, wenn das Glas gerade mal halb leer ist, und ohne dass man es überhaupt merkt.
Als wir aufgegessen haben, serviert er uns die Glückskekse. Rhiannon bricht ihren sauber mittendurch, liest den Zettel und runzelt die Stirn.
»Glückskekse sollen einem doch die Zukunft voraussagen, oder?«, sagt sie und hält mir den Zettel hin.

Du hast ein nettes Lächeln

»Stimmt. *Du wirst ein nettes Lächeln haben* – das wäre eine Voraussage für die Zukunft.«
»Ich lasse ihn zurückgehen.«
Ich hebe eine Augenbraue ... oder versuche es zumindest. Wahrscheinlich sieht es aus, als hätte ich einen Schlaganfall.
»Lässt du öfter Glückskekse zurückgehen?«
»Nein. Hab ich bisher noch nie getan. Aber ich meine, das hier ist ein China-Restaurant –«
»Verstoß gegen die Zunftregeln.«

»Genau.«

Rhiannon winkt den Kellner zu sich, erläutert ihm den Stein des Anstoßes und erntet ein Nicken. Mit einem halben Dutzend weiterer Glückskekse findet er sich wieder an unserem Tisch ein.

»Einer reicht mir«, sagt sie. »Ganz kleinen Moment.«

Der Kellner und ich sehen gebannt zu, als Rhiannon ihren zweiten Glückskeks aufbricht. Diesmal wird er mit einem freundlichen Lächeln belohnt.

Sie hält uns beiden den Zettel hin.

DIR STEHT EIN ABENTEUER BEVOR.

»Gut gemacht, Sir«, sage ich zu dem Kellner.

Rhiannon besteht darauf, dass ich meinen auch aufmache. Drinnen findet sich exakt die gleiche Voraussage wie bei ihr.

Ich lasse sie nicht zurückgehen.

Die Bibliothekarin bekommt mit, dass wir unauffällig wieder hineinschlüpfen, sagt aber nichts. Uns bleibt noch eine halbe Stunde.

»Und«, sagt Rhiannon, »was soll ich als Nächstes lesen?«

Ich lege ihr *Viruszone* vor. Schwärme ihr lang und breit von der *Bücherdiebin* vor. Zerre sie zu *Destroy All Cars* und *First Day on Earth*. Erkläre ihr, dass diese Bücher mich über die Jahre hinweg begleitet haben: meine Konstanten von einem Tag

zum nächsten, die Geschichten, auf die ich immer zurückgreifen kann, auch wenn meine Geschichte Tag um Tag eine andere ist.
»Und umgekehrt?«, frage ich sie. »Was sollte ich deiner Meinung nach als Nächstes lesen?«
Sie nimmt mich bei der Hand und geht mit mir in die Kinderbuchabteilung. Sieht sich kurz um und steuert dann eine Auslage vor den Regalen an. Ich erspähe ein allzu bekanntes grünes Buch und verfalle in Panik.
»Nein! Bitte nicht das da!«
Doch sie greift nicht nach dem grünen Buch.
»Was lässt sich denn gegen *Harold und die Zauberkreide* sagen?«, fragt sie.
»Tut mir leid. Ich dachte, du wolltest zu *Der Baum, der sich nicht lumpen ließ*.«
Rhiannon schaut mich an, als hätte ich eine Vollklatsche.
»Ich finde *Der Baum, der sich nicht lumpen ließ* so was von UNTERIRDISCH.«
Mir fällt ein Mühlstein vom Herzen. »Dem Himmel und Herrn sei Dank. Wenn das dein Lieblingsbuch gewesen wäre, dann hieße das Gute Nacht für uns zwei.«
»Du darfst meine Äste abschneiden und ein Haus bauen.«
»Hack meinen Stamm um und bau ein Schiff.«
»Dann kannst du davonsegeln ... und glücklich sein.«
»Der Junge in dem Buch ist echt der Arsch des Jahrhunderts!«, sage ich, zutiefst erleichtert.
»Der größte Arsch aller Zeiten in der Geschichte der Litera-

tur«, setzt Rhiannon noch eins drauf. Dann legt sie *Harold* weg und rückt näher an mich heran.

»Liebe bedeutet, niemals einen Körperteil verlieren zu müssen«, zitiere ich frei nach *Love Story* und neige mich zu ihr hin.

»Vollkommen richtig«, murmelt sie, mit den Lippen schon fast auf meinen.

Es ist ein unschuldiger Kuss. Wir haben keineswegs vor, auf den Sitzsäcken in der Kinderbuchabteilung eine Knutschsession zu veranstalten. Trotzdem kommt es wie ein eiskalter Guss, als Georges Mutter ihn beim Namen ruft, entsetzt und aufgebracht zugleich.

»Was *fällt* dir ein?«, fragt sie. Ich nehme an, dass sie mit mir redet, aber sie geht stracks auf Rhiannon los. »Ich weiß nicht, wer deine Eltern sind, aber ich habe *meinen* Sohn nicht dazu erzogen, sich mit *Huren* herumzudrücken.«

»Mom!«, brülle ich. »Lass sie in Ruhe.«

»Ab ins Auto mit dir, George. Auf der Stelle.«

Ich mache es für George nur noch schlimmer, das ist mir klar – und egal. Ich lasse Rhiannon nicht allein mit ihr.

»Jetzt beruhige dich mal«, sage ich zu Georges Mutter, wobei meine Stimme ein bisschen kiekst. Dann sage ich zu Rhiannon, dass ich mich später bei ihr melde.

»Das wirst du ganz sicher nicht!«, verkündet Georges Mutter. Es bereitet mir eine gewisse Genugtuung, dass ich nur noch ungefähr acht Stunden unter ihrer Fuchtel stehen werde.

Rhiannon gibt mir einen Abschiedskuss und flüstert mir zu, dass sie sich was ausdenken wird, wie sie am Wochenende von zu Hause wegkommt. Georges Mutter zieht ihn buchstäblich am Ohr nach draußen.
Ich lache, was die Sache definitiv nicht besser macht.

Es ist wie *Aschenputtel* umgekehrt. Ich habe mit dem Prinzen getanzt, und jetzt bin ich wieder zu Hause und putze die Toiletten. Das ist meine Strafe – jede Toilette, jede Wanne, jeden Mülleimer. Und als wäre das nicht schon schlimm genug, kommt Georges Mutter alle paar Minuten an und hält mir einen Vortrag über »die Sünden des Fleisches«. Ich hoffe, George nimmt sich ihre Abschreckungstaktik nicht zu Herzen. Ich würde gern mit ihr streiten, ihr sagen, dass das mit den »Sünden des Fleisches« nur ein Kontrollmechanismus ist – wenn du die Freuden eines Menschen verteufelst, hast du Macht über sein Leben. Ich weiß nicht, wie oft diese Waffe schon gegen mich eingesetzt worden ist, in unterschiedlichster Form. Aber ich sehe keine Sünde in einem Kuss. Sünde sehe ich nur in seiner Verdammung.
Natürlich sage ich zu Georges Mutter nichts von alledem. Wenn sie auf Dauer meine Mutter wäre und *ich* mit den Folgen leben müsste, würde ich schon etwas sagen. Aber George kann ich das nicht antun. Ich habe sein Leben jetzt schon schwer durcheinandergebracht. Hoffentlich zum Besseren, vielleicht aber auch zum Schlechteren.

Rhiannon zu mailen, ist vollkommen ausgeschlossen. Das muss bis morgen warten.
Nachdem die ganze Plackerei geschafft ist und Georges Vater, offenbar angestiftet von seiner Frau, auch noch eine Strafpredigt vom Stapel gelassen hat, gehe ich früh zu Bett und genieße die Stille eines eigenen Zimmers. Wenn mein Tag in Rhiannons Körper als Beweis dienen kann, dann ist es mir offenbar möglich, die Erinnerungen zu gestalten, die ich George hinterlasse. Also konstruiere ich, während ich in seinem Bett liege, eine alternative Wahrheit. Er wird sich erinnern, dass er in der Bibliothek war und dort einem Mädchen begegnet ist. Sie war fremd am Ort, ihre Mutter wollte eine alte Kollegin besuchen und hat sie vorher bei der Bibliothek abgesetzt. Sie hat ihn gefragt, was er da gerade liest, und sie sind ins Gespräch gekommen. Sie sind zusammen chinesisch essen gegangen und haben sich bestens verstanden. Es hat ein bisschen geknistert zwischen ihnen. Sie sind zurück zur Bibliothek gefahren, haben sich genauso wie Rhiannon und ich über *Der Baum, der sich nicht lumpen ließ* unterhalten und sind sich nähergekommen. Beim allerersten Kuss ist seine Mutter hereingerauscht und hat dazwischengefunkt. Die ganze Begegnung war vollkommen unerwartet, aber auch wunderschön.
Das Mädchen ist verschwunden. Sie wissen voneinander nicht einmal den Namen. Er hat keine Ahnung, wo sie wohnt. Es hat sich alles in dem einen Moment geballt, und dann aufgelöst.

Ich lasse ihn sehnsüchtig zurück. Das ist wahrscheinlich gemein, aber ich hoffe, die Sehnsucht treibt ihn hinaus aus diesem kleinen, kleinen Haus.

6019. Tag

Am nächsten Morgen sieht es für mich schon wieder sehr viel besser aus. Ich wache auf und bin im Körper von Surita, deren Eltern nicht da sind und deren neunzigjährige Großmutter sich, solange sie ungestört ihre Spielshows im Fernsehen anschauen kann, nicht weiter dafür interessiert, was Surita tut und treibt. Ich bin nur etwa eine Stunde von Rhiannon entfernt, und damit sie nicht am Ende wegen wiederholter Verstöße gegen die Anwesenheitspflicht zum Direktor muss, treffe ich sie erst nach Schulschluss, wieder einmal in der Buchhandlung Clover.

Sie steckt voller Pläne.

»Ich hab allen erzählt, ich würde das Wochenende über meine Großmutter besuchen, und zu meinen Eltern hab ich gesagt, ich wäre bei Rebecca, das heißt, ich kann tun und lassen, was ich will. Allerdings übernachte ich heute tatsächlich bei Rebecca, aber ich habe mir gedacht, morgen Abend könnten wir vielleicht ... irgendwohin fahren.«

Ich sage ihr, dass der Plan mir gut gefällt.

Wir gehen in einen Park und spazieren herum, turnen ein bisschen auf dem Klettergerüst und reden. Mir fällt auf, dass sie weniger auf Zärtlichkeiten aus ist, wenn ich im Körper eines Mädchens stecke, aber ich spreche sie nicht darauf

an. Sie ist immer noch bei mir und immer noch glücklich, und das ist doch schon etwas.
Wir reden nicht über Justin. Und auch nicht darüber, dass wir nicht wissen, wo ich morgen sein werde. Oder wie wir das genau hinkriegen wollen.
Wir blenden das alles aus und genießen die gemeinsame Zeit.

6020. Tag

Xavier Adams hätte sich wohl nicht träumen lassen, welche Wendung sein Samstag nehmen würde. Eigentlich sollte er um zwölf zur Theaterprobe, doch kaum ist er aus dem Haus, ruft er den Regisseur an und sagt, er hätte eine fiese Grippeinfektion – hoffentlich nur die 24-Stunden-Sorte. Der Regisseur hat Verständnis – sie proben *Hamlet*, und Xavier spielt den Laertes, da gibt es jede Menge Szenen, in denen sie ohne ihn auskommen. Also hat Xavier frei ... und begibt sich unverzüglich zu Rhiannon.

Sie hat mir den Weg beschrieben, aber nicht gesagt, was genau der Zielort ist. Es geht fast zwei Stunden Richtung Westen ins Hinterland von Maryland. Schließlich führen mich die Anweisungen zu einer kleinen, tief im Wald versteckten Hütte. Wenn Rhiannons Wagen nicht davorstünde, würde ich denken, ich hätte mich hoffnungslos verfranzt.

Als ich aussteige, steht sie in der Tür. Sie wirkt glücklich und nervös zugleich. Ich habe immer noch keine Ahnung, wo ich hier eigentlich bin.

»Du bist aber schnuckelig heute«, bemerkt sie, als ich näher komme.

»Vater Frankokanadier, Mutter Kreolin«, sage ich. »Aber ich spreche kein Wort Französisch.«

»Diesmal wird deine Mom aber nicht aufkreuzen, oder?«
»Nö.«
»Gut. Dann habe ich ja Chancen, das hier zu überleben.«
Sie küsst mich heftig. Ich küsse sie heftig zurück. Und mit einem Mal überlassen wir das Reden unseren Körpern. Sind schon durch die Tür, im Haus. Aber ich schaue mich nicht um – ich spüre nur sie, schmecke sie, presse mich an sie, fühle, wie sie sich an mich presst. Sie zieht mir die Jacke aus, wir kicken unsere Schuhe weg, und sie schiebt mich weiter nach hinten. Ich stoße mit den Beinen rückwärts an die Bettkante, und dann taumeln wir ungelenk und selig übereinander, ich liege auf dem Rücken, sie hält mich bei den Schultern, wir küssen und küssen uns. Atmen und Hitze und Berührung und T-Shirts aus und Haut auf Haut und Lächeln und Gemurmel und das Ungeheuerliche in den winzigsten Gesten, den zartesten Empfindungen.
Ich nehme meine Lippen von ihren und schaue sie an. Sie hält inne und schaut mich an.
»Hey«, sage ich.
»Hey«, sagt sie.
Ich streiche über die Konturen ihres Gesichts, ihr Schlüsselbein. Sie fährt mit den Fingern meine Schultern, meinen Rücken entlang. Küsst mich auf den Hals, aufs Ohr.
Zum ersten Mal sehe ich mich um. Die Hütte besteht nur aus einem Zimmer – die Toilette muss irgendwo hinterm Haus sein. Von den Wänden starren uns Hirschköpfe aus Glasaugen an.

»Wo sind wir hier?«
»Das ist eine Jagdhütte, die mein Onkel manchmal benutzt. Er ist zurzeit in Kalifornien, deshalb habe ich mir gedacht, wir können ruhig einbrechen.«
Ich suche nach eingeschlagenen Fenstern oder anderen Zeichen von gewaltsamem Zugang. »Du bist eingebrochen?«
»Na ja, mit dem Ersatzschlüssel.«
Ihre Hand wandert zu dem Haarbüschel auf meiner Brust und von da weiter zu meinem Herzschlag. Ich lege eine Hand auf ihre Seite, lasse sie zart über die weiche Haut gleiten.
»Das war aber mal eine Begrüßung«, sage ich.
»Sie ist noch nicht vorbei«, sagt sie. Und schon vergraben wir uns wieder ineinander.
Ich überlasse ihr die Führung. Lasse sie den Knopf von meiner Jeans öffnen. Den Reißverschluss aufziehen. Ihren BH ablegen. Ich mache mit, aber mit jedem Schritt wächst der Druck. Wie weit wird das gehen? Wie weit sollte es gehen?
Unser Nacktsein hat etwas zu bedeuten, das weiß ich. Es steckt ebenso viel Vertrauen wie Begehren dahinter. So sehen wir aus, wenn wir vollkommen offen zueinander sind. Hier bewegen wir uns hin, wenn wir uns nicht mehr verstecken wollen. Ich will sie. Ich will das hier. Aber ich habe auch Angst davor.
Wir bewegen uns hitzig, wie im Fieber, dann werden die Bewegungen langsamer, wie im Traum. Jetzt ganz ohne

Kleider, nur mit den Laken um uns herum. Das hier ist nicht mein Körper, aber es ist der Körper, den sie will.

Ich fühle mich wie ein Heuchler.

Das ist es, was mir solchen Druck macht. Deswegen zögere ich. Jetzt, in diesem Moment, bin ich ganz und gar bei ihr. Aber morgen vielleicht schon nicht mehr. Ich kann das hier heute genießen. Es kann sich richtig anfühlen. Aber ich weiß nicht, wie es morgen aussieht. Morgen bin ich vielleicht Gott weiß wo.

Ich will mit ihr schlafen. Ich will es so sehr.

Aber ich will auch am anderen Morgen neben ihr aufwachen.

Der Körper ist bereit. Der Körper platzt fast vor Sinnesreizen. Als Rhiannon fragt, ob ich will, weiß ich, was der Körper antworten würde.

Aber ich sage nein. Lieber nicht. Noch nicht. Nicht jetzt gleich.

Obwohl es eine ehrliche Frage war, überrascht sie die Antwort. Sie rückt ein Stück weg und schaut mich an.

»Bist du sicher? Ich will es schon. Wenn du dir meinetwegen Sorgen machst, das musst du nicht. Ich ... habe an alles gedacht.«

»Ich glaube, wir sollten lieber nicht.«

»Okay«, sagt sie und rückt noch weiter weg.

»Es liegt nicht an dir«, sage ich. »Und auch nicht daran, dass ich nicht will.«

»Woran dann?«

»Es fühlt sich verkehrt an.«
Diese Antwort scheint sie zu kränken.
»Das mit Justin überlass mal mir«, sagt sie. »Hier geht es um dich und mich. Das ist etwas anderes.«
»Aber es sind nicht nur du und ich«, sage ich. »Da ist ja auch noch Xavier.«
»Xavier?«
Ich deute auf meinen Körper. »Xavier.«
»Oh.«
»Er hat es noch nie gemacht«, sage ich. »Und es fühlt sich einfach falsch an ... wenn er sein erstes Mal erlebt und gar nichts davon weiß. Es kommt mir vor, als nähme ich ihm was weg, wenn ich das tue. Das ist irgendwie nicht das Richtige.«
Keine Ahnung, ob das stimmt oder nicht, und ich werde deswegen keine Abfrage starten. Auf jeden Fall ist es ein akzeptabler Grund, um nicht weiterzugehen – akzeptabel deshalb, weil er sie nicht in ihrem Stolz verletzt.
»Oh«, sagt Rhiannon noch einmal. Dann rückt sie wieder näher heran und kuschelt sich an mich. »Meinst du, er hätte dagegen auch etwas einzuwenden?«
Der Körper entspannt sich. Genießt auf andere Weise.
»Ich habe den Wecker gestellt«, sagt Rhiannon. »Damit wir auch ein bisschen schlafen können.«
Wir lassen uns treiben, nackt und bloß miteinander im Bett. Mein Herz rast immer noch, doch langsam beruhigt es sich, im Takt mit ihrem. Wir haben den geschütztesten Kokon

erreicht, den unsere Zuneigung weben kann, liegen da und überlassen uns diesem kostbaren Moment, versinken sacht ineinander, sinken in Schlaf.

Wir werden nicht vom Weckerklingeln wach. Ein Vogelschwarm ist es, der vor dem Fenster vorbeifliegt. Das Geräusch des Windes, der über die Dachrinnen streift.

Ich muss mir ins Gedächtnis rufen, dass normale Menschen auch so empfinden: das Verlangen, einen Moment festzuhalten und ewig währen zu lassen. Das Verlangen, viel länger in etwas zu verharren, als es tatsächlich anhalten wird.

»Ich weiß, wir reden nicht über das Thema«, sage ich. »Aber wieso bist du mit ihm zusammen?«
»Frag mich nicht«, sagt sie. »Früher dachte ich immer, ich wüsste es. Aber jetzt nicht mehr.«

»Wen mochtest du am liebsten?«, fragt sie.
»Am liebsten?«
»Dein liebster Körper. Dein liebstes Leben.«
»Ich war mal in dem Körper von einem blinden Mädchen«, sage ich. »Da war ich elf. Vielleicht auch zwölf. Ich weiß nicht, ob ich sie am liebsten mochte, aber von dem Tag in ihrem Körper habe ich mehr gelernt als von den meisten übrigen in einem ganzen Jahr. Es hat mir gezeigt, wie willkürlich und

individuell wir die Welt erleben. Nicht nur, dass die anderen Sinne geschärfter waren. Sondern dass wir Wege finden, um durch die Welt zu kommen, so wie sie sich uns präsentiert. Für mich war es eine Riesenherausforderung. Für sie war es einfach normales Leben.«

»Mach die Augen zu«, flüstert Rhiannon.

Ich schließe die Augen, gemeinsam mit ihr.

Wir erleben unsere Körper, auf andere Weise.

Der Wecker klingelt. Ich will nicht an die Zeit erinnert werden.

Wir haben kein Licht gemacht, und in der Hütte dämmert es ebenso wie draußen. Schleier der Dunkelheit, Reste von Licht.

»Ich bleibe hier«, sagt sie.

»Ich komme morgen wieder«, verspreche ich.

»Ich würde es beenden«, sage ich. »Ich würde dem ewigen Verwandeln ein Ende machen, wenn ich könnte. Bloß um hier bei dir zu sein.«

»Aber du kannst es nicht beenden«, sagt sie. »Das weiß ich.«

Die Zeit selbst drängt zum Aufstehen. Der Blick zur Uhr sagt mir, dass ich dringend los muss. Die Theaterprobe ist vorbei. Selbst wenn Xavier danach mit seinen Freunden noch irgendwohin geht, muss er bald zu Hause sein. Auf jeden Fall bis Mitternacht.

»Ich warte auf dich«, sagt sie.

Ich lasse sie im Bett zurück. Ziehe mich an, nehme den Autoschlüssel und mache die Tür hinter mir zu. Ich drehe mich um. Immer wieder drehe ich mich zu ihr um. Selbst, wenn uns Wände trennen. Selbst, wenn uns weite Strecken trennen. Ich drehe mich immer wieder um. Zu ihr.

6021. Tag

Ich werde wach und habe mindestens eine Minute lang nicht die leiseste Vermutung, wer ich bin. Ich finde nur den Körper, und der Körper ist ein einziger hämmernder Schmerz. Meine Gedanken sind trüb und verschwommen, mein Kopf steckt in einer Schraubzwinge. Ich öffne die Augen, und das Licht bringt mich fast um.

»Dana«, sagt eine Stimme außerhalb von mir. »Es ist zwölf Uhr mittags.«

Das ist mir egal. Mir ist alles egal. Ich will nur, dass das Hämmern aufhört. Oder auch nicht. Denn wenn es kurzzeitig aussetzt, meldet sich mein restlicher Körper mit grauenvoller Übelkeit.

»Dana, ich lasse dich nicht den ganzen Tag verschlafen, nur weil du dich hast volllaufen lassen.«

Drei weitere Versuche, dann schaffe ich es, die Augen offen zu halten, auch wenn die Nachttischlampe gefühlt die gleiche Wattzahl hat wie die Sonne.

Danas Mutter sieht mit einer Mischung aus Kummer und Zorn auf mich herab. »In einer halben Stunde kommt Dr. P«, sagt sie. »Ich glaube, du hast sie dringend nötig.«

Ich frage ab wie verrückt, aber meine Synapsen scheinen in Teer getunkt zu sein.

»Dich gestern Abend so haarsträubend aufzuführen, nach all dem, was wir durchgemacht haben ... dafür gibt es keine Worte. Wir haben dir nichts als Liebe und Fürsorge entgegengebracht. Und was machst du? Dein Vater und ich haben genug. Schluss, Aus, Ende.«

Was habe ich gestern Abend bloß gemacht? Ich erinnere mich, dass ich mit Rhiannon zusammen war. Als Xavier nach Hause gefahren bin. Mit seinen Freunden telefoniert habe. Mir von der Theaterprobe habe erzählen lassen. Aber an Danas Erinnerungen komme ich nicht ran. Ihr Vollrausch hat sie alle verdrängt.

Ist es für Xavier heute Morgen genauso? Komplette Fehlanzeige?

Ich hoffe nicht, denn es ist schlicht grauenvoll.

»Du hast eine halbe Stunde, dann bist du geduscht und angezogen. Erwarte keinerlei Hilfe von mir.«

Danas Mutter knallt die Tür zu, und das Echo fährt mir durch sämtliche Glieder. Bei der ersten Bewegung habe ich das Gefühl, dreißig Kilometer unter dem Meeresspiegel festzustecken. Und als ich mich ans Aufstehen mache, kriege ich einen üblen Anfall von Taucherkrankheit. Ich muss mich am Bettpfosten festhalten und erwische ihn nur mit Mühe.

Über Dr. P und Danas Eltern mache ich mir keine großen Gedanken. Soweit ich das sehe, ist Dana selbst für diesen Schlamassel verantwortlich und hat den Ärger verdient, den sie sich damit einhandelt. Es muss eine *Menge* Alkohol im Spiel gewesen sein, um in so einen Zustand zu geraten. Ihretwegen stehe ich nicht auf. Ich stehe auf, weil irgendwo in der Nähe Rhiannon allein in einer Jagdhütte hockt und auf mich wartet. Keine Ahnung, wie ich hier rauskommen soll, aber ich muss.

Ich schleppe mich durch den Flur zur Dusche. Stelle sie an und stehe dann mindestens eine Minute da, ohne den leisesten Schimmer, warum ich dastehe. Das Wasser ist nur die Hintergrundmusik zu dem Grauen in meinem Körper. Dann fällt es mir wieder ein, und ich stelle mich unter den Strahl. Das Wasser macht mich eine Spur wacher, aber ich gerate immer wieder ins Wanken. Ich könnte ohne weiteres in der Duschwanne zusammenklappen und weiterschlafen, einen Fuß auf dem Ablauf, während das Wasser auf mich herunterrinnt.

Wieder in Danas Zimmer lasse ich das Handtuch zu Boden fallen und greife mir die nächstbesten Klamotten zum Anziehen. Kein Computer im Zimmer, auch kein Handy. Keine Chance, mit Rhiannon Kontakt aufzunehmen. Ich sollte wohl das Haus absuchen, aber allein der Gedanke kostet schon zu viel Kraft. Ich muss mich hinsetzen. Hinlegen. Die Augen zumachen.

»Wach auf!«

Der Befehl kommt so abrupt wie das Türenschlagen vorhin und aus sehr viel kürzerer Entfernung. Ich öffne die Augen und sehe Danas fuchsteufelswilden Vater.

»Dr. P ist da«, lässt Danas Mutter sich hinter seinem Rücken hören. Sie klingt etwas versöhnlicher. Vielleicht hat sie Mitleid mit mir. Oder sie will bloß nicht, dass ihr Mann mich in Anwesenheit einer Zeugin umbringt.
Ich frage mich, ob dieses grauenvolle Gefühl vielleicht mehr als nur ein Kater ist, wenn eine Ärztin deswegen einen Hausbesuch macht. Aber als Dr. P sich neben mich setzt, ist keine Arzttasche zu sehen. Nur ein Notizbuch.
»Dana«, sagt sie sanft.
Ich sehe sie an. Setze mich gerade hin, obwohl mein Kopf aufheult.
Sie dreht sich zu meinen Eltern.
»Alles okay. Würden Sie uns wohl bitte allein lassen?«
Das muss man ihnen nicht zweimal sagen.

Mit dem Abfragen komme ich immer noch nicht weiter. Die Fakten sind da, das weiß ich, aber zwischen ihnen und mir ist eine undurchdringliche Mauer.
»Willst du mir erzählen, was passiert ist?«, fragt Dr. P.
»Ich weiß es nicht«, sage ich. »Ich erinnere mich nicht.«
»Steht es so schlimm?«
»Ja.«
Sie fragt mich, ob meine Eltern mir etwas gegen die Schmerzen gegeben haben, und ich sage nein, jedenfalls nicht, seit ich wach bin. Sie geht kurz hinaus und kommt mit zwei Paracetamol und einem Glas Wasser wieder.
Im ersten Anlauf bekomme ich die Tabletten nicht herunter

und schäme mich für das staubtrockene Würgen, das ich von mir gebe. Beim zweiten Mal geht es besser, ich kippe mir das Wasser bis auf den letzten Schluck hinein. Dr. P geht noch mal raus und füllt das Glas auf, lässt mir Zeit zum Nachdenken. Aber meine Hirnmasse ist ein einziger zäher Brei.

Als sie zurückkommt, sagt sie: »Du verstehst sicher, warum deine Eltern so außer sich sind, oder?«

Ich komme mir entsetzlich dämlich vor, aber ich kann nicht irgendwas vortäuschen.

»Ich weiß wirklich nicht, was passiert ist«, sage ich. »Das ist keine billige Lüge. Ich wünschte, ich wüsste es.«

»Du warst auf Camerons Party.« Sie sucht in meinem Gesicht nach einem Zeichen, dass es bei mir Klick macht. Als nichts kommt, redet sie weiter. »Du bist heimlich hingefahren. Und hast dann dort Alkohol getrunken. In großen Mengen. Deine Freunde haben sich Sorgen gemacht, aus verständlichen Gründen. Aber sie haben dich nicht aufgehalten. Sie haben erst versucht, dich aufzuhalten, als du nach Hause fahren wolltest.«

Ich bin immer noch tief unter Wasser, und meine Erinnerung an all das ist an der Oberfläche. Ich weiß, dass sie da ist. Ich weiß, dass Dr. P die Wahrheit sagt. Aber ich sehe sie nicht.

»Ich bin gefahren?«

»Ja. Gegen die Abmachung. Du hast heimlich den Autoschlüssel von deinem Vater genommen.«

»Ich habe heimlich den Autoschlüssel von meinem Vater

genommen«, sage ich laut, in der Hoffnung, dass ein Bild aufzuckt.

»Als du nach Hause fahren wolltest, haben ein paar deiner Freunde versucht, dich daran zu hindern. Aber du hast dich nicht davon abbringen lassen. Hast sie wüst beschimpft. Und als Cameron dir den Autoschlüssel wegnehmen wollte ...«

»Was habe ich da gemacht?«

»Du hast ihm in die Hand gebissen. Und bist weggerannt.«

So muss sich Nathan gefühlt haben. Am Morgen danach.

Dr. P redet weiter. »Deine Freundin Lisa hat bei deinen Eltern angerufen. Sie sind schleunigst hingefahren. Du hast schon im Auto gesessen. Dein Vater wollte dich aufhalten, und du hättest ihn beinahe überfahren.«

Ich hätte ihn beinahe überfahren?

»Du bist nicht weit gekommen. Du warst zu betrunken, um es rückwärts aus der Einfahrt heraus zu schaffen. Du bist im Nachbargarten gelandet. Bist gegen einen Telefonmast gekracht. Zum Glück ist niemand verletzt worden.«

Ich atme tief aus. Bemühe mich fieberhaft, in Danas Hirnwindungen irgendwas von all dem zu finden.

»Wir würden gerne wissen, warum du so etwas tust, Dana. Nach dem, was mit Anthony passiert ist, warum tust du so etwas?«

Anthony. Bei dem Namen leuchtet es grell auf. Lässt sich nicht mehr verstecken. Mein Körper windet sich vor Schmerz. Ist nur noch Schmerz.

Anthony. Mein Bruder.
Mein toter Bruder.
Mein Bruder, der neben mir gestorben ist.
Neben mir auf dem Beifahrersitz.
Weil ich einen Unfall gebaut habe.
Weil ich betrunken war.
Mein Bruder, der meinetwegen gestorben ist.
»O mein Gott«, stöhne ich auf. »O mein Gott.«
Jetzt sehe ich ihn. Seinen blutverschmierten Körper. Ich schreie.
»Ist schon gut«, sagt Dr. P. »Ist schon gut.«
Ist es nicht.
Nein.

Dr. P gibt mir etwas Stärkeres als Paracetamol. Ich wehre mich vergeblich.
»Ich muss Rhiannon Bescheid sagen.« Es entfährt mir einfach, ohne dass ich es wollte.
»Wer ist Rhiannon?«, fragt Dr. P.
Meine Lider gehen zu. Ich gebe mich geschlagen, bevor sie eine Antwort erhält.

Im Schlaf kommt es mir langsam wieder, und beim Aufwachen erinnere ich mich an weitere Einzelheiten. Nicht an das Ende – ich weiß beim besten Willen nicht mehr, dass ich ins Auto eingestiegen, um ein Haar meinen Vater überfahren und einen Telefonmast gerammt habe. Da muss ich schon vollkommen hinüber gewesen sein. Aber ich erinnere mich noch an die Party davor. Auf der ich alles getrunken habe, was mir hingehalten wurde. Mich mit jedem Schluck besser gefühlt habe. Leichter. Wie ich mit Cameron geflirtet habe. Und weitergetrunken. Ohne nachzudenken. Alles ausgeblendet habe, nach dem endlos vielen Nachdenken.

Mir geht es wie Danas Eltern und Dr. P – ich möchte sie nach dem Grund fragen. Selbst aus dem, was ich hier von innen sehe, kann ich es mir nicht zusammenreimen. Weil der Körper darauf keine Antwort hat.

Meine Arme und Beine fühlen sich an wie aus tonnenschwerem Holz. Doch ich hieve mich hoch. Krieche aus dem Bett. Ich muss einen Computer finden oder ein Handy.

Die Tür ist zugesperrt. Jemand hat den Schlüssel abgezogen.

Ich sitze in meinem eigenen Zimmer fest.

Jetzt, da sie wissen, dass ich mich zumindest an das eine oder andere erinnere, lassen sie mich in meinen Schuldgefühlen schmoren.

Und das Schlimmste daran ist: Es wirkt.

Ich habe kein Wasser mehr. Ich rufe, dass ich mehr Wasser brauche. Binnen einer Minute steht meine Mutter mit einem Glas in der Tür. Offenbar hat sie geweint. Sie ist am Ende. Meinetwegen.

»Hier«, sagt sie.

»Darf ich raus?«, frage ich. »Ich muss noch ein paar Sachen für die Schule recherchieren.«
Sie schüttelt den Kopf. »Vielleicht später. Nach dem Abendessen. Erst einmal hätte Dr. P gern, dass du alles aufschreibst, was dir durch den Kopf geht.«
Sie schließt hinter sich zu. Ich finde ein Blatt Papier und einen Stift.
Ich fühle mich hilflos, schreibe ich.
Aber dann halte ich inne. Denn ich schreibe nicht als Dana. Ich schreibe als ich.

Die Kopfschmerzen und die Übelkeit legen sich allmählich. Aber jedes Mal, wenn ich mir Rhiannon allein in der Hütte vorstelle, dreht es mir wieder den Magen um.
Ich habe es ihr versprochen. Obwohl mir das Risiko bewusst war, habe ich es ihr versprochen.
Und jetzt liefere ich ihr den Beweis, dass es zu riskant ist, sich auf meine Versprechen einzulassen.
Dass ich es nicht schaffe, da durchzukommen.

Danas Mutter bringt mir Essen auf einem Tablett, als wäre ich ein Pflegefall. Ich bedanke mich. Und finde dann die Worte, die ich schon längst hätte sagen sollen.
»Es tut mir leid«, sage ich. »Es tut mir echt wahnsinnig leid.«
Sie nickt, aber damit ist der Fall offensichtlich noch nicht erledigt.

Dass es mir leidtut, habe ich wohl schon zu oft gesagt. Irgendwann – vielleicht letzte Nacht – hat sie den Glauben daran verloren.
Als ich frage, wo mein Vater ist, sagt sie, dass er den Wagen zur Reparatur gebracht hat.

Sie verkünden mir, dass ich morgen zur Schule gehen und meine Freunde um Entschuldigung bitten muss, weil ich Scheiße gebaut habe. Ich darf den Computer für meine Hausaufgaben benutzen, aber sie sitzen hinter mir und sehen zu, wie ich mir irgendwelche Recherchen aus den Fingern sauge.
Keine Chance, Rhiannon eine E-Mail zu schicken.
Und es sieht nicht danach aus, als wollten sie mir mein Handy wiedergeben.

Was in der vergangenen Nacht vorgefallen ist, bleibt für mich weiter im Dunkeln. Den restlichen Abend starre ich ins Leere. Und werde das Gefühl nicht los, dass es zurückstarrt.

6022. Tag

Ich nehme mir vor, früh aufzustehen – so gegen sechs – und Rhiannon in einer E-Mail alles zu erklären. Vermutlich hat sie es nach einer Weile aufgegeben, noch länger auf mich zu warten.

Aber aus dem Vorhaben wird nichts, denn um kurz vor fünf werde ich wachgerüttelt.

»Michael, du musst jetzt aufstehen.«

Es ist meine – Michaels – Mutter, und im Gegensatz zu Danas Mutter bittet ihre Stimme nur um Verzeihung für die Störung.

Wahrscheinlich muss ich zum Schwimmtraining oder zu irgendwas anderem, das vor der Schule stattfindet. Aber als ich aus dem Bett steige, stoße ich mit dem Fuß an einen Koffer.

Ich höre meine Mum nebenan meine Schwestern wecken.

»Jetzt geht's auf nach Hawaii!«, sagt sie fröhlich.

Hawaii.

Ich mache eine Abfrage – und tatsächlich, wir fliegen heute früh nach Hawaii, wo Michaels ältere Schwester Hochzeit feiert. Michaels Familie will den Anlass nutzen und dort eine Woche Urlaub machen.

Bloß, für mich wäre es nicht nur eine Woche. Denn um hierher zurückzukommen, müsste ich im Körper eines sechzehnjährigen Mädchens oder Jungen aufwachen, das oder der genau an dem Tag nach Maryland fliegt. Das könnte Wochen dauern. Monate.

Womöglich käme es nie dazu.

»In einer Dreiviertelstunde ist das Taxi da!«, ruft Michaels Dad von unten.

Ich kann unter keinen Umständen mitfahren.

Michaels Garderobe besteht hauptsächlich aus Heavy-Metal-T-Shirts. Ich ziehe mir eins über und schlüpfe in eine Jeans.

»Du forderst die von der Sicherheitskontrolle ja praktisch dazu heraus, dir in sämtliche Körperöffnungen zu gucken«, sagt eine meiner Schwestern, der ich im Flur begegne.

Ich überlege weiter, was ich machen soll.

Michael hat noch keinen Führerschein, und es wäre wohl nicht so der Hit, mir ein Auto von seinen Eltern unter den Nagel zu reißen. Die Hochzeit seiner Schwester ist erst am Freitag und seine Anwesenheit dabei demnach nicht in Gefahr. Aber machen wir uns nichts vor: Selbst wenn die Hochzeit heute Abend stattfände, würde ich nicht in das Flugzeug steigen.

Michael wird meinetwegen einen Riesenärger kriegen, das weiß ich. Ich entschuldige mich tausendmal bei ihm, während ich den Zettel schreibe und auf den Küchentisch lege.

Ich kann heute nicht mit. Es tut mir echt leid. Ich bin erst später am Abend wieder da. Fliegt ohne mich los. Bis Donnerstag komme ich irgendwie nach.

Alle anderen sind gerade oben, als ich zur Hintertür hinausgehe.

Ich könnte mir ein Taxi rufen, aber am Ende fragen seine Eltern noch bei den örtlichen Taxiunternehmen nach, ob jemand vor kurzem einen halbwüchsigen Metaler mitgenommen hat. Von Rhiannon trennen mich mindestens zwei Stunden. Ich nehme den erstbesten Bus und frage den Fahrer, wie man am schlauesten zu ihrem Wohnort kommt. Er lacht und sagt: »Mit dem Auto.« Als ich ihm erkläre, dass das nicht geht, erklärt er mir, dass ich dann vermutlich mit dem Bus nach Baltimore und von dort in die andere Richtung wieder aus der Stadt heraus fahren muss.

Was insgesamt ungefähr sieben Stunden dauert.

Die Schule ist noch nicht aus, als ich nach gut eineinhalb Kilometern Fußmarsch vom Stadtzentrum aus hinkomme. Auch diesmal hält mich niemand auf, obwohl ich ein furchterregend behaarter, verschwitzter Riesenkerl in einem Metallica-T-Shirt bin und die Treppe raufstürme.

Ich versuche, mich an Rhiannons Stundenplan zu erinnern, den ich an meinem Tag als sie im Kopf hatte, und glaube, dass in dieser Stunde Sport dran sein müsste. Die Turnhalle ist leer. Also weiter zu den Sportplätzen hinter der Schule.

Dort ist ein Softballspiel im Gang. Rhiannon steht an der dritten Base.

Sie sieht mich aus dem Augenwinkel. Ich winke. Erkennt sie mich oder nicht? Ich stehe für mein Gefühl zu sehr im Rampenlicht, zu sehr im Visier des Sportlehrers, also ziehe ich mich Richtung Schule zurück, drücke mich am Eingang herum, ein unauffälliger Faulenzer bei einer rauchlosen Rauchpause.

Rhiannon geht zu einem Lehrer und sagt irgendwas. Der Lehrer guckt mitfühlend und schickt eine andere Schülerin auf die dritte Base. Rhiannon steuert auf das Schulgebäude zu. Ich verziehe mich wieder nach drinnen und warte in der leeren Turnhalle auf sie.

»Hey«, sage ich, sowie sie reinkommt.

»Verdammt nochmal, wo warst du?«, gibt sie zur Antwort.

Ich habe sie noch nie so wütend erlebt. So wütend ist man nur, wenn man sich nicht bloß von einem einzelnen Menschen, sondern vom ganzen Universum verraten und verkauft fühlt.

»Ich hatte Stubenarrest«, sage ich. »Es war der pure Horror. Und weit und breit nicht mal ein Computer.«

»Ich hab auf dich gewartet«, sagt sie. »Bin aufgestanden. Hab das Bett gemacht. Gefrühstückt. Und dann hab ich gewartet. Mein Handy hatte immer mal wieder keinen Empfang, und ich dachte, vielleicht liegt es daran. Schließlich hab ich irgendwelche alten Jagdzeitschriften gelesen, was anderes gibt's da oben ja nicht. Dann habe ich Schritte ge-

hört und war mordsaufgeregt. Als ich jemanden an der Tür hörte, bin ich sofort hingeflitzt.
Tja, Fehlanzeige. Nicht du, sondern ein uralter Knacker. Mit einem toten Reh. Keine Ahnung, wer von uns beiden sich mehr erschreckt hat. Ich hab losgeschrien, als er vor mir stand. Und er war kurz vor einem Herzanfall. Ich war so gut wie nackt. Mann, war mir das peinlich. Und er war nicht die Spur nett oder so. Was ich hier zu suchen hätte, wollte er wissen. Ich hab ihm gesagt, Artie wäre mein Onkel, aber das hat er mir nicht abgenommen. Zum Glück haben Artie und ich denselben Nachnamen, das hat mich dann wohl gerettet. Ich stand da, in Unterwäsche, und musste dem Typ meinen Ausweis zeigen. Seine Hände waren blutverschmiert. Und er sagte, es kämen noch mehr Jäger. Er hatte gedacht, mein Auto gehörte einem von ihnen.
Das Problem war, ich dachte immer noch, dass du kommen würdest. Deshalb konnte ich nicht weg. Ich hab mich angezogen und musste dann dabeisitzen und zuschauen, wie er und die anderen das arme Reh ausgenommen haben. Als sie weg waren, habe ich weiter gewartet. Bis zum Dunkelwerden. Die Hütte hat nach Blut gerochen, A. Aber ich bin dageblieben. Und du bist einfach nicht gekommen.«
Ich erzähle ihr von Dana, und von Michael, und von meiner Flucht aus seinem Haus.
Das ist schon was. Aber es ist nicht genug.
»Wie soll das funktionieren mit uns?«, fragt sie. »Wie?«

Es muss eine Antwort darauf geben. Ich muss eine Antwort darauf haben.
»Komm her«, sage ich. Und nehme sie fest in die Arme, denn das ist die einzige Antwort, die ich habe.
So stehen wir ein Weilchen da, ohne die geringste Ahnung, wie es weiterlaufen soll. Als die Tür zur Turnhalle aufgeht, lösen wir uns voneinander. Aber nicht schnell genug. Erst denke ich, es ist ein Sportlehrer oder ein Mädchen aus dem Kurs. Doch es ist die andere Tür. Die vom Schulgebäude in die Turnhalle, und herein marschiert – Justin.
»Das ist doch wohl nicht wahr«, sagt er. »Ich glaub's nicht.«
Rhiannon setzt zu einem Erklärungsversuch an. »Justin –«, aber er schneidet ihr das Wort ab.
»Lindsay hat mir eine SMS geschickt, dass es dir nicht gutgeht, und da wollte ich nachsehen, ob du okay bist. Aber so wie's aussieht, bist du ja wohl mehr als okay. Dann will ich mal nicht weiter stören.«
»Hör auf damit«, sagt Rhiannon.
»Hör auf womit, du Dreckstück?«, fragt er, jetzt spürbar aggressiv gegen uns beide.
»Justin«, versuche ich es.
Er dreht sich zu mir. »Du hältst gefälligst das Maul, Alter.«
Ich will noch was sagen, aber da habe ich schon seine Faust im Gesicht, ein wuchtiger Hieb auf den Nasenrücken. Ich gehe zu Boden.
Rhiannon schreit auf und will mir hochhelfen. Justin zerrt sie am Arm weg.

»Ich hab schon immer gewusst, dass du eine Schlampe bist«, sagt er.

»Hör auf damit!«, brüllt Rhiannon.

Justin lässt sie los und kommt wieder zu mir. Versetzt mir Tritte.

»Ist das dein neuer Freund?«, schreit er. »Liebst du ihn?«

»Nein, tue ich nicht!«, schreit Rhiannon zurück. »Aber dich liebe ich auch nicht.«

Beim nächsten Tritt kriege ich sein Bein zu fassen und ziehe es zu mir her. Er kracht auf den Turnhallenboden. Statt Ruhe zu geben, wie ich gedacht hätte, lässt er das Bein wieder vorschießen und erwischt mich mit der Stiefelspitze am Kinn. Meine Zähne klappern.

In dem Augenblick ist die Stunde offenbar zu Ende, denn binnen dreißig Sekunden strömen die Softballspielerinnen in die Turnhalle. Als sie die Bescherung sehen, kreischen sie auf und schnappen nach Luft. Ein Mädchen läuft zu Rhiannon hin, um nachzusehen, ob mit ihr alles okay ist.

Justin steht auf und tritt noch mal nach mir, damit es auch ja alle sehen. Er streift mich nur so gerade eben, und ich nutze den Ausweichschwung, um selber hochzukommen. Ich möchte ihm liebend gern eine reinhauen, ihm ordentlich wehtun, aber ich weiß beim besten Willen nicht wie.

Außerdem muss ich hier weg. Es liegt auf der Hand, dass ich nicht in diese Schule gehöre. Und obwohl ich bei diesem Kampf der klare Verlierer bin, können sie mir immer noch die Polizei auf den Hals hetzen, wegen unerlaubtem Be-

treten des Schulgeländes und weil ich der Auslöser für den Streit war.
Ich wanke rüber zu Rhiannon. Ihre Freundin will sie abschirmen, aber Rhiannon winkt ab.
»Ich muss gehen«, sage ich zu ihr. »Komm zu dem Starbucks, wo wir uns beim ersten Mal getroffen haben. Wenn du kannst.«
Ich spüre eine Hand auf meiner Schulter. Es ist Justin, der mich zu sich herumdrehen will. Er wird nicht von hinten auf mich losgehen.
Ich sollte mich ihm stellen. Ihm meinerseits ein Ding verpassen, falls möglich. Stattdessen ducke ich mich unter seinem Griff weg und renne los. Er wird mir nicht nachsetzen, sondern sich in dem Triumph aalen, mich weglaufen zu sehen.
Es war nicht meine Absicht, Rhiannon in Tränen aufgelöst stehenzulassen, aber genau das tue ich.

Ich gehe zurück bis zu der Bushaltestelle und rufe mir dann von einer nahegelegenen Telefonzelle aus ein Taxi. Knapp fünfzig Dollar später bin ich im Starbucks – ein furchterregend behaarter, verschwitzter Riesenkerl in einem Metallica-T-Shirt, der jetzt zu allem Überfluss auch noch grün und blau geprügelt ist und aus der Nase blutet. Ich bestelle einen großen schwarzen Kaffee und lege zwanzig Dollar in die Trinkgeldschale. Damit darf ich bleiben, solange ich will, egal wie gruselig ich aussehe.

Ich säubere mich ein bisschen auf der Toilette. Dann setze ich mich hin und warte.
Und warte.
Und warte.

Sie taucht erst um kurz nach sechs auf.
Ohne sich zu entschuldigen. Ohne zu erklären, wieso es so lange gedauert hat. Sie kommt nicht mal gleich zu mir an den Tisch. Erst bestellt sie sich an der Theke einen Kaffee.
»Das muss jetzt sein«, sagt sie, als sie sich zu mir setzt. Sie meint den Kaffee, nicht irgendwas sonst.
Ich bin beim vierten Kaffee und dem zweiten Teilchen.
»Danke, dass du gekommen bist«, sage ich. Es klingt zu förmlich.
»Ich hatte überlegt, ob ich es bleiben lassen soll«, sagt sie. »Aber eigentlich kam das nicht ernsthaft in Betracht.« Sie mustert mein Gesicht, meine Blessuren. »Bist du okay?«
»Alles bestens.«
»Hilf mir auf die Sprünge – wie heißt du heute?«
»Michael.«
Sie lässt den Blick noch einmal über mich schweifen. »Armer Michael.«
»So habe ich mir den Tag nicht vorgestellt.«
»Damit sind wir dann schon zu zweit.«
Wir halten jeder mindestens dreißig Meter Sicherheitsabstand zum eigentlichen Thema. Ich muss uns ein Stückchen näher ranbringen.

»Ist es jetzt aus? Mit euch beiden?«
»Ja. Damit hast du dann wohl erreicht, was du wolltest.«
»Das klingt ja furchtbar so«, sage ich. »Willst du es denn nicht auch?«
»Doch. Aber nicht so. Nicht vor allen Leuten.«
Ich will ihr Gesicht berühren, aber sie zuckt zurück. Ich lasse die Hand sinken.
»Du bist jetzt frei von ihm«, sage ich.
Sie schüttelt den Kopf. Ich habe schon wieder etwas Falsches gesagt.
»Ich vergesse immer, wie wenig du über solche Sachen weißt«, sagt sie. »Wie unerfahren du bist. Ich bin nicht frei von ihm, A. Mit jemandem Schluss zu machen heißt noch lange nicht, von ihm frei zu sein. Mich verbindet immer noch sehr, sehr viel mit Justin. Wir sind bloß kein Paar mehr. Ich werde Jahre brauchen, um von ihm frei zu sein.«
Aber wenigstens hast du einen Anfang gemacht, möchte ich sagen. *Wenigstens hast du das eine Band gekappt.* Doch ich bleibe stumm. Sie weiß das vermutlich selbst, will es aber nicht hören.
»Hätte ich nach Hawaii fliegen sollen?«, frage ich.
Jetzt wird ihr Blick weicher. Es ist eine völlig absurde Frage, aber sie versteht, was ich meine.
»Nein, hättest du nicht. Ich will dich hier haben.«
»Bei dir?«
»Bei mir. Wenn es dir möglich ist.«

Ich möchte ihr noch mehr als nur das versprechen, aber das kann ich nicht.
Wir verharren beide auf unserem Drahtseil. Sehen nicht nach unten, rühren uns aber auch nicht vom Fleck.

Wir checken auf ihrem Handy die Inlandsflüge nach Hawaii, und als feststeht, dass Michaels Familie ihn heute unmöglich noch in ein Flugzeug verfrachten kann, fährt Rhiannon mich nach Hause.
»Erzähl mir noch was von dem Mädchen, das du gestern warst«, bittet sie mich. Das tue ich. Und als ich fertig bin und im Wagen gedrückte Stimmung herrscht, erzähle ich ihr noch von anderen Tagen und anderen Leben. Glücklicheren. Ich lasse sie an Erinnerungen teilhaben, Erinnerungen an Schlaflieder, an Begegnungen mit Elefanten in Zoos und Zirkussen, an erste Küsse und erste Fast-Küsse in Abstellkammern von Hobbyräumen und bei Pfadfinderübernachtungen und Gruselfilmen. So versuche ich ihr beizubringen, dass ich zwar noch nicht viel erlebt habe, aber doch so was wie ein Leben vorweisen kann.

Unaufhaltsam nähern wir uns Michaels Elternhaus.
»Ich will dich morgen sehen«, sage ich.
»Ich dich auch«, sagt sie. »Aber wir wissen wohl beide, dass es nicht nur ums Wollen geht.«
»Dann hoffe ich es«, sage ich.
»Ich auch.«

Ich möchte ihr einen Gutenachtkuss geben, keinen Abschiedskuss. Aber als wir da sind, macht sie keine Anstalten, mich überhaupt zu küssen. Ich will nicht drängeln und die Initiative ergreifen. Und ich will auch nicht danach fragen, aus Angst, dass sie nein sagt.

Also bedanke ich mich fürs Mitnehmen, und alles andere bleibt unausgesprochen.

Ich gehe nicht sofort hinein. Sicherheitshalber drehe ich noch eine Runde durch das Viertel. Um zehn Uhr bin ich vor der Haustür und frage ab, wo der Extraschlüssel ist, aber bis ich ihn gefunden habe, geht die Tür auf, und vor mir steht Michaels Vater.

Zunächst sagt er kein Wort. Starrt mich nur an, im Licht der Straßenlaterne.

»Ich würde dich zu gern windelweich prügeln«, sagt er, »aber offenbar ist mir da jemand zuvorgekommen.«

Meine Mutter und meine Schwestern sind nach Hawaii vorausgeflogen. Mein Vater ist meinetwegen dageblieben.

Zur Entschuldigung muss ich ihm irgendeine Erklärung liefern. Sie fällt so jämmerlich aus, wie ich mich fühle – ich musste unbedingt zu einem Konzert und hatte einfach keine Chance, ihm vorher deswegen Bescheid zu sagen. Mir ist hundsmiserabel zumute, weil ich Michaels Leben dermaßen über den Haufen schmeiße, und dieses Elend ist offenbar in meinen Worten spürbar, denn Michaels Vater ist nicht halb so grimmig, wie er es gut und gern sein dürfte. Allerdings bin ich deswegen keineswegs aus dem Schneider: Die Umbuchungsgebühr für die Flugtickets wird mir von meinem Taschengeld fürs kommende Jahr abgezogen, und in Hawaii habe ich vermutlich bis auf alles, was mit der Hochzeit zu tun hat, Hausarrest. Das hier werden sie mir bis ans Ende meines Lebens aufs Butterbrot schmieren. Der einzige mildernde Umstand ist, dass es noch Tickets für den folgenden Tag gab.

In der Nacht konstruiere ich eine Erinnerung an das beste Konzert, das Michael je besuchen wird. Mir fällt kein anderes Geschenk für ihn ein, mit dem dieser Schlamassel wenigstens noch einen Funken Gutes hat.

6023. Tag

Noch bevor ich die Augen aufschlage, ist Vic mir schon sympathisch. Vom biologischen Standpunkt aus weiblich, vom Rollenverständnis her männlich. Er lebt nach einer selbstdefinierten Wahrheit, genau wie ich. Er weiß, wer er sein will. Die meisten in unserem Alter sind nicht dazu gezwungen. Sie können in der Komfortzone bleiben. Wenn man nach seiner selbstdefinierten Wahrheit leben will, muss man sie erst mal finden, und das ist ein anfänglich schmerzhafter, letztlich aber wohltuender Prozess.

Heute steht für Vic einiges an: Tests in Geschichte und Mathe, dann die Orchesterprobe, auf die er sich von allen Tagesereignissen am meisten freut, und eine Verabredung mit einem Mädchen namens Dawn.

Ich stehe auf. Ziehe mich an. Schnappe mir den Schlüssel und steige ins Auto.

Aber an der Kreuzung, wo ich Richtung Schule abbiegen müsste, fahre ich weiter geradeaus.

Es sind gerade mal gute drei Stunden bis zu Rhiannon. Ich habe ihr gemailt, dass Vic und ich kommen. Ohne ihr Zeit zu lassen, zu antworten oder nein zu sagen.

Unterwegs frage ich Teile von Vics Geschichte ab. Es gibt

kaum was Schlimmeres, als im falschen Körper geboren zu werden. Damit musste ich mich oft herumschlagen, als ich in die Pubertät kam, aber immer nur für einen Tag. Mittlerweile kann ich mich echt gut anpassen und komme problemlos damit zurecht, wie mein Leben funktioniert, aber früher habe ich innerlich gegen manche Verwandlungen revoltiert. Ich hatte so gern lange Haare und war stinksauer, wenn ich aufwachte und die langen Haare verschwunden waren. An manchen Tagen fühlte ich mich wie ein Mädchen und an anderen wie ein Junge, und das stimmte durchaus nicht immer mit dem Körper überein, in dem ich gerade steckte. Ich glaubte nach wie vor allen, die mir erzählten, man müsse entweder dies oder das sein. Von niemandem bekam ich etwas anderes zu hören, und ich war noch zu jung, um mir meine eigenen Gedanken dazu zu machen. Ich musste erst lernen, dass ich in Sachen Geschlechtszugehörigkeit beides und nichts war.

Es ist furchtbar, von deinem Körper im Stich gelassen zu werden. Und es macht einsam, weil du mit niemandem darüber reden kannst. Es ist ein Kampf zwischen dir und dem Körper. Ein Kampf, den du glaubst, niemals gewinnen zu können ... und trotzdem trittst du jeden Tag dazu an, und er laugt dich aus. Selbst wenn du versuchst, das Ganze zu ignorieren, musst du dafür so viel Energie aufbringen, dass du zum Schluss schlapp bist wie eine Wurstpelle.

Vic hatte Glück mit seinen Eltern. Es war ihnen egal, dass er lieber Jeans statt Röcke anzog und lieber mit Baggern als mit Puppen spielte. Erst als er zum Teenager wurde, kamen ihnen langsam Bedenken. Sie wussten, dass ihre Tochter Mädchen mochte. Aber Vic brauchte eine Weile, um klar formulieren zu können – auch sich selbst gegenüber –, dass er Mädchen gegenüber Jungsgefühle hatte. Dass er eigentlich ein Junge sein oder zumindest als ein solcher leben sollte, in der Grauzone zwischen jungenhaftem Mädchen und mädchenhaftem Jungen.

Sein Vater verstand und unterstützte ihn auf seine stille Art. Seine Mutter tat sich schwerer. Sie respektierte Vics dringenden Wunsch, der zu sein, der er nun mal sein musste, konnte sich aber lange nicht damit abfinden, statt einer Tochter plötzlich einen Sohn zu haben. Von Vics Freunden zeigten einige Verständnis, selbst mit dreizehn und vierzehn. Andere flippten total aus – die Mädchen eher als die Jungen. Für die Jungen war Vic immer schon der Mitläufer, der kameradschaftliche Freund gewesen. Daran änderte sich nichts.

Dawn hatte stets im Hintergrund mit dazugehört. Sie gingen seit der Vorschule in eine Klasse, standen auf freundschaftlichem Fuß, ohne richtig miteinander befreundet zu sein. In der Highschool zählte Vic zu der Gruppe von Schülern, die wie wild Gedichte in ihre Notizhefte kritzelten und es dabei beließen; Dawn hingegen gehörte zu denen, die ihre Gedichte, kaum dass sie fertig waren, der Redaktion von der Literaturzeitschrift vorlegten. Das Mädchen bekannt wie ein bunter Hund, bei den Klassenwahlen Kandidatin für das Schatzmeisteramt, Mitglied im Debattierklub, und der Junge ein stilles Wasser, der Kumpel bei Spritztouren zum Getränkemarkt. Vic wäre niemals auf die Idee gekommen, Dawn näher in Betracht zu ziehen, wenn er ihr nicht irgendwann aufgefallen wäre.

Aber er fiel ihr eben auf. Er war die Randfigur, zu der ihr Blick immer wieder hinschweifte. Wenn sie abends im Bett die Augen schloss, begleiteten die Gedanken an ihn sie in ihre Träume. Sie hätte nicht sagen können, was sie anzog – das jungenhafte Mädchen oder der mädchenhafte Junge –, und fand es letztlich auch unwichtig. Vic zog sie an. Und er hatte keine Ahnung von ihrer Existenz. Jedenfalls nicht in dieser Hinsicht.

Irgendwann, so erzählte Dawn es Vic später, wurde es unerträglich. Sie hatten jede Menge gemeinsame Freunde, die das Terrain hätten sondieren können, aber wenn sie es schon riskieren wollte, dachte Dawn, dann auch auf direktem Weg. Also sprang sie eines Tages, als Vic sich wieder einmal mit ein paar anderen auf den Weg zum Getränkemarkt machte, in ihr Auto und fuhr ihnen nach. Wie erhofft, drückte sich Vic vor dem Laden herum, während seine Freunde durch die Gänge tollten. Dawn spazierte zu ihm hin und sagte Hallo. Zunächst begriff Vic nicht, warum Dawn ihn ansprach und so nervös dabei wirkte, aber langsam ging ihm auf, was da ablief, und dass er es ebenfalls so haben wollte. Als das Bimmeln der Türglocke die Rückkehr seiner Freunde anzeigte, bedeutete er ihnen, ohne ihn loszufahren, und blieb bei Dawn, die völlig vergaß, so zu tun, als bräuchte sie irgendwas aus dem Laden. Sie wäre noch stundenlang dort stehen geblieben, wenn Vic nicht vorgeschlagen hätte, das Gespräch bei einem Kaffee fortzusetzen, und von da an nahmen die Dinge ihren Lauf.

Seither hatte es durchaus einiges Auf und Ab gegeben, aber im Kern blieb es dabei: Dawn sah Vic genau so, wie er gesehen werden wollte. Während Vics Eltern trotz gutem Willen die Person sahen, die er früher gewesen war, und viele Freunde und Fremde in ihm eben das sahen, was er nicht mehr sein wollte, sah Dawn einfach nur ihn. Sollte man es ruhig Grauzone nennen – Dawn sah keine Grauzone. Sie sah eine sehr scharf umrissene, glasklare Person.

Ich gehe die Erinnerungen durch, setze mir Vics Lebensgeschichte zusammen und spüre eine ungeheure Dankbarkeit, gepaart mit Sehnsucht – nicht Vics, sondern meine eigene. Genau das wünsche ich mir von Rhiannon. Genau das möchte ich Rhiannon geben.

Aber wie soll ich es anstellen, dass sie durch die Grauzone hindurchschaut – ich mit meinem Körper, den sie niemals richtig sehen wird, mit meinem Leben, das sie niemals richtig festhalten kann?

Ich komme in der Stunde vor der Mittagspause an und besetze meinen üblichen Parkplatz.

Mittlerweile weiß ich, in welchem Klassenraum Rhiannon ist, und warte vor der Tür aufs Klingeln. Sie kommt raus, in einem Pulk von Leuten, und redet mit ihrer Freundin Rebecca. Sie sieht mich nicht, schaut nicht mal hoch. Ich muss ihr eine ganze Weile hinterherlaufen und weiß nicht, was ich eigentlich bin – der Geist ihrer Vergangenheit, ihrer Gegenwart oder ihrer Zukunft. Endlich gehen sie und Rebecca getrennte Wege, und ich kann in Ruhe mit ihr sprechen.

»Hey«, sage ich.

Und da ist es – ein kurzes Zögern, bevor sie sich umdreht. Aber dann tut sie es, und wieder blitzt das Erkennen in ihrem Blick auf.

»Hey«, sagt sie. »Du hier. Wieso überrascht mich das nicht?«

Es ist nicht so ganz der Willkommensgruß, auf den ich gehofft habe, aber ich verstehe es schon. Wenn wir nur zu zweit sind, bin ich das Ziel. Wenn ich hier bei ihr in der Schule aufkreuze, bin ich die Störung.

»Mittagessen?«, frage ich.

»Klar«, sagt sie. »Aber danach muss ich echt wieder zurück.«

»Okay«, sage ich.

Wir gehen stumm nebeneinanderher. In den Momenten, in denen ich nicht voll auf Rhiannon konzentriert bin, fällt mir auf, dass sie jetzt andere Blicke zugeworfen bekommt. Manche sind positiv, aber die negativen überwiegen.

Sie merkt, dass ich es mitkriege.

»Ich bin jetzt offenbar eine Metaler-Schlampe«, sagt sie. »Einigen Quellen zufolge habe ich sogar mit diversen Mitgliedern von Metallica geschlafen. Irgendwie schon lustig, aber irgendwie auch nicht.« Sie mustert mich. »Du dagegen bist was völlig anderes. Ich hab nicht den leisesten Schimmer, womit ich es heute zu tun habe.«

»Ich heiße Vic. Vom biologischen Standpunkt aus gesehen bin ich weiblich, aber ich fühle mich männlich.«

Rhiannon seufzt. »Und was heißt das?«

Ich versuche, es ihr zu erklären, aber sie unterbricht mich. »Sehen wir erst mal zu, dass wir aus der Schule rauskommen, okay? Geh doch bitte solange ein Stück hinter mir. Ich glaube, das macht die Sache einfacher.«

Mir bleibt nichts übrig, als zu folgen.

Wir fahren zu einem Diner, in dem das Durchschnittsalter der Gäste vierundneunzig beträgt und Apfelmus der beliebteste Posten auf der Speisekarte zu sein scheint. Nicht direkt ein Tummelplatz für Schüler der Oberstufe.

Wir suchen uns einen Platz und geben unsere Bestellung auf; dann frage ich sie, wie es am Vortag noch weiter gelaufen ist.

»Wie's aussieht, ist Justin nicht so besonders durch den Wind«, sagt sie. »Und die Mädchen stehen Schlange, um ihn zu trösten. Echt erbärmlich. Aber Rebecca ist der Hammer. Ich schwör's dir, wenn man Freundschafts-PR als Beruf ausüben könnte – darin wäre Rebecca ein absolutes Ass. Sie bringt meine Version der Geschichte unter die Leute.«

»Und die lautet?«

»Dass Justin ein Vollidiot ist. Und dass der Metaler und ich bloß miteinander geredet haben.«
Der erste Teil ist unbestreitbar, aber der zweite klingt selbst für meine Ohren ziemlich schwach.
»Tut mir leid, dass es so passieren musste«, sage ich.
»Es hätte schlimmer sein können. Und wir müssen damit aufhören, uns ständig zu entschuldigen. Es kann nicht jeder Satz mit ›Tut mir leid‹ anfangen.«
Ihre Stimme klingt zutiefst resigniert, aber ich kann nicht heraushören, womit sie sich nun eigentlich abgefunden hat.
»Du bist also ein Mädchen, das eigentlich ein Junge ist?«, fragt sie.
»So was in der Art.« Ich spüre, dass sie das Thema nicht weiter vertiefen will.
»Und wie lange bist du bis hierher gefahren?«
»Drei Stunden.«
»Und was verpasst du?«
»Zwei Tests. Eine Verabredung mit meiner Freundin.«
»Findest du das fair?«
Einen Moment lang weiß ich nicht weiter. »Was meinst du damit?«
»Hör zu«, sagt Rhiannon. »Ich find's toll, dass du die ganze Strecke bis hierher gekommen bist. Doch, echt. Aber ich hab letzte Nacht kaum geschlafen und bin total mies drauf, und heute Morgen, bei deiner E-Mail, hab ich bloß gedacht: Ist das alles wirklich fair? Nicht in Bezug auf dich oder mich.

Sondern auf die ... Menschen, mit deren Leben du einfach so umspringst.«

»Rhiannon, ich bin immer achtsam –«

»Das weiß ich. Und es ist bloß für einen Tag, das weiß ich auch. Aber was ist, wenn für heute etwas völlig Unerwartetes geplant war? Wenn Vics Freundin eine Riesenüberraschungsparty für sie schmeißen wollte? Wenn ihre Versuchspartnerin in Physik durchfällt, weil sie nicht da ist und ihr hilft? Wenn – ach, was weiß ich. Was ist, wenn es einen Mordsunfall gäbe und sie eigentlich in der Nähe sein und ein Baby aus dem Auto ziehen sollte?«

»Ich weiß«, sage ich. »Aber was ist, wenn *ich* derjenige bin, für den etwas vorgesehen ist? Was ist, wenn ich hier sein sollte und die Welt, weil ich *nicht* hier bin, aus dem Ruder läuft? Ein klitzekleines, aber entscheidendes bisschen?«

»Aber sollte ihr Leben nicht über deinem stehen?«

»Wieso?«

»Weil du nur der Gast bist.«

Das stimmt, aber es erschreckt mich, es aus ihrem Mund zu hören. Sie wiegelt es sofort ab, damit es nicht wie ein Vorwurf rüberkommt.

»Damit will ich nicht sagen, dass du weniger wichtig bist. Das weißt du. Im Augenblick bist du für mich der Mensch, den ich auf der ganzen Welt am meisten liebe.«

»Echt?«

»Was soll das heißen, *echt*?«

»Gestern hast du noch gesagt, du liebst mich nicht.«

Sie weiß genau, was ich meine. »Das bezog sich auf den Metaler. Nicht auf dich.«
Mit einem Mal erscheint mir diese Unterhaltung nicht mehr ganz so schlimm, wie ich dachte. Obwohl die Grundprobleme immer noch die gleichen sind.
Unser Essen kommt; Rhiannon stochert mit ihren Pommes nur im Ketchup herum.
»Ich liebe dich auch, hörst du«, sage ich.
»Ich weiß«, gibt sie zur Antwort. Wirkt aber deswegen nicht glücklicher.
»Das stehen wir schon durch. Jede Beziehung hat am Anfang eine schwierige Phase. Und das hier ist eben unsere schwierige Phase. Es ist nicht wie beim Puzzle, wo die Teile sofort passen. Bei Beziehungen muss man die Teile an beiden Enden so lange formen, bis sie sich perfekt zusammenfügen.«
»Und dein Teil ändert jeden Tag die Form«, bemerkt sie.
»Nur äußerlich.«
»Ich weiß.« Endlich schiebt sie sich eine Pommes in den Mund. »Doch, echt. Ich schätze, ich muss noch mehr an meinem Teil arbeiten. Es ist einfach zu viel los. Und dass du hier bist – das kommt noch dazu.«
»Ich fahre ja wieder«, sage ich. »Gleich nach dem Mittagessen.«
»Es ist nicht so, dass ich das will. Ich glaube einfach, es muss sein.«
»Das verstehe ich«, sage ich. Und verstehe es tatsächlich.

»Gut.« Sie lächelt. »Jetzt erzähl mir von deiner Verabredung heute Abend. Wenn ich schon nicht bei dir sein kann, möchte ich wenigstens wissen, wer dann.«

Ich habe Dawn eine SMS geschrieben, dass ich nicht in der Schule bin, aber die Verabredung steht weiterhin. Wir treffen uns zum Abendessen, wenn sie mit dem Feldhockeytraining fertig ist.

Ich komme um die Zeit nach Hause, um die Vic normalerweise von der Schule käme. Als ich wohlbehalten in meinem Zimmer bin, spüre ich das übliche leise Flattern vor einem Date. Vic hat ein großes Sortiment an Krawatten im Schrank, woraus ich schließe, dass er gern welche trägt. Also suche ich mir ein schickes Outfit zusammen – vielleicht ein bisschen zu schick, aber wenn das stimmt, was ich über Dawn abgefragt habe, wird es ihr gefallen.

Die Stunden bis dahin vertreibe ich mir online. Keine E-Mail von Rhiannon, dafür acht neue Nachrichten von Nathan, die ich alle nicht anklicke. Dann gehe ich auf Vics Wiedergabelisten und höre mir ein paar von seinen Favoriten an. Auf die Art finde ich immer wieder neue Musik.

Endlich ist es kurz vor sechs, und ich mache mich auf den Weg. Fast schon ein bisschen seltsam, wie sehr ich mich auf dieses Treffen freue. Ich möchte Teil von etwas sein, das funktioniert, egal, wie sehr es mich herausfordert.

Dawn enttäuscht die Erwartungen nicht. Vics Aufmachung findet sie super und bezeichnet sie als *stylisch*, anstelle von *schick*. Sie sprudelt die Neuigkeiten vom Tag heraus, dazu noch jede Menge Fragen, was ich so getrieben habe. Das ist ein heikles Gebiet – er soll ja nicht später bei einer Lüge ertappt werden –, darum sage ich bloß, dass ich auf einmal Lust gehabt hätte, mir den Tag freizunehmen. Keine Schulaufgaben, keine Schulflure, einfach irgendwohin fahren, wo ich noch nie gewesen bin ... solange ich nur rechtzeitig für die Verabredung mit ihr zurück wäre. Meine Entscheidung findet ihre volle Unterstützung, sie fragt nicht mal, wieso ich ihr nicht angeboten habe mitzukommen. So und nicht anders, hoffe ich, wird Vic den Tag in Erinnerung behalten.

Ich muss im Maschinengewehrtempo Abfragen stellen, um sämtliche Anspielungen von Dawn zu verstehen, doch trotz allem ist es schön mit ihr. Vic hat sie absolut korrekt im Gedächtnis – sie sieht ihn haargenau so, wie er ist, geht wunderbar normal damit um, ohne großes Getue. Ihr Verständnis ist einfach da.

Ich bin nicht Vic, das weiß ich, und Rhiannon ist nicht Dawn. Für die beiden sieht es ganz anders aus als für uns. Trotzdem regt sich der Wunsch in mir, unsere Situationen gleichzusetzen – und mich mit Rhiannon ebenso darüber hinwegzusetzen wie diese zwei, mit einer ebenso starken, mächtigen Liebe.

Vic und Dawn sind jeweils mit ihren eigenen Autos da, doch auf Dawns Bitte fährt Vic ihr bis vor die Haustür nach, damit sie sich dort ordentlich verabschieden und einen Gutenachtkuss geben können. Das finde ich sehr süß, also spaziere ich Hand in Hand mit Dawn die Vordertreppe hoch. Keine Ahnung, ob ihre Eltern zu Hause sind, aber das soll mir so egal sein, wie es ihr offensichtlich ist. Bei der Fliegengittertür verweilen wir einen Augenblick wie ein turtelndes Pärchen aus den fünfziger Jahren. Dann sucht Dawn meinen Mund und küsst mich wild, und ich erwidere den Kuss, und es zieht uns nicht zur Tür, sondern zu den Büschen. Sie drängt mich zurück ins Dunkel, und ich spüre sie, schmecke sie, rieche sie, so sehr, dass ich mich vergesse, oder vielmehr Vic vergesse und nur noch ganz bei mir bin, ich küsse sie, und es ist ein überwältigendes Gefühl, und aus meinem Mund dringt das Wort *Rhiannon*. Erst denke ich, Dawn hat es gar nicht gehört, aber sie lässt kurz von mir ab und fragt, was ich da gerade gesagt habe, und ich erkläre ihr, das hier wäre so wie der Song – den kennt sie doch, oder? – und dass ich mich immer gefragt habe, was das Wort wohl bedeutet, aber das hier trifft es genau, so fühlt es sich an, und Dawn sagt, sie hat keinen Schimmer, von welchem Song ich rede, ist aber auch egal, mittlerweile ist sie meine Spinnereien ja gewöhnt, und ich verspreche, ihn ihr später mal vorzuspielen, aber bis dahin kommt noch dies und das und jenes, und wir sind halb unter Blättern begraben, und meine Krawatte verfängt sich an einem Ast, aber das kümmert uns nicht, es ist so viel Leben in uns. Uns kümmert nichts und niemand.

An dem Abend ist eine neue E-Mail von Rhiannon da.

A,

heute lief es irgendwie nicht rund, aber ich glaube, das liegt daran, dass es zurzeit insgesamt überhaupt nicht rund läuft. Dabei geht es nicht so sehr um dich und auch nicht um das Thema Liebe. Das Problem ist, dass alles gleichzeitig zusammenkracht. Ich denke, du weißt, was ich meine.

Lass es uns noch mal versuchen. Aber nicht in der Schule. Ich glaube, das wird mir zu viel. Treffen wir uns danach. Irgendwo, wo es keine Spur von meinem restlichen Leben gibt. Nur uns.

Ich kann mir nicht vorstellen, wie es gehen soll, aber ich möchte so gern, dass die Teile sich zusammenfügen.

Alles Liebe,

R

6024. Tag

Am nächsten Morgen klingelt kein Wecker. Stattdessen finde ich beim Wachwerden eine Mutter – irgendjemandes Mutter, meine Mutter –, die bei mir am Bett sitzt und mich ansieht. Es tut ihr offenbar leid, dass sie mich wecken muss, aber dahinter steht ein sehr viel größeres Leid. Sie legt mir sacht die Hand aufs Bein.

»Zeit zum Aufstehen«, sagt sie leise, als wollte sie mir den Übergang vom Schlaf zum Wachsein so leicht wie möglich machen. »Ich hab dir die Sachen zum Anziehen an die Schranktür gehängt. Wir fahren ungefähr in einer Dreiviertelstunde los. Dein Vater ... es nimmt ihn sehr mit. So wie uns alle. Aber für ihn ist es besonders schwer, also hab bitte ... Geduld mit ihm, ja?«

Während sie redet, kann ich mich nicht genügend konzentrieren, um herauszufinden, wer ich bin und was hier los ist. Aber als sie geht und ich den dunklen Anzug an der Schranktür hängen sehe, stückle ich mir alles zusammen. Mein Großvater ist gestorben, und mir steht meine erste Beerdigung bevor.

Ich erkläre meiner Mutter, dass ich vergessen habe, ein paar Schulfreunden wegen der Hausaufgaben Bescheid zu sagen, setze mich an den Computer und schreibe Rhiannon, dass wir uns heute höchstwahrscheinlich nicht treffen können. Soweit ich weiß, ist der Ort der Trauerfeier mindestens zwei Stunden mit dem Auto entfernt. Aber wir bleiben nicht über Nacht.

Als ich die Nachricht an Rhiannon abschicke, kommt mein Vater aus dem Elternschlafzimmer. Er sieht nicht bloß mitgenommen aus, sondern als wäre er plötzlich mit Blindheit geschlagen. Der Kummer über den Verlust trübt ihm den Blick, ist an jeder seiner Bewegungen abzulesen. Eine mehr als nachlässig gebundene Krawatte baumelt schlaff von seinem Hals herunter.

»Marc«, sagt er. »*Marc.*« Das ist mein Name, und wie er in diesem Augenblick von seinen Lippen kommt, klingt er nach einer Beschwörungsformel und einem ungläubigen Ausruf zugleich. Ich habe keine Ahnung, wie ich reagieren soll.

Marcs Mutter eilt herein.

»Ach, Liebster«, sagt sie und schlingt kurz die Arme um ihn; dann richtet sie ihm die Krawatte und fragt mich, ob ich so weit bin.

Ich lösche die Chronik, schalte den Computer aus und sage ihr, dass ich nur noch meine Schuhe anziehen muss.

Auf der Fahrt zur Beerdigung herrscht weitgehend Schweigen. Das Radio ist auf einen Nachrichtensender eingestellt, aber nach dem dritten Durchlauf hört vermutlich keiner von uns mehr hin. Ich könnte mir vorstellen, dass Marcs Mutter und Vater das Gleiche tun wie ich – Erinnerungen an Marcs Großvater abrufen.

Die meisten sind wortlos. Langes, stummes Beieinandersitzen in Fischerbooten, Warten auf ein Rucken an der Leine. Er am Kopfende des Tischs beim Zerteilen des Truthahns zu Thanksgiving, als sei dies sein angestammtes Recht. Als ich kleiner war, ist er mit mir in den Zoo gegangen. An die Löwen und Bären selbst erinnere ich mich nicht mehr, nur noch an die Bestimmtheit, mit der er über sie sprach – an die Vorstellung von ihnen, die er in mir erweckte.

Dann der Tod meiner Großmutter, bevor ich richtig begriff, was Tod eigentlich bedeutet. Sie geistert im Hintergrund all dieser Erinnerungen herum und nimmt in den Gedanken meiner Eltern sicher weit mehr Platz ein. Ich selbst denke jetzt an die vergangenen paar Monate, in denen mein Großvater langsam dahinschwand, in sich selbst und zum Greis zusammenzuschrumpfen schien, bis ich ihn zu unserer beider Verlegenheit schließlich überragte. Dennoch kam sein Tod überraschend – wir waren zwar grundsätzlich darauf gefasst, aber nicht an ebendiesem Tag. Meine Mutter nahm den Anruf entgegen. Auch ohne zu verstehen, was sie sagte, wusste ich, dass etwas nicht stimmte. Sie fuhr zu meinem Vater ins Büro und erzählte es ihm. Ich war nicht dabei. Ich habe es nicht miterlebt.

Jetzt ist es mein Vater, der dahinzuschwinden scheint. Als ob wir, wenn ein uns Nahestehender stirbt, unmittelbar davor den Platz mit ihm tauschen. Und in der Zeit, die es braucht, um über den Verlust hinwegzukommen, das Leben des anderen rückwärts leben, von Krankheit zu Gesundheit, vom Tod zum Leben.

Den Fischen in den umliegenden Seen und Flüssen droht heute keine Gefahr, denn so wie es aussieht, sind sämtliche Angler aus ganz Maryland hier zur Beerdigung versammelt. Anzüge sind Mangelware, Krawatten eine echte Rarität. Die nähere Verwandtschaft hat sich ebenfalls eingefunden – weinende Kusinen, tränenüberströmte Tanten, Onkel mit versteinerter Miene. Mein Vater scheint am schwersten getroffen zu sein, alle Beileidsbekundungen sind an ihn gerichtet. Meine Mutter und ich stehen ihm zur Seite, man nickt uns zu und tätschelt uns die Schulter.
Ich komme mir wie der totale Betrüger vor. Ich halte die Augen offen und versuche so viel wie möglich für Marcs Erinnerungen festzuhalten, denn sicherlich wäre er gerne hier mit dabei gewesen und möchte sich daran erinnern.
Auf den offenen Sarg bin ich nicht vorbereitet – als wir in die Kapelle gehen, habe ich Marcs Großvater direkt vor mir. Wir sitzen in der ersten Reihe, und ich kann den Blick nicht abwenden. So sieht also ein Körper aus, in dem nichts mehr ist. So würde Marc aussehen, wenn ich aus ihm herausschlüpfte und er seinen Platz nicht wieder einnähme. Wie viel Mühe sich der Bestattungsunternehmer auch gegeben hat, es sieht ganz und gar nicht nach Schlafen aus.

Marcs Großvater ist in diesem Ort aufgewachsen und hat sein Leben lang dieser Gemeinde angehört. Es gibt viel über ihn zu sagen, und es spielen eine Menge Gefühle dabei mit. Selbst der Geistliche wirkt bewegt – die Worte hat er schon zigmal gesprochen, aber nicht für jemanden, der ihm ans Herz gewachsen ist. Marcs Vater steht auf, um ebenfalls etwas zu sagen, doch jedem Satz, den er herausbringen will, setzt sein Körper Widerstand entgegen: Ihm versagt der Atem, seine Schultern verspannen sich. Marcs Mutter geht nach vorn und stellt sich neben ihn. Erst sieht es so aus, als wollte er sie bitten, den Text für ihn zu lesen, doch dann entscheidet er sich anders, legt die Blätter weg und redet los. Er lässt die Erinnerungen ablaufen, und manchmal sind sie verknäult, manchmal zerfranst, aber es ist das, was ihm in den Sinn kommt, wenn er an seinen Vater denkt. Die versammelte Gemeinde rings um ihn lacht und weint und nickt, zum Zeichen der Bestätigung.

Tränen quellen mir aus den Augen, strömen mir übers Gesicht. Zunächst begreife ich nicht, wieso, schließlich kenne ich den Mann ja gar nicht, von dem da die Rede ist – ebenso wenig wie irgendjemanden sonst in dieser Kapelle. Ich gehöre hier nicht dazu ... und genau darum weine ich. Weil ich nicht dazugehöre und nie zu so etwas gehören werde. Das weiß ich schon eine ganze Weile, aber manches kann man jahrelang wissen, ohne dass es einen trifft wie ein Hammerschlag. Jetzt ist es so weit. Nie wird eine Familie um mich trauern. Nie werden Menschen das für mich empfinden, was sie für Marcs Großvater empfinden. Anders als er werde ich keine Spuren in der Erinnerung hinterlassen. Wer ich bin und was ich getan habe – niemand wird es je wissen. Wenn ich sterbe, wird kein Leichnam meinen Tod bezeichnen, keine Trauerfeier, kein Begräbnis. Wenn ich sterbe, wird nur Rhiannon wissen, dass es mich gegeben hat.

Ich weine, weil ich unendlich eifersüchtig auf Marcs Großvater bin – auf alle, die in anderen so große Zuneigung hervorrufen.

Als mein Vater mit seiner Ansprache fertig ist, schluchze ich immer noch. Er und meine Mutter setzen sich rechts und links von mir in die Kirchenbank und trösten mich.

Ich weine noch ein Weilchen weiter, in der sicheren Gewissheit, dass Marc sich nur daran erinnern wird, diese Tränen für seinen Großvater vergossen zu haben – und nicht im Geringsten daran, dass ich hier gewesen bin.

Was für ein seltsames Ritual, den Leichnam in den Boden zu versenken. Ich bin dabei, als sie ihn hinablassen und wir unsere Gebete sprechen. Ich nehme meinen Platz in der Reihe ein, als Erde auf den Sarg geschaufelt wird.

Nie wieder werden so viele Menschen zur selben Zeit an ihn denken. Ich habe ihn nicht gekannt, aber ich wünschte mir, er könnte es miterleben.

Danach fahren wir zu dem Haus, in dem er gewohnt hat. Bald schon wird es hier ans Aussortieren und Verteilen gehen, doch im Augenblick ist es die Museumskulisse für die Zurschaustellung von Trauer. Es werden Geschichten erzählt – mitunter exakt dieselben, in verschiedenen Räumen. Ich kenne nur wenige von den hier Versammelten, was aber nicht an mangelhaften Abfragen liegt. Es gab schlicht mehr Menschen im Leben von Marcs Großvater, als sein Enkel erfassen konnte.

Nach dem Essen und den Geschichten und den Tröstungen wird das eine oder andere Glas getrunken, und danach geht es zurück nach Hause. Marcs Mutter ist stocknüchtern geblieben und steuert uns durch das Dunkel. Ob Marcs Vater schläft oder in Gedanken verloren ist, kann ich nicht sagen.

»Es war ein langer Tag«, murmelt Marcs Mutter. Dann hören wir den Nachrichten zu, die sich in halbstündigen Intervallen um sich selbst drehen, bis wir endlich zu Hause sind.

Ich versuche so zu tun, als wäre das hier mein Leben, als wären das hier meine Eltern. Aber es fühlt sich alles hohl an, weil ich es besser weiß.

6025. Tag

Am nächsten Morgen habe ich Mühe, den Kopf vom Kissen zu heben, die Arme zur Seite zu strecken, mich aus dem Bett zu hieven.
Ich wiege gut und gerne hundertvierzig Kilo.

Ich war schon öfter schwergewichtig, aber noch nie so extrem, glaube ich. Es ist, als wären Säcke voll Fleisch an meine Glieder und meinen Rumpf gebunden. Schon die geringste Tätigkeit erfordert so unendlich viel mehr Anstrengung als sonst, denn das hier ist keine Muskelschwere. Ich bin kein Footballspieler. Nein, ich bin fett. Ein schwabbeliger, unförmiger Fettklops.
Was ich zu sehen bekomme, als ich die Lage schließlich von außen und innen begutachte, ist nicht gerade der Hit. Finn Taylor hat sich weitgehend aus der Welt zurückgezogen; sein Umfang erklärt sich aus Nachlässigkeit und Trägheit, seine Gleichgültigkeit ließe sich als krankhaft bezeichnen, sofern man darin irgendeine Methode erkennen könnte. Wenn ich mit den Abfragen tief genug ginge, würde ich sicher ein paar ursprünglich menschliche Züge finden, aber bei oberflächlicher Betrachtung entspricht sein Gefühlsleben in etwa einem Rülpser.

Ich schleppe mich unter die Dusche und pule einen großen Flusenknust aus Finns Bauchnabel. Es kostet mich mörderische Überwindung, irgendwas geschafft zu kriegen. Es muss einmal einen Punkt gegeben haben, an dem es für ihn zu mühsam wurde, überhaupt noch etwas zu tun, und da hat Finn schlicht kapituliert.
Fünf Minuten nach Verlassen der Dusche bricht mir der Schweiß aus.

Ich will nicht, dass Rhiannon mich so sieht. Aber ich kann ihr nicht zwei Tage hintereinander absagen, nicht jetzt, wo es zwischen uns gerade so auf der Kippe steht.
Ich warne sie. Maile ihr, was für ein Dickwanst ich heute bin. Dass ich sie dennoch nach der Schule sehen möchte. Als Treffpunkt schlage ich – wieder einmal – die Buchhandlung Clover vor, von der ich nicht allzu weit entfernt bin.
Ich bete, dass sie kommt.

In Finns Gedächtnis weist nichts darauf hin, dass es ihm was ausmachen würde, die Schule zu schwänzen, aber ich gehe trotzdem hin. Wenn schon, dann soll er seine Auszeiten auch bewusst erleben.
Sein Körperumfang zwingt mich zu einem Höchstmaß an Konzentration. Selbst Kleinigkeiten – wie aufs Gas zu treten oder abzuschätzen, wie viel Raum ich in den Schulfluren einnehme – erfordern weit mehr Anpassung, als ich normalerweise leisten muss.

Und dann die Blicke, die ich auf mich ziehe – dieser unverhohlene Ekel. Nicht nur von Mitschülern, auch von Lehrern und von Wildfremden. Alle senken symbolisch den Daumen. Zum einen wohl in Reaktion auf das, was Finn aus sich hat werden lassen. Aber in ihrem Abscheu steckt noch mehr, eine tiefsitzende Abwehrhaltung. Die Furcht, eines Tages so zu werden wie ich.
Ich bin heute ganz in Schwarz, weil ich so oft gehört habe, dass das schlank macht. Mich macht es zu einer dunklen Phantomkugel, auf Tauchfahrt durch die Schulflure.

Die einzige Verschnaufpause ist das Mittagessen mit Ralph und Dylan, Finns besten Freunden seit der dritten Klasse. Sie reißen Witze über Finns Nilpferdfigur, aber im Grunde ist es ihnen egal. Wenn er dünn wäre, würden sie sich darüber ebenfalls lustig machen. Bei ihnen kann ich lockerlassen.

Nach der Schule dusche ich zu Hause ein weiteres Mal und ziehe mich um. Beim Abtrocknen überlege ich, ob ich eine traumatische Erinnerung in Finns Hirn hinterlassen könnte, irgendwas derart Schockierendes, dass er in Zukunft nicht mehr solche Mengen isst. Im nächsten Moment bin ich entsetzt über mich selbst: Wie kann ich so was auch nur denken? Es steht mir nicht zu, Finn Vorschriften zu machen, ermahne ich mich.

Für das Treffen mit Rhiannon ziehe ich Finns beste Sachen an – ein durchgeknöpftes XXXL-Hemd und Jeans in Größe 62. Ich versuche es sogar mit einer Krawatte, aber die sieht auf meinem Bauch aus wie eine Skischanze.

Ich traue den Stühlen im Café der Buchhandlung nicht und streife stattdessen lieber durch die Gänge, doch die sind zu schmal, ständig fege ich irgendwas von den Regalen. Schließlich warte ich draußen auf sie.

Sie entdeckt mich sofort; ich bin allerdings auch schwer zu übersehen. In ihren Augen blitzt wieder das Erkennen auf, aber große Freude scheint es ihr nicht zu machen.

»Hey«, sage ich.

»Ja, auch hey.«

Wir stehen da wie bestellt und nicht abgeholt.

»Was ist?«, frage ich.

»Muss mir erst mal einen Überblick über dich verschaffen.«

»Vergiss die Verpackung. Guck nach, was drin ist.«

»Du hast leicht reden. Ich bin immer dieselbe, oder?«

Ja und nein, denke ich. Ihr Körper ist derselbe. Aber bei unseren Begegnungen kommt es mir oft so vor, als wäre Rhiannon immer wieder ein bisschen anders, je nach Laune.

»Gehen wir«, sage ich.

»Wohin?«

»Tja, bisher waren wir schon am Meer und auf dem Berg und im Wald. Darum habe ich mir gedacht, diesmal probieren wir's mit ... Kino und Essengehen.«

Das bringt mir ein Lächeln ein.
»Klingt verdächtig nach einem Date«, sagt sie.
»Ich kauf dir sogar Blumen, wenn du möchtest.«
»Nur zu«, sagt sie. »Los, kauf mir Blumen.«

Im Kino hat Rhiannon als einziges Mädchen ein Dutzend Rosen neben sich liegen. Und als Einzige einen Begleiter, der über seinen Sitz quillt, bis hinüber zu ihrem. Ich lege den Arm um sie, damit es weniger peinlich wirkt. Aber so wird mir nur umso mehr bewusst, wie sehr ich schwitze und wie sich mein fleischiger Arm an ihrem Nacken anfühlen muss. Und dass es ein bisschen pfeift, wenn ich zu kräftig ausatme. Nach den Vorschauen rücke ich einen Sitz weiter. Lege aber meine Hand auf den freien Platz zwischen uns, und sie nimmt sie. So halten wir mindestens zehn Minuten aus, dann tut sie, als müsste sie sich kratzen, und behält die Hand bei sich.

Ich habe ein schönes Lokal ausgesucht, doch das ist noch keine Garantie dafür, dass es auch ein schöner Abend wird.
Sie starrt mich – Finn – unverwandt an.
»Was ist?«, frage ich schließlich.
»Nichts, bloß ... ich kann dich da drin nicht erkennen. Normalerweise sehe ich schon einen Schimmer von dir, in den Augen. Aber heute ist das nicht so.«
In gewisser Hinsicht schmeichelt mir das. Andererseits ist es entmutigend.

»Ich bin hier drin, Ehrenwort.«
»Ich weiß. Aber ich kann nichts dagegen machen. Ich empfinde einfach nichts. Wenn ich dich so sehe, meine ich. Es geht nicht.«
»Ist schon okay. Du erkennst mich nicht, weil er so anders ist als ich. Du empfindest nichts, weil ich nicht so bin. So gesehen, ist das also stimmig.«
»Kann sein«, sagt sie und spießt ein paar Spargelstangen auf.
Sie klingt nicht überzeugt. Meinem Gefühl nach habe ich von vorneherein verloren, wenn wir jetzt offenbar auf der Überzeugungsebene angelangt sind.

Es hat nichts von einem Date. Und auch nichts von Freundschaft. Es fühlt sich an wie etwas, das vom Drahtseil gefallen, aber noch nicht ins Netz gekracht ist.

Wir gehen zurück zu unseren Autos, die noch beim Buchladen stehen. Statt die Rosen im Arm zu halten, schlenkert sie mit ihnen halb über den Boden, als rechnete sie jeden Moment damit, sie als Schlagstock einsetzen zu müssen.
»Was ist los?«, frage ich.
»Einfach nicht so der prickelnde Abend, schätze ich mal.« Sie hält sich die Rosen vor die Nase und schnuppert daran. »Es darf bei uns ja auch mal nicht so prickelnde Abende geben, oder? Vor allem, wenn man bedenkt …«
»Ja, genau. Vor allem dann.«

Wenn ich in einem anderen Körper steckte, wäre das der Moment, in dem ich mich zu ihr beugen und sie küssen würde. Dieser Kuss könnte den Abend doch noch zu einem prickelnden machen. Wenn ich in einem anderen Körper steckte, würde sie mich darin sehen. Das, was sie sehen wollte.

Aber so, wie es jetzt ist, stimmt es hinten und vorne nicht.

Sie hält mir die Rosen hin. Ich atme den süßen Duft ein.

»Danke für die Blumen«, sagt sie.

Das ist unser Abschied.

6026. Tag

Mir fällt ein Riesenstein vom Herzen, als ich am nächsten Morgen mit normalem Umfang aufwache. Das Ausmaß meiner Erleichterung macht mir ein schlechtes Gewissen, denn mir wird klar, dass es mich früher nicht gekümmert hat, was andere denken oder wie andere mich sehen, jetzt aber sehr wohl: Jetzt habe ich es auf dem Schirm, fälle ebenfalls Urteile, sehe mich durch Rhiannons Augen. Damit werde ich wohl ein Stückchen mehr so wie jedermann, andererseits habe ich das Gefühl, als ginge mir damit auch etwas verloren.

Lisa Marshall hat viel Ähnlichkeit mit Rhiannons Freundin Rebecca – dunkles, glattes Haar, Sommersprossen hier und da, blaue Augen. Wenn man sie auf der Straße sähe, würde sie einem vielleicht nicht unbedingt auffallen, wohl aber, wenn sie im Unterricht neben einem säße.

Heute hätte Rhiannon nichts gegen mich einzuwenden, denke ich. Und kriege ein schlechtes Gewissen, weil ich so was denke.

In meinem Posteingang wartet eine E-Mail von ihr. Der Anfang lautet:

Ich will dich heute dringend sehen.

Das ist gut, denke ich. Und lese weiter.

Wir müssen reden.

Und schon weiß ich nicht mehr, was ich denken soll.

Der Tag wird zum Geduldspiel, ein Runterzählen bis auf Null, auch wenn ich nicht genau weiß, was mich bei Null erwartet. Die Uhr rückt mich näher und näher. Meine Ängste pochen lauter.
Lisas Freundinnen haben heute nicht viel von ihr.

Rhiannon will sich mit mir in einem Park nahe ihrer Schule treffen. Da ich heute ein Mädchen bin, kann das wohl als sicherer, neutraler Boden gelten. Niemand aus dem Ort wird beim Anblick von uns zweien auf nicht jugendfreie Gedanken kommen. Es denken ja ohnehin schon alle, dass sie auf haarige Metaler steht.
Ich bin zu früh dran, also setze ich mich mit einem Roman von Alice Hoffman, der Lisa gehört, auf eine Bank und sehe hin und wieder hoch, wenn ein Jogger vorbeispurtet. Ich vertiefe mich so in die Seiten, dass ich Rhiannon erst bemerke, als sie sich neben mich setzt.
Ich sehe zu ihr hin – und muss einfach lächeln.
»Hey«, sage ich.
»Hey«, sagt sie.
Bevor sie mit dem loslegt, was sie mir sagen will, frage ich

sie über ihren Tag aus, über die Schule, rede mit ihr übers Wetter – Hauptsache, es geht nicht um sie und mich. Aber das lässt sich nur ungefähr zehn Minuten durchhalten.

»A«, sagt sie. »Ich muss ein paar Dinge mit dir besprechen.«

Ich weiß, dass auf so einen Satz selten etwas Gutes folgt. Aber ich gebe die Hoffnung nicht auf.

Ein paar Dinge, hat sie gesagt und damit zu verstehen gegeben, dass es sich um mehr als einen Punkt handelt. Doch mit ihrem nächsten Satz ist eigentlich schon alles gesagt.

»Ich glaube, ich kann so nicht weitermachen.«

Ich zögere nur kurz. »Glaubst du, du kannst es nicht, oder *willst* du es nicht?«

»Ich will schon. Echt, ganz ehrlich. Aber wie soll das gehen, A? Ich sehe einfach keine Möglichkeit.«

»Was meinst du damit?«

»Ich meine, dass du jeden Tag eine andere Person bist. Und ich kann nicht alle Personen, in denen du steckst, gleichermaßen lieben. Ich weiß, dass immer du darunter bist und es nur die Verpackung ist. Aber ich kann es nicht, A. Ich hab's versucht. Und ich kann es nicht. Ich will es – ich will es so gern können, aber es geht nicht. Und es ist nicht bloß das. Ich habe eben erst mit Justin Schluss gemacht. Ich brauche Zeit, um das zu verarbeiten, um es wegzustecken. Und es gibt so viele Sachen, die du und ich nicht zusammen tun können. Wir werden nie mit meinen Freunden abhängen. Ich kann mit ihnen nicht mal über dich reden, und das macht mich wahnsinnig. Du wirst niemals meine Eltern kennenlernen. Ich werde nie abends neben dir einschlafen und am anderen Morgen neben dir aufwachen. Nie. Und ich habe versucht, mir einzureden, das wäre alles nicht so wichtig, A. Wirklich, habe ich. Aber irgendwann sind mir die Argumente ausgegangen. Und ich kann so nicht weitermachen, wenn ich genau weiß, wie die Antwort eigentlich lautet.«

Das ist der Punkt, an dem ich imstande sein müsste, ihr zu sagen: *Ich werde mich ändern.* An dem ich imstande sein müsste, ihr zu versichern, dass es auch anders laufen kann – und ihr Wege aufzuzeigen, wie es möglich wäre. Aber ich kann ihr nur meine geheimste Phantasie bieten, die ich aus Unsicherheit noch nie laut ausgesprochen habe.

»Es ist nicht unmöglich«, sage ich. »Denkst du vielleicht, ich hätte nicht auch schon hin und her überlegt? Ich hab versucht mir vorzustellen, wie eine gemeinsame Zukunft für uns aussehen könnte. Wie wär's damit: Wenn wir in einer Großstadt lebten, wäre die Gefahr nicht so groß, dass ich weite Strecken zurücklege. Weil da mehr Körper im richtigen Alter um mich herum sind. Ich weiß zwar nicht, wie ich eigentlich von einem Körper in den nächsten komme, aber welche Entfernung dazwischenliegt, hat nach meiner Erfahrung definitiv damit zu tun, wie viele Möglichkeiten vorhanden sind. Wenn wir also zum Beispiel in New York City wären, würde ich wahrscheinlich niemals woandershin geraten. Da gibt es so viele Menschen zur Auswahl. Deshalb könnten wir uns jeden Tag sehen, jeden Tag beieinander sein. Es ist verrückt, das weiß ich. Ich weiß, dass du nicht immer auf Abruf bereitstehen kannst. Aber mit der Zeit würden wir das schon hinkriegen. Mit der Zeit könnte unser Leben so aussehen. Ich werde nie neben dir aufwachen, aber ich kann immerhin so oft wie möglich bei dir sein. Es wäre kein normales Leben, das ist mir klar. Aber es wäre eins, in dem wir zusammen sind.«

Ich habe es schon bildlich vor mir gesehen, wir beide in einer Wohnung ganz für uns. Ich komme abends nach Hause, kicke die Schuhe weg, wir machen uns was zu essen, gehen irgendwann zu Bett, und gegen Mitternacht schleiche ich mich hinaus. Wir werden zusammen erwachsen. Je besser ich sie kenne, desto mehr erfahre ich von der Welt.

Aber sie schüttelt den Kopf. In ihren Augen glitzert es verdächtig. Und das reicht schon, um meine Phantasie platzen zu lassen. Im Nu ist sie nur noch ein närrischer Traum.

»Dazu wird es nie kommen«, sagt sie sanft. »Ich würde es so gern glauben, aber ich kann es nicht.«

»Rhiannon –«

»Hör zu, wenn du ein Typ wärst, den ich irgendwo kennengelernt hätte – wenn du jeden Tag derselbe wärst, innerlich und äußerlich –, dann bestünde eine gute Chance, dass ich dich auf immer und ewig lieben könnte. Es geht nicht darum, was du tief im Herzen bist – das weißt du hoffentlich. Aber alles Übrige ist einfach zu schwierig. Vielleicht gibt es ja Mädchen, die damit umgehen könnten. Ich hoffe es für dich. Aber ich gehöre nicht dazu. Ich kann es einfach nicht.«

Jetzt kommen mir die Tränen. »Und ... was jetzt? War's das? Schluss, Aus, Ende?«

»Ich will nicht, dass wir uns aus den Augen verlieren. Aber ich will auch nicht, dass dein Leben meins ständig aus der Spur bringt. Ich will mit meinen Freunden zusammen sein, A. Ich will zur Schule gehen und zum Abschlussball und alles sonst machen, was für mich so ansteht. Ich bin heilfroh – wirklich heilfroh –, dass mit Justin Schluss ist. Aber die anderen Dinge kann ich nicht einfach sausen lassen.«

Meine Verbitterung überrascht mich selbst. »Was ich für dich tun kann, kannst du umgekehrt nicht für mich tun?«

»Nein. Tut mir leid, aber nein.«

Wir sind im Freien, doch um uns schließen sich Mauern. Wir stehen auf festem Boden, doch den zieht es uns unter den Füßen weg.

»Rhiannon ...« Weiter komme ich nicht. Weiter fällt mir nichts ein. Jetzt sind *mir* die Argumente ausgegangen.

Sie beugt sich zu mir und küsst mich auf die Wange.

»Ich muss gehen«, sagt sie. »Nicht für immer. Aber fürs Erste. Reden wir in ein paar Tagen noch mal darüber. Wenn du ernsthaft nachdenkst, kommst du bestimmt zu dem gleichen Ergebnis. Und dann ist es nicht mehr so schlimm. Dann können wir uns zusammensetzen und überlegen, wie es weitergehen soll. Ich will, dass es irgendwie weitergeht. Bloß nicht als ...«

»Liebe?«

»Als Beziehung. Als Paar. Wie immer du es nennen willst.«

Sie steht auf. Ich bleibe gestrandet auf der Bank zurück.
»Wir sprechen uns wieder«, versichert sie mir.
»Wir sprechen uns wieder«, plappere ich ihr nach. Es klingt hohl.
Sie will es nicht dabei belassen. Sie wird erst gehen, wenn irgendein Zeichen von mir ihr sagt, dass ich so weit okay bin und diesen Moment überleben werde.
»Rhiannon, ich liebe dich.«
»Und ich liebe dich.«
Das ist nicht die Frage, gibt sie mir damit zu verstehen.
Aber es ist auch nicht die Antwort.

Ich wollte, dass die Liebe alles überwindet. Doch das kann sie nicht. Sie kann nichts aus sich heraus tun.
Es liegt an uns, in ihrem Namen alles zu überwinden.

Als ich nach Hause komme, kocht Lisas Mutter schon etwas zum Abendessen. Es riecht phantastisch, aber ich kann mir nicht vorstellen, mich an den Tisch zu setzen und Konversation zu betreiben. Überhaupt mit irgendjemandem auch nur ein Wort zu reden. Oder die nächsten paar Stunden durchzustehen, ohne loszuschreien.
Ich sage ihr, dass mir nicht gut ist, und gehe nach oben. Schließe mich in Lisas Zimmer ein. So wird es immer für mich sein. Eingesperrt in einem Zimmer. Gefangen in mir selbst.

6027. Tag

Am nächsten Morgen wache ich mit einem gebrochenen Knöchel auf. Zum Glück habe ich ihn schon eine ganze Weile, und die Krücken stehen neben meinem Bett. Das ist für mich heute das Einzige, was sich nicht frisch verwundet anfühlt.

Ich kann nicht anders – ich checke meine E-Mails. Kein Wort von Rhiannon. Ich fühle mich allein. Vollkommen allein. Dann geht mir auf, dass es noch einen Menschen auf der Welt gibt, der andeutungsweise weiß, wer ich bin. Ich sehe nach, ob er mir in letzter Zeit geschrieben hat.

Hat er, und wie. Mittlerweile sind zwanzig ungelesene Nachrichten von Nathan da, eine verzweifelter als die andere, gipfelnd in:

> Ich verlange lediglich eine Erklärung. Dann lasse ich dich in Ruhe. Ich muss einfach Bescheid wissen.

Ich schreibe zurück:

> Okay. Wo sollen wir uns treffen?

Mit ihrem gebrochenen Knöchel kann Kasey nicht gut Auto fahren. Und Nathan darf nicht, weil seine Eltern wegen der nebulösen Spritztour immer noch sauer sind. Also müssen unsere Eltern uns hinbringen. Obwohl ich nichts dergleichen sage, vermuten meine einfach mal, dass es sich um ein Date handelt.

Der Haken bei der Sache ist der: Nathan erwartet einen Jungen namens Andrew – unter dem Namen habe ich mich zuletzt bei ihm gemeldet. Aber wenn er nun schon die ganze Wahrheit erfahren soll, ist es wahrscheinlich hilfreich, dass ich als Kasey auftauche.

Wir treffen uns in einem mexikanischen Restaurant nicht weit von seinem Elternhaus. Ich sehe ihn hereinkommen, und seine Aufmachung wirkt ebenfalls fast wie für ein Date – zwar nicht direkt topmodisch, aber er versucht eindeutig, das Beste aus sich zu machen. Ich winke ihm mit einer Krücke zu; von den Krücken weiß er, bloß nicht, dass ich ein Mädchen bin. Das wollte ich mir für die Begegnung von Mann zu Mann aufsparen.

Mit verwirrtem Blick steuert er auf mich zu.

»Nathan«, sage ich, als er vor mir steht. »Nimm Platz.«

»Du bist ... Andrew?«

»Ich kann es dir erklären. Komm, setz dich.«

Die Kellnerin scheint die gespannte Situation zu spüren; im Nu ist sie da und schwallt uns mit den Tagesangeboten zu. Unsere Wassergläser werden gefüllt. Wir bestellen die Getränke. Dann müssen wir miteinander reden.

»Du bist ein Mädchen«, sagt er.

Am liebsten würde ich loslachen. Die Vorstellung, dass er von einem Mädchen besessen war, verstört ihn offenbar weit mehr, als es bei einem Jungen der Fall gewesen wäre. Aber was macht das im Grunde schon aus?

»Manchmal«, sage ich. Und bringe ihn damit noch mehr durcheinander.

»*Wer bist du?*«, fragt er.

»Ich erzähl's dir«, gebe ich zur Antwort. »Versprochen. Aber lass uns erst bestellen.«

So richtig traue ich ihm nicht, behaupte jedoch das Gegenteil, um so was wie ein wechselseitiges Vertrauensverhältnis aufzubauen. Damit gehe ich immer noch ein gewisses Risiko ein, aber ich wüsste nicht, wie ich ihm sonst zu seinem Seelenfrieden verhelfen könnte.

»Nur eine einzige weitere Person weiß noch davon«, so fange ich an. Und dann erzähle ich ihm, was mit mir los ist. Wie es funktioniert. Ich erzähle ihm noch einmal, was an dem Tag passiert ist, an dem ich in seinem Körper war. Und dass es mit Sicherheit kein zweites Mal passieren wird.

Ich weiß, dass er das, anders als Rhiannon, ohne weiteres schlucken wird. Weil sich meine Erklärung für ihn stimmig anhört. Sie fügt sich nahtlos in das ein, was er erlebt hat. Passt zu dem, was er immer vermutet hat. Denn in gewisser Weise habe ich ihn für die Erinnerung daran präpariert. Keine Ahnung, wieso, aber als er und ich uns unsere jeweilige

Erklärung zurechtgelegt haben, ist da eine Lücke geblieben. Die ich jetzt fülle.

Trotzdem weiß Nathan nicht, was er sagen soll, als ich ausgeredet habe.

»Das heißt ... halt mal ... also dann, äh, bist du morgen nicht mehr dieses Mädchen?«

»Nein.«

»Und sie wird ...«

»Sie wird den heutigen Tag anders in Erinnerung haben. Wohl schon so, dass sie sich mit einem Jungen getroffen hat, aber es ist nichts weiter gelaufen. Sie wird nicht mehr wissen, dass du dieser Junge warst. Es bleibt bei einer verschwommenen Vorstellung von einer Person, das heißt, wenn ihre Eltern sie morgen fragen, wie es war, wird die Frage sie nicht überraschen. Ihr wird nie klar sein, dass sie eigentlich gar nicht hier war.«

»Und wieso war es mir dann klar?«

»Vielleicht, weil ich damals keine Zeit mehr hatte, deine Erinnerungen gründlich zu bearbeiten. Oder vielleicht wollte ich auch irgendwie, dass du mich findest. Ich weiß es nicht.«

Unser Essen, das während meines Berichts serviert worden ist, steht immer noch weitgehend unberührt auf dem Tisch.

»Das ist ja der Wahnsinn«, sagt Nathan.

»Du darfst niemandem etwas davon sagen«, erinnere ich ihn. »Ich verlasse mich darauf.«

»Ich weiß, ich weiß.« Er nickt geistesabwesend und fängt an zu essen. »Das bleibt zwischen dir und mir.«
Zum Schluss sagt er noch, dass es eine große Hilfe für ihn war, mit mir geredet zu haben und jetzt die Wahrheit zu wissen. Und fragt, ob wir uns am folgenden Tag wiedertreffen können, damit er den Wechsel mit eigenen Augen sieht. Ich sage ihm, dass ich nichts garantieren kann, es aber versuchen werde.

Unsere Eltern holen uns ab. Auf der Rückfahrt fragt Kaseys Mom mich, wie es gelaufen ist.
»Gut ... würde ich sagen.«
Von allem, was ich ihr auf der Fahrt noch erzähle, entspricht dies als Einziges der Wahrheit.

6028. Tag

Es ist Sonntag, und ich bin heute Ainsley Mills. Allergisch gegen Gluten, fürchtet sich vor Spinnen, stolze Besitzerin dreier Scotchterrier, von denen zwei bei ihr im Bett schlafen.
Unter normalen Umständen würde ich davon ausgehen, dass das ein ganz normaler Tag wird.

Nathan mailt mir, dass er sich mit mir treffen will und ich zu ihm kommen kann, falls ich ein Auto habe. Seine Eltern sind den ganzen Tag weg und fallen deshalb als Chauffeure für ihn aus.
Keine E-Mail von Rhiannon, also kommt Nathan zum Zug.

Ihren Eltern erzählt Ainsley, dass sie mit ein paar Freundinnen shoppen geht. Sie stellen keine Fragen. Geben ihr den Schlüssel für das Auto ihrer Mom und sagen, sie soll rechtzeitig wieder da sein. Ab fünf muss sie nämlich auf ihre kleine Schwester aufpassen.
Es ist gerade mal elf. Ainsley verspricht, weit vor fünf zurück zu sein.

Nathan wohnt nur eine Viertelstunde entfernt. Allzu lang werde ich wohl nicht bleiben müssen. Wenn ich ihn davon überzeugen kann, dass ich dieselbe Person bin wie gestern, war's das, schätze ich mal – ich wüsste nicht, was ich ihm sonst noch zu bieten hätte. Der Rest liegt bei ihm.

Er wirkt überrascht, als er die Tür öffnet und mich sieht. Wahrscheinlich hat er nicht so richtig geglaubt, dass es tatsächlich stimmt, was ich ihm erzählt habe. Außerdem macht er einen sichtlich nervösen Eindruck, was ich darauf zurückführe, dass ich mich jetzt in seinem Haus befinde. Ich erkenne es wieder, aber es hat sich teilweise auch schon mit all den anderen Häusern vermischt, in denen ich bisher gewesen bin. Wenn alle Türen unten im Flur geschlossen wären, könnte ich vermutlich nicht sagen, welche Tür in welchen Raum führt.

Nathan geht mit mir ins Wohnzimmer – wie es sich für einen Gast gehört, denn der bin ich jetzt nun mal.

»Du bist es also wirklich«, sagt er. »In einem anderen Körper.«

Ich nicke und setze mich auf die Couch.

»Möchtest du etwas trinken?«

»Gern ein Glas Wasser«, sage ich. Dass ich bald wieder los will und wahrscheinlich gar kein Wasser brauchen werde, behalte ich für mich.

Während er es holt, betrachte ich ein paar gerahmte Familienfotos. Nathan scheint sich auf keinem so richtig wohl zu fühlen ... genau wie sein Vater. Nur seine Mutter strahlt.

Ich höre Nathan wieder hereinkommen, sehe aber nicht zu ihm hin. Deshalb zucke ich gehörig zusammen, als eine Stimme, die nicht die von Nathan ist, sagt: »Ich freue mich sehr über die Gelegenheit, dich kennenzulernen.«

Es ist ein Mann mit silbrigem Haar und einem grauen Anzug. Er trägt eine Krawatte, hat sie allerdings gelockert; offensichtlich ist er im Freizeitmodus. Ich stehe auf, doch Ainsleys schmächtiger Körperbau lässt mir keine Chance, ihm auf Augenhöhe zu begegnen.

»Bitte«, sagt Pastor Poole, »doch nicht so förmlich. Setzen wir uns.«

Er schließt die Tür hinter sich und nimmt in einem Lehnstuhl Platz, der zwischen mir und der Tür steht. Vom Gefühl her ist der Mann doppelt so breit und hoch wie Ainsley, könnte mich also aufhalten, wenn er wollte. Fragt sich nur, ob er das tatsächlich wollen würde. Und ob ich meine instinktiven Überlegungen in diese Richtung korrekt als begründetes Warnzeichen interpretiere.

Ich entscheide mich für den Frontalangriff.

»Es ist Sonntag«, sage ich. »Sollten Sie nicht in der Kirche sein?«

Er lächelt. »Hier wartet Wichtigeres auf mich.«

So muss sich Rotkäppchen bei der ersten Begegnung mit dem großen, bösen Wolf gefühlt haben – gleichermaßen fasziniert und zu Tode erschrocken.

»Was wollen Sie?«, frage ich.

Er legt ein Bein lässig auf dem Knie ab. »Nun ja, Nathan hat mir eine hochinteressante Geschichte erzählt, und ich frage mich, ob sie denn auch stimmt.«
Abstreiten ist sinnlos. »Nathan sollte niemandem davon erzählen!«, sage ich so laut, dass Nathan es hoffentlich hört.
»Während du Nathan im vergangenen Monat hast in der Luft hängen lassen, habe ich mich bemüht, ihm Antworten zu geben. Da ist es nur natürlich, dass er sich mir anvertraut, wenn ihm so etwas aufgetischt wird.«
Poole will auf irgendwas hinaus. So viel ist klar. Ich weiß bloß noch nicht, worauf.
»Ich bin nicht der Teufel«, sage ich. »Und ich bin auch kein Dämon. Ich bin nichts von dem, als was Sie mich hinstellen. Ich bin einfach ein Mensch. Ein Mensch, der sich Tag für Tag das Leben eines anderen Menschen ausborgt.«
»Aber erkennst du darin nicht das Werk des Teufels?«
Ich schüttle den Kopf. »Nein. Es hat kein Teufel in Nathan gesteckt. Es steckt kein Teufel in dem Mädchen hier. Nur ich.«
»Siehst du«, sagt Poole, »genau damit liegst du falsch. Ja, du steckst in diesen Körpern. Aber was steckt in dir, mein Freund? Was meinst du wohl, warum du so bist? Hast du nicht das Gefühl, dass da der Teufel am Werk sein könnte?«
Mein Ton ist beherrscht. »Was ich tue, ist kein Teufelswerk.«
Das bringt Poole doch wahrhaftig zum Lachen.

»Entspann dich, Andrew. Entspann dich. Ich bin auf deiner Seite.«

Ich stehe auf. »Schön. Dann lassen Sie mich gehen.«

Wie vorausgesehen, hält er mich auf und schubst Ainsley zurück aufs Sofa.

»Nicht so eilig«, sagt er. »Ich bin noch nicht fertig.«

»Von wegen ›auf meiner Seite‹.«

Das Grinsen verschwindet. Und einen Moment lang sehe ich etwas in seinen Augen. Ich bin nicht sicher, was es ist, aber es lähmt mich.

»Ich kenne dich so viel besser, als du glaubst«, sagt Poole. »Meinst du etwa, das hier wäre ein Zufall? Meinst du, ich wäre nur irgendein religiöser Eiferer, der gekommen ist, um dir die Dämonen auszutreiben? Hast du dich je gefragt, warum ich solche Fälle aufliste, wonach ich suche? Die Antwort lautet: nach dir, Andrew. Und nach deinesgleichen.«

Er fischt im Trüben. Was anderes kann es nicht sein.

»Es gibt niemanden meinesgleichen«, sage ich.

Sein Blick zuckt wieder zu mir hin. »O doch, natürlich. Dein Anderssein macht dich noch lange nicht *einzigartig.*«

Ich weiß nicht, wovon er redet. Ich will es auch gar nicht wissen.

»Sieh mich an«, befiehlt er.

Ich gehorche. Ich sehe ihm in die Augen, und ich weiß es. Ich weiß, wovon er redet.

»Mich verblüfft«, sagt er, »dass du immer noch nicht gelernt hast, wie man es länger als einen einzigen Tag dauern lässt. Du hast keine Ahnung, welche Macht du besitzt.«

Ich weiche zurück. »Sie sind nicht Pastor Poole«, sage ich – und schaffe es nicht, Ainsleys Stimme fest klingen zu lassen.

»Heute schon. Gestern auch. Morgen – wer weiß? Ich muss immer abschätzen, was mir gerade am besten passt. Und *das* hier wollte ich mir auf keinen Fall entgehen lassen.«

Er stößt ein Fenster für mich auf. Aber was dahinter ist, gefällt mir nicht, das weiß ich schon jetzt.

»Dein Leben lässt sich besser gestalten«, fährt er fort. »Ich kann dir zeigen, wie.«

Es ist ein Erkennen in seinem Blick, ja. Aber auch eine Drohung. Und noch etwas – ein Flehen. Fast so, als wäre Pastor Poole noch irgendwo da drin und versuchte, mich zu warnen.

»Fort von mir«, sage ich und stehe auf.

Er wirkt belustigt. »Ich tue dir doch gar nichts. Ich sitze hier und unterhalte mich.«

»Fort von mir!«, sage ich lauter und reiße an meiner Bluse, bis die Knöpfe abplatzen.

»Was –«

»FORT VON MIR!«, schreie ich, schluchze ich, rufe ich um Hilfe, und wie gehofft hört Nathan es, Nathan hat gelauscht, die Tür fliegt auf, und da ist er, genau im richtigen Moment, sieht mich schreien und weinen, mit aufgerissener Bluse, und Poole, der jetzt ebenfalls dasteht, Mordlust im Blick.

Ich setze voll auf die Anständigkeit, die ich gespürt habe, als ich in Nathan steckte, und sie regt sich tatsächlich, obwohl er sich vor Angst offensichtlich fast in die Hose macht, denn statt wegzurennen oder die Tür wieder zuzumachen oder sich anzuhören, was Poole zu sagen hat, brüllt Nathan: »Was tun Sie denn da?«, hält mir die Tür auf, durch die ich flüchte, und hindert den Pastor – oder den Unbekannten in seiner Hülle –, mich abzufangen, bevor ich im Wagen sitze. Nathan bringt die Kraft auf, Poole zurückzuhalten, er verschafft mir die entscheidenden Sekunden, und als Poole im Vorgarten auftaucht, steckt mein Schlüssel schon in der Zündung.

»Weglaufen ist zwecklos!«, plärrt Poole. »Später willst du dann doch zu mir! So wie alle anderen!«

Zitternd drehe ich das Radio auf und lasse ihn verstummen, mit den Tönen des Songs und dem Dröhnen des Autos, das mich von hier fortbringt.

Ich will ihm nicht glauben. Ich will glauben, dass er ein Schauspieler ist, ein Scharlatan, ein Schwindler.

Aber Auge in Auge mit ihm habe ich jemand anderen gesehen, in ihm drin. Ich habe ihn erkannt, so wie Rhiannon immer mich erkennt.

Bloß dass ich auch noch Gefahr darin gesehen habe.

Gefahr von jemandem, der nach anderen Regeln spielt.

Gleich nach dem Losfahren wünschte ich, ich wäre noch ein paar Minuten länger geblieben, hätte ihn noch ein bisschen weiterreden lassen. Ich habe mehr Fragen denn je, und vielleicht hätte er sie mir beantworten können.
Aber ich weiß nicht, ob ich noch weggekommen wäre, wenn ich auch nur ein paar Minuten länger ausgeharrt hätte. Und ich hätte Ainsley zu der gleichen Qual verdammt wie Nathan, womöglich zu einer noch ärgeren. Keine Ahnung, was Poole mit ihr gemacht hätte – was *wir* mit ihr gemacht hätten, wenn ich geblieben wäre.
Er könnte auch gelogen haben. Ich darf nicht vergessen, dass er auch gelogen haben könnte.

Ich bin nicht der Einzige.
Den Gedanken kann ich einfach nicht fassen. Dass es noch andere geben könnte. Vielleicht waren sie in derselben Schule wie ich, im selben Raum, in derselben Familie. Aber weil wir unser Geheimnis so gut hüten, weiß keiner vom anderen.
Ich denke an den Jungen in Montana, dessen Geschichte so viel Ähnlichkeit mit meiner hatte. Ist sie tatsächlich wahr? Oder hat Poole mir damit nur eine Falle gestellt?
Es gibt noch andere.
Das kann alles verändern.
Oder nichts.
Auf der Fahrt zurück zu Ainsleys Elternhaus wird mir klar, dass die Entscheidung bei mir liegt.

6029. Tag

Darryl Drake ist heute absolut nicht bei der Sache.
Ich lotse ihn durch die Schule und antworte korrekt, wenn ich etwas gefragt werde. Aber von seinen Freunden kommen ständig Kommentare, ob er eigentlich auf dem Mars ist oder was. Beim Leichtathletiktraining mahnt ihn der Trainer mehrmals, sich gefälligst zu konzentrieren.
»Was hast du denn?«, fragt Darryls Freundin Sasha ihn, als er sie nach Hause fährt.
»Ich bin heute irgendwie nicht ganz da«, sagt er. »Aber morgen ist wieder alles so wie immer.«

Den restlichen Tag verbringe ich am Computer. Ich habe das ganze Haus für mich – Darryls Eltern sind beide bei der Arbeit, und sein Bruder ist im College.
Meine Geschichte findet sich dick und fett auf Pooles Website – eine nicht ganz korrekte Wiedergabe von dem, was ich Nathan erzählt habe; die Fehler erklären sich entweder daraus, dass Nathan das eine oder andere verheimlicht hat, oder Poole will mich zu weiteren Aktionen anstacheln.
Ich schließe seine Website und versuche, so viel wie möglich über Pastor Poole herauszufinden, aber die Ausbeute ist spärlich. Zum Thema Besessenheit durch Dämonen hat er

sich anscheinend nie geäußert, bevor Nathans Geschichte publik wurde. Ich sehe mir Fotos aus der Zeit davor und danach an, suche nach Unterschieden. Auf den Fotos wirkt er unverändert. Die flächigen Bilder lassen seine Augen nicht erkennen.

Ich kehre zu seiner Website zurück und lese alle dort versammelten Storys, versuche, mich darin zu finden, und andere wie mich. Wieder sind ein paar aus Montana dabei. Und weitere, die ähnlich gelagert sein könnten, wenn das stimmt, was Poole angedeutet hat: dass das Eintagsfliegenleben nur für Neulinge gilt und sich irgendwie überwinden lässt.

Das ist natürlich genau das, was ich will. In einem einzigen Körper bleiben. Ein einziges Leben führen.

Aber gleichzeitig will ich es auch wieder nicht. Weil ich daran denken muss, was mit der Person passiert, in deren Körper ich bleibe. Verschwindet er oder sie einfach mit einem Wimpernschlag von der Bildfläche? Oder wird die eigentliche Seele verbannt und muss von Körper zu Körper hüpfen – im Grunde also ein Rollentausch? Ich kann mir nichts Deprimierenderes vorstellen, als früher einen einzigen Körper gehabt zu haben und dann plötzlich in keinem länger als einen Tag bleiben zu können. Ich habe wenigstens den schwachen Trost, dass ich es nicht anders kenne. Hätte ich tatsächlich für dieses Nomadendasein ein normales Leben aufgeben müssen, würde ich mich auslöschen und vernichten.

Es wäre eine leichte Entscheidung, wenn sie nur mich allein beträfe. Aber ist das nicht immer so? Und es betrifft nie nur einen allein.

Nathan hat eine E-Mail geschrieben, wie leid es ihm tut, was da gestern abgelaufen ist. Er hatte gedacht, Pastor Poole könnte mir helfen. Jetzt weiß er nicht mehr, was er denken soll.

Es ist nicht seine Schuld, schreibe ich ihm zurück; er soll unbedingt von Pastor Poole wegkommen und in sein normales Leben zurückfinden.

Und er wird keine E-Mails mehr von mir erhalten, das schreibe ich ihm auch noch. Den Grund dafür – dass ich ihm nicht traue – nenne ich ihm nicht. Das wird er sich schon selbst zusammenreimen.

Als ich fertig bin, leite ich unseren E-Mail-Wechsel an meine neue Adresse weiter. Und dann schließe ich das Konto. Mit einem Klick sind ein paar Jahre meines Lebens vorbei. Die einzige direkte Verbindungslinie ist weg. Albern, wegen einer E-Mail-Adresse wehmütig zu sein, aber ich bin es. Es gibt nicht viel, was in meine Vergangenheit führt, da darf ich schon zumindest ein bisschen trauern, wenn ein Teil davon wegfällt.

Später am Abend kommt eine E-Mail von Rhiannon.

Wie geht es dir?

R

Weiter nichts.
Am liebsten würde ich ihr alles erzählen, was in den vergangenen achtundvierzig Stunden passiert ist. Ich möchte ihr diese letzten zwei Tage vorlegen und sehen, wie sie reagiert, ob sie begreift, was sie für mich bedeuten. Ich will Hilfe von ihr. Rat. Bestärkung.
Aber will sie das auch? Ich glaube nicht. Und sie soll nichts von mir bekommen, was sie nicht will. Also schreibe ich zurück:

Es waren zwei heftige Tage. Wie es aussieht, bin ich möglicherweise doch nicht der Einzige meiner Art auf der Welt. An den Gedanken muss ich mich erst einmal gewöhnen.

A

Es sind noch ein paar Stunden vom Abend übrig, aber sie lässt sie verstreichen, ohne mir zu antworten.

6030. Tag

Beim Aufwachen bin ich nur zwei Ortschaften von Rhiannon entfernt, in den Armen von jemand anderem.
Ich gebe mir alle Mühe, das Mädchen nicht zu wecken, das mich umschlungen hält. Soweit ich sehen kann, hat sie feines helles Haar, das ihre Augen verdeckt. Ich spüre ihren Herzschlag an meinem Rücken. Sie heißt Amelia und ist gestern heimlich durch mein Fenster eingestiegen, um die Nacht mit mir zu verbringen.
Ich heiße Zara – oder vielmehr ist das der Name, den ich mir selbst ausgesucht habe. Im Geburtsregister stehe ich als Clementine und mochte den Namen auch sehr, bis ich zehn wurde. Dann fing ich an herumzuprobieren und blieb schließlich bei Zara hängen. Z war schon immer mein Lieblingsbuchstabe, und sechsundzwanzig ist meine Glückszahl.
Amelia rührt sich unter den Laken. »Wie viel Uhr ist es?«, bringt sie mühsam heraus.
»Sieben.«
Statt aufzustehen, kuschelt sie sich an mich.
»Bist du so lieb und kundschaftest aus, wo sich deine Mom aufhält? Ich würde das Haus ungern auf demselben Weg verlassen, auf dem ich hineingekommen bin. Frühmorgens

tue ich mich mit der Koordination wesentlich schwerer als spätabends, und ich bin auch immer sehr viel beflügelter, wenn ich mich einer holden Maid nähere.«

»Okay«, sage ich und bekomme zum Dank einen Kuss auf die nackte Schulter.

Die Zärtlichkeit zwischen zwei Menschen lässt manchmal alles zart und sanft erscheinen, die Luft, den Raum, ja selbst die Zeit. Als ich aus dem Bett steige und ein viel zu großes Hemd überstreife, fühle ich mich ringsum wie von warmem Glück eingehüllt. Nichts aus der vergangenen Nacht hat sich verflüchtigt. Ich bin in dem Wohlbehagen erwacht, das die beiden geschaffen haben.

Auf Zehenspitzen gehe ich in den Flur und lausche an der Tür zum Schlafzimmer meiner Mutter. Außer tiefen Atemzügen ist nichts zu hören, also haben wir wohl nichts zu befürchten. Als ich zurückkomme, liegt Amelia immer noch im Bett, mit zurückgeschlagenen Laken, in T-Shirt und Unterwäsche. Ein Gefühl sagt mir, dass Zara die Gelegenheit nutzen und sich wieder zu ihr legen würde, aber das will ich mir nicht anmaßen.

»Sie schläft«, melde ich.

»›Sie schläft‹ heißt gefahrloses Duschen?«

»Ich denke schon.«

»Willst du als Erste duschen, als Zweite oder zusammen?«

»Du kannst zuerst gehen.«

Auf dem Weg zur Tür bleibt sie stehen und küsst mich. Ich wehre mich nicht, als ihre Hände unter mein Hemd wan-

dern, im Gegenteil, ich steige voll darauf ein und will den Kuss nicht enden lassen.
»Bist du sicher?«, fragt sie.
»Geh du zuerst«, sage ich.
Und dann, als sie aus dem Zimmer ist, schmachte ich ihr nach, genauso wie Zara es täte.
Ich wünschte, es wäre Rhiannon.

Sie schleicht sich aus dem Haus, während ich unter der Dusche bin. Zwanzig Minuten später steht sie wieder vor der Tür, um mich zur Schule abzuholen. Mittlerweile ist meine Mutter auch wach und lächelt in der Küche vor sich hin, als sie Amelia durch den Vorgarten kommen sieht. Ich frage mich, wie viel sie weiß.

In der Schule sind wir die meiste Zeit zusammen, ohne dass es unsere Kontakte zu anderen einschränkt. Vielmehr beziehen wir unsere Freundinnen in das ein, was zwischen uns ist. Wir sind Individuen, wir sind ein Paar, wir sind ein Teil von Dreier- und Vierergruppen und so weiter. Und nichts davon erscheint mir gekünstelt.
Ich bekomme Rhiannon nicht aus dem Kopf. Die Erinnerung an ihre Worte, dass ihre Freundinnen niemals von mir wissen werden. Und auch sonst niemand. Dass wir immer nur uns zwei gemeinsam haben werden.
Allmählich geht mir auf, was das heißt und wie traurig das wäre.

Schon jetzt spüre ich ein wenig von dieser Traurigkeit, dabei ist es noch gar nicht so weit.
In der siebten Stunde hat Amelia Lernzeit in der Bücherei, ich habe Sport. Danach zeigt sie mir die Bücher, die sie für mich ausgeliehen hat, weil sie so aussehen, als könnten sie mir gefallen.
Ob ich Rhiannon wohl jemals so gut kennen werde?

Nach der Schule hat Amelia noch Basketball. Normalerweise warte ich auf sie und mache derweil meine Hausaufgaben. Aber jeder Gedanke an sie lässt mich Rhiannon so schmerzlich vermissen, dass ich etwas dagegen tun muss. Ich bitte sie, ob ich mir für ein paar Besorgungen ihr Auto ausleihen kann.
Sie gibt mir den Schlüssel, ohne weitere Fragen.

In zwanzig Minuten bin ich bei Rhiannons Schule. Parke, wo ich immer parke und wo die meisten Autos jetzt die andere Richtung einschlagen. Dann suche ich mir ein Plätzchen, von dem aus ich die Schultür im Auge habe, und hoffe, dass Rhiannon nicht schon fort ist.
Ich werde nicht mit ihr reden. Ich werde nicht von vorn mit dem Ganzen anfangen. Ich will sie einfach nur sehen.
Fünf Minuten später taucht sie auf. Sie unterhält sich mit Rebecca und ein paar anderen Freundinnen. Ich kann nicht verstehen, worum es geht, aber sie sind alle am Gespräch beteiligt.

Von hier aus gesehen wirkt sie nicht wie jemand, dem seit neuestem etwas fehlt. Aus dessen Leben eine Seite herausgerissen ist. Ganz kurz – wirklich nur ganz kurz – sieht sie hoch und schaut sich um. Diesen einen Moment lang macht sie mich glauben, dass sie nach mir Ausschau hält. Aber was als Nächstes passiert, kann ich nicht sagen, weil ich schnell woandershin gucke. Unsere Blicke sollen sich nicht treffen.
So sieht das Danach für sie also aus; und wenn sie im Danach ist, dann muss ich es wohl auch sein.

Bevor ich Amelia das Auto zurückgebe, halte ich bei einem Supermarkt. Zara weiß, was Amelia am liebsten mag – hauptsächlich Knabberzeug. Ich decke mich mit allem ein und lege es, bevor ich sie in der Schule suchen gehe, so aufs Armaturenbrett, dass es ihren Namen ergibt. Dafür, glaube ich, würde Zara mir beifällig auf die Schulter klopfen.

Ich mache mir was vor. Ich wollte vorhin sehr wohl, dass Rhiannon mich vor ihrer Schule sieht, obwohl ich weggeguckt habe. Jawohl, sie sollte trotzdem stracks zu mir herkommen und so zu mir sein, wie Amelia es nach drei Tagen Trennung zu Zara wäre.

Das wird nie geschehen, ich weiß. Und dieses Wissen ist ein gleißendes Licht, hinter dem ich kaum etwas erkennen kann.

Amelia freut sich über das Allerlei auf dem Armaturenbrett und besteht darauf, noch mit mir Abendessen zu gehen. Ich rufe zu Hause an und sage meiner Mutter Bescheid, die offenbar nichts dagegen hat.

Amelia spürt, dass ich nur halb da bin, lässt mich aber halb anderswo sein, weil ich da nun mal gerade sein muss. Beim Essen überbrückt sie die schweigsamen Momente mit Geschichten von ihrem Tag. Ich muss raten, welche wahr sind und welche sie sich nur ausgedacht hat.

Wir sind erst seit sieben Monaten zusammen. Aber angesichts der Fülle von Erinnerungen, die Zara gespeichert hat, erscheint es wie eine halbe Ewigkeit.

So will ich es haben, denke ich.

Und denke unwillkürlich: *So kann ich es nicht haben.*

»Darf ich dich was fragen?«, sage ich zu Amelia.

»Klar.«

»Wenn ich jeden Tag in einem anderen Körper aufwachen würde – wenn du nie wüsstest, wie ich am nächsten Tag aussähe –, würdest du mich dann trotzdem noch lieben?«

Sie zögert keine Sekunde und findet die Frage offenbar nicht die Spur abartig. »Von mir aus kannst du grün sein, dir einen Bart wachsen lassen und die komplette männliche Ausstattung zwischen den Beinen hängen haben. Meinetwegen auch orange Augenbrauen, ein Muttermal über die ganze Wange und eine Nase, die ich beim Küssen jedes Mal im Auge habe. Und wenn du dreihundert Kilo wiegst und

ein Fell wie ein Dobermann unter den Achselhöhlen hast, ich würde dich trotzdem lieben.«
»Gleichfalls«, gebe ich zurück.
Das sagt sich so leicht, weil es nie dazu kommen muss.

Zum Abschied küsst sie mich mit allem, was in ihr ist. Und ich versuche den Kuss zu erwidern, mit allem, was ich mir wünsche.
Das ist der schöne Ausklang, denke ich unwillkürlich.
Aber wie jeder Klang beginnt auch dieser zu schwinden, sobald er in der Luft ist.

Im Haus sagt Zaras Mutter: »Du kannst Amelia ruhig hereinbitten.«
»Das weiß ich«, gebe ich zur Antwort. Dann gehe ich schleunigst in mein Zimmer, weil mir alles zu viel wird. So viel Glück macht mich einfach nur traurig. Ich schließe die Tür und fange an zu schluchzen. Rhiannon hat recht. Ich weiß es. All das kann ich niemals haben.
Ich checke nicht mal meine E-Mails. So oder so will ich es nicht wissen.

Amelia ruft noch mal an, um mir Gute Nacht zu sagen. Ich überlasse sie der Mailbox, muss erst wieder so gut wie möglich Zara sein, bevor ich zurückrufen kann.
»Sorry«, sage ich. »Vorhin habe ich mit Mom geredet. Sie meint, du solltest doch ruhig öfter mal vorbeikommen.«

»Durchs Schlafzimmerfenster oder durch die Haustür?«
»Durch die Haustür.«
»Na was denn, höre ich da etwa ein Vöglein *Fortschritt* zwitschern?«
Ich gähne und entschuldige mich dafür.
»Du musst dich nicht entschuldigen, du alte Schlafmütze. Träum was Schönes von mir, okay?«
»Mach ich.«
»Ich liebe dich«, sagt sie.
»Ich dich auch.«
Und dann legen wir auf, weil danach nichts mehr weiter zu sagen ist.

Ich möchte Zara ihr Leben wiedergeben. Auch wenn ich meinem Gefühl nach so etwas wie das hier verdient habe – es soll nicht auf ihre Kosten gehen.
Sie wird sich an alles erinnern, beschließe ich. Nicht an mein Missbehagen. Aber an das Behagen, das der Ursprung dafür war.

6031. Tag

Beim Aufwachen fühle ich mich fiebrig, mies, unwohl.
Julys Mutter kommt herein und schaut nach ihr. Sagt, gestern Abend hätte sie noch einen ganz gesunden Eindruck gemacht.
Ist es ein Infekt, oder ist es Liebeskummer?
Ich kann es nicht sagen.
Das Thermometer behauptet, es wäre alles normal, aber das ist es eindeutig nicht.

6032. Tag

Eine E-Mail von Rhiannon. Endlich.

Ich will dich sehen, aber ich weiß nicht, ob wir uns tatsächlich treffen sollten. Ich will hören, was es Neues gibt, aber ich habe Angst, dass dann bloß alles wieder von vorn anfängt. Ich liebe dich – wirklich –, aber ich will diese Liebe nicht zu wichtig werden lassen. Weil du immer wieder von mir fortgehen wirst, A. Davor können wir nicht die Augen verschließen. Du wirst immer wieder fortgehen.

R

Ich weiß nicht, was ich darauf antworten soll. Und versuche stattdessen, ganz in Howie Middleton aufzugehen. In der Mittagspause fängt seine Freundin Streit mit ihm an, weil er sich überhaupt keine Zeit mehr für sie nimmt. Howie hat nicht viel dazu zu sagen. Genau genommen bleibt er stumm wie ein Fisch, was sie nur noch wütender macht.

Ich muss weg, denke ich. Es gibt so vieles, was ich hier nicht haben kann, und dazu noch einiges, was hier nicht zu finden ist. Was ich aber vielleicht finden sollte.

6033. Tag

Am nächsten Morgen wache ich als Alexander Lin auf. Sein Handywecker spielt einen Song, den ich sehr mag. Das macht das Wachwerden deutlich leichter.
Sein Zimmer mag ich auch. Jede Menge Bücher auf den Regalen, einige davon mehrfach gelesen, nach den abgewetzten Buchrücken zu schließen. In der einen Ecke stehen drei Gitarren, die elektrische ist noch vom Vorabend eingestöpselt. In der anderen entdecke ich eine lindgrüne Couch und weiß sofort, dass Alexanders Freunde sich hier jederzeit hinhauen können, wenn es abends zu spät geworden ist. Ringsum kleben Haftzettel mit allen möglichen Zitaten drauf, über seinem Computer zum Beispiel eins von George Bernard Shaw: *Tanz ist ein vertikal zum Ausdruck gebrachtes horizontales Verlangen.* Manche Zettel sind in seiner Handschrift, andere von Freunden geschrieben. *I am the walrus. Ich bin niemand – und wer bist du? Let all the dreamers wake the nation.*
Ich kenne ihn noch gar nicht richtig, und schon bringt Alexander Lin mich zum Lächeln.

Seine Eltern freuen sich, als er in der Küche auftaucht. Meinem Gefühl nach freuen sie sich immer, wenn er auftaucht.

»Kommst du übers Wochenende auch sicher allein zurecht?«, fragt seine Mutter und öffnet den Kühlschrank, der Vorräte für mindestens einen Monat enthält. »Ich denke mal, das hier wird reichen, aber wenn du doch noch etwas brauchst, dann nimm dir einfach Geld aus dem Umschlag.«

Irgendwas fehlt hier noch; irgendwas von meiner Seite. Ich frage ab: Morgen haben die Lins Hochzeitstag. Aus diesem Anlass verreisen sie übers Wochenende. Und Alexanders Geschenk für sie ist oben in seinem Zimmer.

»Einen Moment«, sage ich, sause nach oben und werde im Kleiderschrank fündig: ein Beutel, geschmückt mit Haftzetteln voller Aussprüche seiner Eltern im Lauf der Jahre, von *A wie Apfel* bis zu *Denk immer an den toten Winkel*. Und das ist nur die Verpackung. In dem Beutel finden Mr und Mrs Lin zehn Stunden Musik für ihre zehnstündige Fahrt sowie von Alexander selbstgebackene Kekse.

Sein Vater umarmt ihn gerührt, seine Mutter kommt dazu. Einen Augenblick lang vergesse ich, wer ich eigentlich bin.

Alexanders Spind ist ebenfalls voll mit Zitaten auf Haftzetteln, in einem Kaleidoskop verschiedenster Handschriften. Mickey, sein bester Freund, schlendert vorbei und bietet ihm einen halben Muffin an – die untere Hälfte, weil Mickey nur die Oberteile mag. Das ist offenbar ihr Morgenritual.

Mickey erzählt mir von Greg, in den er anscheinend seit einer halben Ewigkeit – sprich, mindestens drei Wochen –

verknallt ist. Ich habe den perversen Wunsch, Mickey von Rhiannon zu erzählen, die nur zwei Städte weiter wohnt. Meine Abfrage ergibt, dass Alexander selbst aktuell nicht verknallt ist, und wenn er es wäre, dann in ein Mädchen. Mickey bohrt zu dem Thema nicht weiter nach. Bald kommen andere Freunde dazu, und das Gespräch dreht sich um einen bevorstehenden Bandwettbewerb. Offenbar spielt Alexander bei mindestens drei der teilnehmenden Gruppen mit, unter anderem auch in Mickeys Band. Er ist der Typ, der in Sachen Musik gern überall mitmischt.

Im Lauf des Tages habe ich immer mehr das Gefühl, dass Alexander der Mensch ist, der ich sein möchte. Wobei ein Teil dessen, was ihn als Person so überzeugend macht, seine Beständigkeit ist – die Fähigkeit, tagaus und tagein für andere da zu sein. Seine Freunde verlassen sich auf ihn, und er verlässt sich auf sie – das simple Gleichgewicht, das im Leben so vielem zugrunde liegt.

Ich will sichergehen, ob das auch stimmt. Klinke mich aus der Mathestunde aus und in Alexanders Erinnerungen ein. Es ist, als hätte ich hundert Fernseher gleichzeitig eingeschaltet, so viele Seiten von ihm sehe ich auf einen Schlag. Die guten Erinnerungen. Und die schlimmen.

Seine Freundin Cara erzählt ihm, dass sie schwanger ist. Nicht von ihm, aber sie vertraut ihm mehr als dem Vater. Sein Vater ermahnt ihn, nicht so viel Gitarre zu spielen, weil Musik eine brotlose Kunst ist. Um vier Uhr morgens trinkt er die dritte Büchse Red Bull, weil er bis eins mit Freunden un-

terwegs war und noch ein Referat fertig schreiben muss. Er klettert die Leiter zu einem Baumhaus hinauf. Er fällt durch die Führerscheinprüfung und kämpft mit den Tränen, als der Fahrlehrer es ihm sagt. Er sitzt allein in seinem Zimmer und spielt immer wieder dieselbe Melodie auf einer Akustikgitarre, um herauszufinden, was das Besondere an ihr ist. Ginny Dulles macht Schluss mit ihm, angeblich, weil sie nur freundschaftliche Gefühle für ihn hat, in Wirklichkeit aber, weil sie mehr auf Brandon Rogers steht. Er sitzt mit sechs auf einer Schaukel, schwingt höher und höher, bis er weiß, jetzt ist es so weit, gleich wird er fliegen. Er steckt Mickey heimlich Geld ins Portemonnaie, damit der später seinen Teil von der Rechnung zahlen kann. Er an Halloween, als Blechmann aus *Der Zauberer von Oz* verkleidet. Seine Mutter hat sich am Herd die Hand verbrannt, und er weiß nicht, was er tun soll. Er hat seinen Führerschein gemacht und fährt gleich am nächsten Morgen ans Meer, um den Sonnenaufgang zu erleben. Mutterseelenallein am Strand.
An dieser Stelle steige ich aus. Verkrieche mich wieder in mich. Ich weiß nicht, ob ich das schaffe.

Ich kriege die Versuchung nicht aus dem Kopf, die Poole in Aussicht gestellt hat: Wenn ich könnte, würde ich dann in diesem Leben bleiben? Sooft ich mir die Frage stelle – jedes Mal werde ich aus Alexanders Leben in mein eigenes zurückgeworfen. Ich mache mir Vorstellungen, und sobald sie sich festsetzen, kann ich sie nicht mehr aufhalten.

Und wenn es tatsächlich einen Weg gäbe, wie ich bleiben könnte?

Jeder Mensch steckt voller Möglichkeiten. Hoffnungslose Romantiker empfinden das am stärksten so, doch auch andere leben davon, in jedem Menschen seine Möglichkeiten zu sehen. Und je mehr ich von Alexander zu sehen bekomme, gespiegelt in den Reaktionen seiner Umwelt, desto mehr wird er zu einer Möglichkeit. Sie gründet auf den Dingen, die mir am wichtigsten sind. Herzensgüte. Kreativität. Verbundenheit mit der Welt. Verbundenheit mit den Menschen um ihn herum, und mit ihren Möglichkeiten.
Der Tag ist schon fast zur Hälfte vorbei. Mir bleibt nicht mehr viel Zeit, um mir zu überlegen, was ich mit Alexanders Möglichkeiten anfangen soll.
Die Uhr tickt immer. Manchmal hört man es nicht, und manchmal schon.

Ich schreibe Nathan und frage ihn nach Pooles E-Mail-Adresse. Die Antwort kommt schnell. Ich stelle Poole per E-Mail ein paar simple Fragen.
Auch diesmal kommt die Antwort schnell.

Ich schreibe Rhiannon, dass ich am Nachmittag vorbeikomme.
Es ist wichtig, füge ich an.
Sie wird da sein, schreibt sie zurück.

Alexander muss Mickey beibringen, dass er die Bandprobe nach der Schule heute ausfallen lässt.
»Heißes Date?«, witzelt Mickey.
Alexander belässt es bei einem schelmischen Lächeln.

Rhiannon wartet in der Buchhandlung auf mich. Das ist mittlerweile unser Ort.
Sie erkennt mich, als ich zur Tür hereinkomme. Sie wendet den Blick nicht von mir, bis ich vor ihr stehe. Sie lächelt nicht. Ich schon. Ich bin so unglaublich froh, dass sie da ist.
»Hey«, sage ich.
»Hey«, sagt sie.
Sie hält es für keine gute Idee, will aber trotzdem hier sein. Sie ist ebenfalls froh, geht aber davon aus, dass diese Freude sich in Kummer verwandeln wird.
»Ich hab mir was überlegt«, sage ich.
»Was denn?«
»Wir tun so, als träfen wir uns zum ersten Mal. Du bist hergekommen, um ein Buch zu besorgen, und ich bin dir zufällig über den Weg gelaufen. Wir sind ins Gespräch gekommen. Ich finde dich nett. Du findest mich nett. Jetzt trinken wir zusammen einen Kaffee. Es passt, vom Gefühl her. Du weißt nicht, dass ich jeden Tag den Körper wechsle. Ich weiß nichts von deinem Ex oder von sonst irgendwas. Wir sind einfach zwei Leute, die sich gerade kennengelernt haben.«
»Aber wozu?«

»Damit wir den Nachmittag genießen können. Und nicht über alles andere reden müssen. Damit wir einfach zusammen sein können. Und es uns gutgehen lassen.«
»Ich kapiere nicht, welchen Sinn –«
»Keine Vergangenheit. Keine Zukunft. Nur die Gegenwart. Gib ihr eine Chance.«
Sie wirkt hin- und hergerissen. Stützt das Kinn auf die Faust und sieht mich an. Entscheidet sich schließlich.
»Freut mich sehr, dich kennenzulernen«, sagt sie. Sie versteht es zwar noch immer nicht, aber sie macht mit.
Ich lächle. »Ganz meinerseits. Wohin mit uns?«
»Entscheide du«, sagt sie. »Hast du einen Lieblingsort?«
Ich frage ab, und die Antwort kommt sofort. Als würde Alexander sie mir auf dem Silbertablett präsentieren.
Mein Lächeln wird breiter.
»Ich weiß etwas, das ist genau das Richtige«, sage ich. »Aber erst müssen wir noch was zu essen besorgen.«

Weil wir uns gerade erst kennengelernt haben, brauche ich ihr nichts von Nathan und Poole oder Sonstigem zu erzählen, das passiert ist oder ansteht. Vergangenheit und Zukunft – das ist beides kompliziert. Die Gegenwart bereitet keinerlei Probleme. Weil es jetzt nur noch um Rhiannon und mich geht.

Wir brauchen zwar nicht viel, aber wir schnappen uns dennoch einen Einkaufswagen. In null Komma nichts steht

Rhiannon vorne drauf, ich hinten, und wir heizen wie verrückt durch die Gänge.
Unsere Regel lautet: Zu jedem Gang gehört eine Geschichte. In dem mit der Tiernahrung erfahre ich mehr über Swizzle, das heimtückische Häschen. In dem Gang mit den Frischprodukten erzähle ich ihr von meinem Tag im Sommerlager, an dem eine Art Tauziehen mit einer eingefetteten Wassermelone anstand und ich mit drei Stichen genäht werden musste, nachdem die Wassermelone allen anderen aus dem Griff und mir direkt aufs Auge schoss – der erste Fall einer schweren Misshandlung durch eine Wassermelone, der dem Krankenhaus je zu Ohren gekommen war. Im Müsli- und Cornflakes-Gang schildern wir einander unser Leben anhand der Frühstücksflocken, die wir im Lauf der Jahre zu uns genommen haben, und versuchen klarzustellen, ab welchem Jahr es nicht mehr cool, sondern ekelhaft war, dass die Milch sich durch die Cornflakes blau färbte.
Endlich haben wir genug für ein vegetarisches Schlemmermahl zusammen.
»Vielleicht sollte ich noch kurz meine Mom anrufen und ihr sagen, dass ich zum Abendessen bei Rebecca bin«, sagt Rhiannon und zieht ihr Handy heraus.
»Sag ihr, dass du über Nacht bleibst.«
Sie stutzt. »Im Ernst?«
»Im Ernst.«
Sie rührt keinen Finger.

»Ich weiß nicht, ob das so eine gute Idee ist.«
»Vertrau mir«, sage ich. »Ich weiß schon, was ich tue.«
»Du weißt, wie ich darüber denke.«
»Ja. Aber trotzdem möchte ich, dass du mir vertraust. Ich werde dir nicht wehtun. Nie und nimmer.«
Sie ruft ihre Mutter an und sagt, dass sie bei Rebecca ist. Dann ruft sie Rebecca an und macht das Ganze hieb- und stichfest. Rebecca fragt, was läuft. Rhiannon sagt, das erzählt sie ihr später.
»Erzähl ihr, dass du einen Typen kennengelernt hast«, sage ich, sobald sie aufgelegt hat.
»Einen Typen? Jetzt gerade eben?«
»Ja genau«, sage ich, »jetzt gerade eben.«

Wir gehen zu Alexander nach Hause. Das Zeug aus dem Supermarkt passt nur mit Mühe in den Kühlschrank.
»Wozu mussten wir überhaupt noch was einkaufen?«, fragt Rhiannon.
»Ich hab heute Morgen nicht so richtig gecheckt, was schon alles da ist. Und es sollte genau das da sein, wonach uns der Sinn steht.«
»Kannst du denn kochen?«
»Eigentlich nicht so richtig. Und du?«
»Auch nicht so direkt.«
»Wir kriegen das schon irgendwie hin. Aber erst mal will ich dir was zeigen.«

Alexanders Zimmer gefällt ihr ebenso sehr wie mir. Das sehe ich. Verzückt liest sie eine Haftzettelbotschaft nach der anderen und fährt mit dem Finger über die Buchrücken. Dann dreht sie sich zu mir um, und nun ja, was soll man sagen: Wir sind in einem Schlafzimmer, und in dem Schlafzimmer steht ein Bett. Aber deswegen habe ich sie nicht hierher geführt.

»Zeit fürs Abendessen«, sage ich und nehme sie bei der Hand. Dann gehen wir zusammen hinaus.

Beim Kochen liegt Musik in der Luft. Wir bewegen uns in Einklang, in Zweisamkeit, finden unseren Rhythmus, teilen uns auf in eine Arbeit, die wir noch nie gemeinsam angegangen sind. So könnte es immer sein, denke ich unwillkürlich – so ungezwungen im selben Raum, so vertraut miteinander, dass auch das Schweigen sich gut anfühlt. Meine Eltern sind nicht da, und meine Freundin hilft mir, das Abendessen zuzubereiten. Sie schneidet Gemüse klein und achtet weder darauf, wie sie dasteht, wie wirr ihr Haar ist, noch wie verliebt ich sie anstarre. Auch rings um unsere Küchenkapsel herum singt und klingt die Nacht. Ich sehe sie durchs Fenster, sehe Rhiannons Umriss gespiegelt auf der Scheibe. Alles ist dort, wo es sein soll, und mein Herz möchte gern glauben, dass es immer so sein kann. Mein Herz will, dass es so ist, auch wenn eine dunkle Kraft dagegenwirkt.

Als wir so weit sind, ist es schon nach neun.

»Soll ich den Tisch decken?«, fragt Rhiannon und deutet Richtung Esszimmer.

»Nein. Ich will doch mit dir zu meinem Lieblingsort, schon vergessen?«

Ich krame zwei Tabletts heraus und richte das Essen für uns darauf an. Finde noch ein Dutzend Kerzen und lege sie dazu. Dann führe ich Rhiannon durch die Hintertür hinaus.

»Wo gehen wir denn hin?«, fragt sie, als wir im Garten stehen.

»Schau hoch«, sage ich.

Erst sieht sie es nicht – das bisschen Licht, das aus der Küche zu uns dringt, wirkt wie der Nachglanz einer anderen Welt. Doch dann, als unsere Augen sich umstellen, kann sie es erkennen.

»Hübsch«, sagt sie und geht hin, bis Alexanders Baumhaus direkt über uns ist und unsere Fingerspitzen auf die Leiter treffen.

»Es gibt so eine Art Flaschenzugsystem«, sage ich, »für die Tabletts. Ich steig rauf und lass es runter.«

Mit zwei Kerzen in der einen Hand klettere ich fix nach oben. Innen ist es ziemlich genau so, wie Alexander es in Erinnerung hat: Halb Baumhaus, halb Proberaum, mit einer weiteren Gitarre in der Ecke und Notizheften voller Songtexte und Noten. Es gibt sogar ein elektrisches Deckenlicht, aber mir sind Kerzen lieber. Dann schicke ich den »Speiseaufzug« nach unten und hole die Tabletts herauf. Sobald

das zweite wohlbehalten angekommen ist, kraxelt Rhiannon hinterher und schaut sich um.
»Schon cool, oder?«, frage ich.
»Und wie.«
»Gehört ihm ganz allein. Seine Eltern kommen nie hier rauf.«
»Ich find's echt super.«
Da es weder Tisch noch Stühle gibt, essen wir im Schneidersitz auf dem Boden, einander gegenüber im Kerzenlicht. Wir lassen uns Zeit, schmecken dem Augenblick nach. Ich zünde noch ein paar Kerzen an und berausche mich an Rhiannons Anblick. Hier drin brauchen wir keinen Mond und keine Sonne. Rhiannon erstrahlt in unserem eigenen Licht.
»Was ist?«, fragt sie.
Ich beuge mich zu ihr und küsse sie. Nur das eine Mal.
»Das«, sage ich.

Sie ist meine erste und einzige Liebe. Den meisten ist klar, dass ihre erste Liebe nicht die einzige sein wird. Aber für mich ist Rhiannon beides. Das hier ist die einzige Chance, die ich mir gebe. Das hier wird nie wieder geschehen.

Im Baumhaus gibt es keine Uhren, trotzdem spüre ich die Minuten, die Stunden. Auch die Kerzen spielen mit, werden immer kürzer, wie die Zeit. Sie mahnen und mahnen und mahnen.

Was ich mir wünsche: Dass dies heute unser erstes Treffen wäre. Bei dem ich mir schon überlege, wie die zweite Verabredung aussehen soll. Und die dritte.
Aber für mich gibt es anderes zu tun. Und zu sagen.

Als wir satt sind, schiebt sie die Tabletts beiseite und rückt zu mir hin. Statt mich zu küssen, wie ich gedacht hätte, greift sie in die Tasche und zieht erst einen von Alexanders Haftzettelblöcken, dann einen Stift heraus. Malt ein Herz auf den obersten Zettel, löst ihn ab und klebt ihn mir aufs Herz.
»Da«, sagt sie.
Ich sehe von dem Herz zu ihr.
»Ich muss dir etwas sagen.«
Was so viel heißt wie, ich muss ihr alles sagen.

Ich erzähle ihr von Nathan. Und von Poole. Dass ich womöglich nicht der Einzige bin. Dass es womöglich einen Weg gibt, wie ich länger in einem Körper bleiben kann. Dass ich womöglich nicht immer wieder weg muss.
Die Kerzen brennen herunter. Ich brauche zu lange. Als ich fertig bin, ist es schon fast elf.
»Du kannst also bleiben?«, fragt sie. »Heißt das, du kannst bleiben?«
»Ja«, sage ich. »Und nein.«

Wenn die erste Liebe endet, wird den meisten mit der Zeit klar, dass damit nicht alles vorbei ist. Die Liebe ist für sie noch nicht gestorben. Sie sind für die Liebe noch nicht gestorben. Es wird nie wieder so sein wie bei der ersten, aber in mancher Hinsicht besser.
Mir bleibt kein solcher Trost. Deswegen klammere ich so sehr. Deswegen ist das hier so schwer.

»Vielleicht ist es möglich, zu bleiben«, sage ich zu ihr. »Aber ich kann es nicht. Ich werde es niemals fertigbringen, zu bleiben.«
Mord. Letzten Endes wäre es Mord, zu bleiben. Keine Liebe kann das ausgleichen.
Rhiannon weicht zurück. Steht auf. Wird wütend.
»Das kannst du nicht machen!«, schreit sie. »Du kommst einfach an, bringst mich hierher, erzählst mir das alles – und sagst dann, daraus wird nichts. Das ist grausam, A. Grausam.«
»Ich weiß«, sage ich. »Deswegen ist das hier ein erstes Date. Unsere allererste Begegnung.«
»Wie kannst du so was sagen? Wie kannst du tun, als wäre alles andere nicht gewesen?«
Ich stehe auf. Gehe zu ihr. Lege die Arme um sie. Erst wehrt sie sich, will sich herauswinden. Dann gibt sie nach.
»Er ist ein netter Typ«, flüstere ich zittrig. Ich will das alles nicht, aber ich muss. »Vielleicht sogar ein Supertyp. Und heute habt ihr euch kennengelernt. Heute habt ihr eure

erste Verabredung. Er wird sich erinnern, dass er im Buchladen war. Dass er dich sofort anziehend gefunden hat, nicht nur, weil du schön bist, sondern weil er erkannt hat, welche Kraft in dir steckt. Wie sehr du ein Teil dieser Welt sein willst. Er wird sich erinnern, wie leicht er mit dir ins Gespräch gekommen ist, wie spannend er es fand. Er wollte nicht, dass es gleich wieder vorbei wäre, deswegen hat er dich gefragt, ob du Lust hättest, noch was zu unternehmen. Er wird sich erinnern, dass du ihn nach seinem Lieblingsort gefragt hast und er an das Baumhaus gedacht hat und es dir gern zeigen wollte. Der Supermarkt, die Geschichten in den Gängen, wie er dir sein Zimmer gezeigt hat – das wird ihm alles im Gedächtnis sein, ich muss nichts daran ändern. Sein Puls ist mein Herzschlag. Der Puls ist derselbe. Er wird dich verstehen. Eure Herzen sind von der gleichen Art.«

»Aber was ist mit dir?« Rhiannons Stimme klingt ebenfalls brüchig.

»In ihm wirst du alles finden, was du in mir findest«, sage ich. »Ohne die ganzen Verwicklungen.«

»Ich kann nicht so einfach umschalten.«

»Ich weiß. Er wird es dir beweisen müssen. Jeden Tag wird er beweisen müssen, dass er dich verdient hat. Und wenn er das nicht tut, dann war's das. Aber ich denke mal, er wird es tun.«

»Warum machst du das?«

»Weil ich gehen muss, Rhiannon. Diesmal wirklich. Ich muss weit fort. Um bestimmte Dinge herauszufinden. Und

ich kann nicht ständig in dein Leben treten. Du brauchst mehr als das.«
»Dann ist das jetzt das Ende?«
»In mancher Hinsicht ja. In anderer der Anfang.«

Er soll sich erinnern, wie es ist, sie in den Armen zu halten. Die Welt gemeinsam mit ihr zu erleben. Irgendwo tief drinnen soll er sich erinnern, wie sehr ich sie liebe. Und er soll lernen, sie auf seine Art zu lieben, die nichts mit mir zu tun hat.

Ich musste Poole fragen, ob es wirklich möglich wäre. Ob er es mir tatsächlich beibringen könnte.
»Ja«, versicherte er. Wir könnten zusammenarbeiten.
Kein Zögern. Keine Warnung. Kein Eingeständnis, dass wir dabei Leben zerstören würden.
Da erkannte ich glasklar, dass ich fortmuss.

Sie umarmt mich. So heftig, dass kein Raum für den Gedanken an Loslassen bleibt.
»Ich liebe dich«, sage ich. »So sehr, wie ich noch nie jemanden geliebt habe.«
»Das sagst du immer«, gibt sie zurück. »Begreifst du nicht, dass es für mich das Gleiche ist? Ich habe auch noch nie jemanden so geliebt.«
»Aber für dich ist es nicht das letzte Mal«, sage ich. »Du wirst wieder so lieben.«

Wenn man ins Universum starrt, ist sein Mittelpunkt nur Kälte. Und Leere. Letztendlich sind wir dem Universum egal. Dem Universum und der Zeit.
Deswegen dürfen wir einander nicht egal sein.

Die Minuten vergehen. Mitternacht rückt näher.
»Ich möchte neben dir einschlafen«, flüstere ich.
Das ist mein letzter Wunsch.
Sie nickt, willigt ein.
Wir klettern vom Baumhaus hinunter in die Nacht, laufen zurück ins Licht des Hauses, in die Musik, die wir hinter uns gelassen haben. 23:13. 23:14. Wir gehen in Alexanders Zimmer und ziehen die Schuhe aus. 23:15. 23:16. Sie steigt ins Bett, ich lösche das Licht und lege mich zu ihr.
Sie schmiegt sich an mich. Ich liege auf dem Rücken und denke an einen Strand, ein Meer.
Es gäbe so viel zu sagen, aber es auszusprechen hat keinen Sinn. Wir wissen es auch so.
Sie legt die Hand auf meine Wange, dreht meinen Kopf zu sich. Küsst mich. Minute um Minute küssen wir einander.
»Daran sollst du dich morgen erinnern«, sagt sie.
Dann liegen wir wieder nur da und atmen. Der Schlaf naht.
»Ich werde mich an alles erinnern«, sage ich.
»Ich auch«, verspricht sie.

Ich werde nie ein Foto von ihr mit mir herumtragen. Ich werde nie einen Brief in ihrer Handschrift besitzen, nie ein Album mit Erinnerungsstücken an alles, was wir unternommen haben. Ich werde nie zusammen mit ihr in der Stadt wohnen. Werde nie wissen, ob wir zur selben Zeit denselben Song hören. Wir werden nicht zusammen alt werden. Ich werde nicht derjenige sein, den sie anruft, wenn sie in Schwierigkeiten steckt. Sie wird nicht diejenige sein, die ich anrufe, wenn ich etwas zu erzählen habe. Ich werde nie irgendetwas von dem behalten können, was sie mir gegeben hat.

Ich sehe zu, wie sie neben mir einschläft. Wie sie atmet. Wie die Träume von ihr Besitz ergreifen.

Diese Erinnerung.

Nur das bleibt mir.

Für immer.

Er wird sich auch daran erinnern. An dieses Gefühl. Und er wird wissen, dass an diesem Nachmittag, an diesem Abend alles perfekt war.

Er wird neben ihr aufwachen und sein Glück kaum fassen können.

Die Zeit schreitet fort. Das Universum dehnt sich aus. Ich lasse einen Haftzettel mit einem Herzen darauf von meiner Brust zu ihrer wandern. Sehe ihn dort.

Ich schließe die Augen. Verabschiede mich. Schlafe ein.

6034. Tag

Beim Aufwachen bin ich zwei Stunden weit weg, im Körper eines Mädchens namens Katie.

Katie weiß nichts davon, aber sie wird heute weit von hier fortgehen. Es wird ihren normalen Tagesablauf völlig über den Haufen werfen, ihr Leben auf den Kopf stellen. Aber sie hat reichlich Zeit, um das wieder glattzubügeln. Im Rahmen ihres Lebens wird dieser Tag nur eine winzige, kaum wahrnehmbare Verirrung sein.

Aber für mich wendet sich damit das Blatt. Für mich beginnt damit eine Gegenwart, die sowohl eine Vergangenheit wie eine Zukunft kennt.

Zum ersten Mal in meinem Leben gehe ich meinen eigenen Weg.

Danksagung

Bei den meisten meiner bisherigen Romane gab es einen klar definierten Ausgangspunkt – eine zündende Idee, die zur Geschichte wurde. Normalerweise erinnere ich mich daran. Nicht so bei diesem Buch, muss ich gestehen. Wohl aber erinnere ich mich an drei Schlüsselmomente, die mich antrieben, den vorliegenden Roman zu schreiben. Nummer eins war ein Gespräch mit John Green bei einer gemeinsamen Lesereise. Nummer zwei war ein Gespräch mit Suzanne Collins bei einer ihrer Lesereisen. Und Nummer drei war ein Nachmittag zu Hause bei Billy Merrell; ich las ihm das erste Kapitel vor (mehr hatte ich zu dem Zeitpunkt noch nicht geschrieben) und achtete peinlich genau auf seine Reaktion. Allen dreien möchte ich dafür danken, dass sie das Feuer geschürt haben. Danken möchte ich auch dem Mann, der John und mich chauffiert und sein Versprechen gehalten hat, die Idee nicht zu stehlen und als Erster zu publizieren.

Dank schulde ich wie immer meiner Familie und meinen Freunden. Meinen Eltern. Adam, Jen, Paige, Matthew und Hailey. Meinen Tanten, Onkeln, Cousins und Cousinen und meinen Großeltern. Meinen Schriftstellerfreunden. Meinen Freunden bei Scholastic Press. Meinen Schulfreunden.

Meinen Bibliothekarsfreunden. Meinen Facebook-Freunden. Meinen besten Freunden. Und den Freunden, die mir gegenübersaßen und an ihren eigenen Büchern arbeiteten, während ich dieses hier schrieb (Eliot, Chris, Daniel, Marie, Donna, Natalie). Und dem einen Freund, der malte, während ich schrieb (Nathan).

Ein Riesendankeschön an meinen unerschrockenen Agenten Bill Clegg sowie an das Superteam von WMEE mit Alicia Gordon, Shaun Dolan und Lauren Bonner. Danke auch meiner phantastischen Basis bei Random House, quer durch alle Verkaufs-, Marketing-, Lektorats- und Layoutabteilungen. (Einen Extradiener möchte ich vor Adrienne Waintraub, Tracy Lerner und Lisa Nadel vollführen, die seit fast zehn Jahren auf Lesereisen fürs Abendessen und die Signierstunden zuständig sind, des Weiteren vor Jeremy Medina für seinen wachen Blick und vor Elizabeth Zajac für ihre sorgsame Planung.) Danke auch an meine Helden bei Egmont in Großbritannien, Text in Australien und an die übrigen internationalen Verleger dieses Buches.

Schließlich und endlich bin ich jeden Tag dankbar dafür, Nancy Hinkel als Lektorin zu haben. Es ist einfach toll, wenn ich mit vier Rädern ankomme und du Lust auf eine Tour hast.

Quellennachweis

Die Zitate in diesem Buch wurden den folgenden Quellen entnommen:

S. 83 Robert Ludlum: Das Bourne-Ultimatum. Deutsch von Einar Schlereth und Jörn Ingwersen. Heyne Verlag 2011.

S. 241 Robert Frost: Promises to keep: Poems. Gedichte. Deutsch von Lars Vollert. C. H. Beck, 8. Auflage 2011.

S. 276 Shel Silverstein: Der Baum, der sich nicht lumpen ließ. Deutsche Nachdichtung von Harry Rowohlt. Kein & Aber 2010.